Celle qui parle aux morts

A.K. Turner

Celle qui parle aux morts

Traduit de l'anglais (Grande-Bretagne)
par Claire Breton

ALIBI

Titre original : *Life Sentence*
Éditeur original : Zaffre, Londres.

Un département des Éditions Dargaud
57, rue Gaston-Tessier
75019 Paris

ISBN 978-24915-0773-2

La nouvelle série policière d'A.K. Turner met en scène la jeune technicienne en anatomopathologie et détective amatrice Cassie Raven, présentée pour la première fois dans deux histoires courtes diffusées sur BBC Radio 4. A.K. travaille également comme productrice et documentariste pour la télévision, où elle aborde toutes sortes de sujets allant de la grande histoire au fait divers criminel. Habitant les quartiers est de Londres depuis bien avant l'ère hipster, elle vient de décrocher son certificat de guide touristique afin de pouvoir partager sa passion pour les deux mille ans d'histoire de la ville ; son domaine de prédilection : le crime et le châtiment !

À Philip

1

— C'était un petit garçon tellement joyeux...

La mère de Bradley regardait Cassie, mais elle avait l'œil vague et les pupilles dilatées : elle était perdue dans ses pensées.

— Sa maîtresse de CP l'appelait Rayon-de-Soleil, ajouta-t-elle, un sourire venant soudain éclairer ses traits brouillés de larmes.

D'un coup, Cassie espéra ardemment que Mme Appleton visualisait son fils à cinq ou six ans, juché sur un tricycle et riant aux éclats. N'importe quoi plutôt que l'image indélébile de l'adolescent de quinze ans affalé sur son lit, le cordon d'alimentation de son ordinateur portable autour du cou, à demi suspendu à la lampe murale au-dessus de lui.

Elles se trouvaient dans l'antichambre de la salle de présentation de la morgue, assises si près l'une de l'autre que leurs genoux se touchaient.

— Je comprends pas...

Kim Appleton cligna des yeux, de retour dans la réalité.

— Il avait pas l'air malheureux. Il n'a jamais souffert de harcèlement ni rien. Enfin, il m'en aurait parlé, non ? On s'est toujours bien entendus.

Elle jeta un coup d'œil vers son mari, Steve, qui arpentait la petite pièce aux murs pastel comme s'il cherchait quelqu'un à tabasser.

— Du moins, aussi bien qu'on puisse s'entendre avec un ado.

Cassie se contenta d'émettre un murmure compréhensif : cinq

années à travailler à la morgue lui avaient appris que les endeuillés avaient besoin de parler, pas qu'on leur réponde. De toute façon, qu'aurait-elle bien pu dire qui lui soit d'une quelconque consolation ? Pour une raison ou une autre, Bradley Appleton avait mis fin à son existence avant qu'elle ait vraiment commencé. *Petit con égoïste...* Mais ce sursaut de colère vira bien vite à la compassion. À peine une décennie plus tôt, elle aussi avait quinze ans, et se débattait pour surnager dans la tourmente émotionnelle - quête de soi, sentiment de décalage irréductible avec le monde... Un ado de cet âge est à peine capable d'appréhender les conséquences de ses actes, sans parler de concevoir le chagrin brutal, inextinguible, qu'il avait infligé à ses père et mère - une condamnation à perpétuité sans remise de peine.

Ce matin-là, Cassie avait sorti Bradley de son compartiment réfrigéré et l'avait pomponné pour la visite de ses parents. À présent, il reposait hors de vue derrière les rideaux fermés de la porte vitrée donnant sur la salle de présentation. Lorsque Kim et Steve seraient prêts, Cassie ouvrirait les rideaux afin de révéler le corps, la couverture cramoisie remontée assez haut pour dissimuler la trace du cordon sur son cou. Elle les encouragerait à entrer, à s'approcher de lui, à le toucher s'ils le souhaitaient - d'après les psys, ça aide au processus de deuil. Il ne fallait surtout pas les presser, mais leur accorder le temps de se préparer à l'irréversibilité de ce moment. Ce préambule était un peu comme l'attente des trois coups au théâtre, mais avec un tour dramatique.

Kim Appleton devait parler de son fils depuis une bonne dizaine de minutes, comme pour conjurer la réalité derrière la porte, le garder en vie quelques secondes encore, rien qu'un peu. À présent, elle ne disait plus rien.

— Vous êtes prêts ? demanda Cassie, en prenant soin de s'adresser aux deux parents.

Kim hocha la tête ; Steve haussa les épaules avec amertume.

Quelques instants plus tard, ils se tenaient autour du corps de Bradley, sa mère lui caressait les cheveux comme pour l'endormir.

Le garçon arborait une tignasse noir corbeau qui tranchait avec la pâleur de son visage, et il avait un chapelet de trous de piercings à un sourcil et aux oreilles. En langage gothique, Bradley était un « baby bat », tout comme Cassie l'avait été au même âge. Lorsqu'elle avait demandé à Kim au téléphone si elle devait enlever les bijoux faciaux de son fils pour la présentation, celle-ci avait aussitôt répondu par l'affirmative, ajoutant : « Son père avait tout ça en horreur. »

Cassie comprenait. Avant d'accueillir les proches, elle ôtait toujours ses propres piercings et coiffait ses cheveux teints en noir de manière à dissimuler sa coupe undercut. Même si elle avait atténué son look total gothique depuis qu'elle travaillait, elle savait que certaines personnes restaient heurtées par son style. Elle ne voulait surtout pas ajouter du malaise à l'épreuve déjà si difficile qu'elles traversaient.

Elle avait nettoyé les macules de khôl noir qui cernaient les yeux de Bradley quand il était arrivé, de sorte qu'il ressemblait désormais à n'importe quel adolescent : émouvant de jeunesse, la peau duveteuse et claire hormis quelques boutons au menton. Les petits points rouges éparpillés sur ses paupières et ses joues, en revanche, étaient d'une autre nature : c'étaient des pétéchies, des hémorragies cutanées dues à la rupture de vaisseaux capillaires sous une trop forte pression veineuse.

Kim Appleton leva les yeux vers Cassie.

— Juste avant… le drame, je lui apprenais à faire des cupcakes. Il avait acheté du colorant noir à verser dans la pâte.

Elle sourit, revivant le moment.

— Étonnamment, il adore la pâtisserie, poursuivit-elle, incapable encore de reléguer son enfant au passé. Ça paraît pas très gothique, comme activité.

— C'est à cause de ça qu'il l'a fait !

Les premiers mots de Steve jaillirent en un sifflement vengeur, le doigt pointé vers son fils.

— Toutes ces *conneries* de crânes et de mort où il patauge avec ses soi-disant copains !

Les traits de Kim s'affaissèrent – au sens propre : les muscles de sa bouche et de sa mâchoire se relâchèrent d'un coup, comme si les fils qui les maintenaient en place avaient été sectionnés. Son mari la considéra, le souffle lourd, avant de détourner les yeux.

— Pardon, chérie. Écoute, je peux pas. Je t'attends à la maison.

— Steve !

Kim tenta de le retenir, mais déjà la porte se refermait derrière lui.

Cassie attendit un peu avant de se hasarder à lui poser une main sur le bras, prête à la retirer si elle la sentait malvenue.

— Bradley et son père, c'était conflictuel ?

— Parfois.

La voix rauque.

— Il y a quelques mois encore, ils adoraient aller au stade ensemble. C'était leur rendez-vous père-fils. Steve a un abonnement pour la saison d'Arsenal. Et puis Bradley est parti dans son trip gothique et il n'a plus voulu l'accompagner. Steve… eh ben, il a très mal vécu tout ça.

— Et ils se sont un peu accrochés hier soir ?

— Steve lui est tombé dessus parce qu'il avait mis de l'eye-liner… avec des insinuations d'homosexualité.

Elles se regardèrent.

— Ils se sont disputés. Les derniers mots de Bradley, ç'a été que… qu'il voudrait aller se coucher pour ne jamais se réveiller.

Elle reposa les yeux sur le visage de son fils.

— Mais ça… *ça*, c'est entièrement ma faute. Comme je l'ai dit à la policière, on était inquiets, dernièrement, on pensait qu'il fumait du cannabis. Il était un peu… embrouillé, par moments. Alors maintenant, quand il reste longtemps dans sa chambre, je monte vérifier que tout va bien. Sauf que là, on regardait un film… en buvant du vin !

Elle posa sur Cassie un regard hanté.

— Si seulement j'étais allée voir dix minutes plus tôt, j'aurais peut-être pu le sauver…

Si seulement. La litanie autoflagellatrice des proches frappés par la mort soudaine et inattendue d'un être cher. *Si seulement je ne l'avais pas laissé prendre la voiture ce soir-là. Si seulement on avait appelé une ambulance plus tôt. Si seulement on avait insisté pour que le généraliste lui prescrive des examens.* Un chapelet inépuisable que Cassie ne souhaiterait pas même à son pire ennemi. Mais à ce stade, il ne servait à rien d'essayer de raisonner pareilles pensées. Le meilleur conseil qu'elle ait jamais reçu, lors d'un stage en accompagnement du deuil au début de sa formation, c'était : « Ne dites jamais à une personne en deuil ce qu'elle devrait ressentir. »

— Écoutez, Kim, on n'est encore sûrs de rien. On en saura sûrement plus après l'examen du pathologiste et les analyses du labo.

Examen : son euphémisme de prédilection pour désigner la déconstruction que le corps du défunt subirait, en quête de réponses.

Cassie s'autorisa à espérer que Bradley était bel et bien défoncé quand il s'était étranglé : s'il avait la tête à l'envers, sa mort serait peut-être un peu moins insoutenable pour ses parents.

Kim acquiesça vaguement, les yeux rivés sur son fils.

Cassie avait toujours très bien perçu l'importance pour les proches de connaître les causes de la mort du défunt, mais depuis un mois et demi cette perception avait acquis une toute nouvelle acuité.

Ça remontait au moment de la révélation qui avait anéanti d'un seul coup tout ce qu'elle croyait savoir de sa vie.

Sa mère n'avait pas été tuée dans un accident de voiture, version qui lui était servie depuis ses quatre ans. Non : sa mère avait été assassinée par son père.

2

Devant le lavabo des toilettes, Cassie releva ses cheveux en chignon, remit ses piercings d'arcade et son anneau labial. Puis elle ramena Bradley en salle d'autopsie. En début de journée, la pièce était baignée de l'odeur chimique et âcre du désinfectant et du formol ; d'ici quelques heures, ce seraient celles du sang, de la sueur et de l'urine qui prendraient le dessus.

La mère de Bradley lui avait lové une vieille peluche au creux du cou, un pingouin tout élimé et délavé qu'il adorait quand il était petit. Lorsque Cassie le prit pour le mettre en lieu sûr jusqu'à après l'autopsie, il était encore mouillé des larmes de Kim.

Les gens se trompaient complètement sur son travail. Le plus difficile n'était pas de découper les corps des défunts : c'était d'accompagner les pauvres bougres qu'ils laissaient derrière eux. Deux ou trois présentations traumatisantes le même jour pouvaient la laisser vidée à la fin de son service. Néanmoins, c'était aussi un privilège. Quand elle accueillait un parent en deuil comme Kim, elle repensait souvent à l'étymologie du mot « condoléances », au caractère si formel. En latin, *condolere* signifie « souffrir avec l'autre ».

Le nouveau technicien, Jason Begby, s'activait à sa table d'autopsie tout en chantant sur une vieille rengaine pop braillée par la radio. D'accord, un peu de musique de fond faisait passer plus vite les heures à patauger jusqu'au coude dans le sang et les viscères, sauf que Jason avait dans les cinquante ans, le double de l'âge de Cassie, et que son goût pour la house des années 1990 montrait clairement qu'ils ne seraient jamais camarades en musique. Ni en quoi que ce soit d'autre, d'ailleurs.

Cassie regrettait toujours son ancien collègue et compagnon de bar, Carl, parti sans demander son reste six semaines plus tôt après s'être mis à dos un caïd du quartier. En fait, c'était comme si sa vie entière était partie en vrille dans ces moments-là, ces quelques semaines éprouvantes qui s'étaient achevées avec la bombe lâchée par sa grand-mère sur les véritables circonstances du décès de sa mère.

Depuis que Cassie avait quatre ans, Weronika lui avait toujours dit que ses deux parents étaient morts dans un accident de voiture, une collision frontale avec un chauffeur ivre. Suite à un mini-AVC, elle avait fini par lui révéler la vérité : dans un accès de jalousie, Callum avait battu Katherine à mort, crime pour lequel il avait purgé dix-sept ans de prison.

Pourquoi n'avait-il jamais contacté Cassie, son unique enfant, même après sa libération quatre ans plus tôt ? La question ne cessait de la tarauder depuis qu'elle avait appris la vérité, toujours aussitôt suivie d'une autre : *Pourquoi tu voudrais qu'il te contacte ?* Elle secoua la tête pour déloger cette vaine boucle mentale, qu'elle savait capable de la rendre dingue.

Elle s'approcha de la table de Jason.

— Comment ça se passe ? demanda-t-elle en désignant du menton le corps sur lequel il travaillait.

La carcasse desséchée couleur Viandox était la dépouille calcinée d'un vieux monsieur qui s'était endormi avec une cigarette allumée et avait transformé son lit en bûcher funéraire. D'une main, Jason attira l'air vers lui et le huma avec ostentation.

— Aaah, la bonne odeur du KFC !

Cassie força un sourire crispé. Certes, les corps brûlés dégagent une troublante odeur de poulet frit, et la mauvaise blague de Jason était monnaie courante dans de nombreuses morgues, en particulier parmi les agents plus âgés. N'empêche, un tel manque de respect envers un défunt lui hérissait le poil.

— Désolée d'avoir dû te confier M. Siddiqui. Je savais que ma présentation prendrait du temps.

La chaleur intense avait littéralement cuit les longs muscles de M. Siddiqui, les rétrécissant pour le figer dans l'attitude dite « du pugiliste » – bras levés fléchis au niveau du coude, poings serrés, jambes pliées. On aurait dit un être hybride, moitié humain, moitié mante religieuse. La dépouille serait difficile à réparer après l'autopsie : la peau cuite se déchire facilement lorsqu'on essaie de la recoudre.

— Oh, j'ai rien contre un peu de friture de temps à autre, fit Jason avec un sourire. Mais je sens qu'au déjeuner j'aurai envie d'une escalope bien tendre.

Cassie se détourna pour dissimuler son expression. Carl s'était directement mis à son diapason dans sa manière de traiter avec dignité les morts dont ils avaient la charge – ce qui signifiait les appeler « corps », « patients » ou « défunts », et jamais « macchabées », « cadavres » ou « viande froide ». Elle les désignait toujours par leur nom, et les plus vieux par leur titre. Autrement dit, elle les traitait comme des personnes vivantes. La différence, c'est que Carl venait d'avoir dix-neuf ans et que c'était Cassie qui l'avait formé sur le tas. Or, elle avait beau être la supérieure hiérarchique de Jason en tant que technicienne senior, elle ne se voyait pas faire la leçon à un mec qui éviscérait déjà des corps alors qu'elle était encore en primaire.

Regagnant son propre poste d'autopsie, elle bloqua les roues du chariot en inox où reposait Bradley et entreprit de le déshabiller. Le T-shirt noir orné de la figure de Nosferatu avait été grossièrement découpé par les ambulanciers pour tenter une défibrillation. Toutefois, le dossier médical attestait qu'à ce stade le garçon était déjà asystolique : son cœur n'avait plus rien à défibriller. *Game over.* Elle plia le T-shirt et le glissa dans un sac en plastique. Le père de Bradley serait heureux de ne plus jamais voir ce stigmate gothique, mais sa mère le chérirait : les vêtements portés par le défunt au moment du décès en étaient l'incarnation la plus proche.

— Eh bien, dites-leur que je ne suis pas *du tout* satisfait de leur hébergement !

Docteur Curzon. Le son familier de sa voix suffisante fit monter en flèche la pression artérielle de Cassie. Philip Curzon était leur nouvel anatomopathologiste titulaire, en remplacement de l'ami et mentor de la jeune femme, le professeur Arculus, parti en congé sabbatique pour écrire un livre sur la bataille de la Somme de 1916. C'était comme remplacer une vodka polonaise premier choix par une marque distributeur.

— Je commence à en avoir assez de me répéter, poursuivit Curzon. Au minimum, j'accepterai un Hyatt ou un Hilton. C'est clair ? Bien. Arrangez-moi ça.

Remballant son téléphone, il posa son regard perpétuellement irrité sur Cassie – apparemment sans rien y trouver pour apaiser son humeur.

— Ces gens ! Ils passent des semaines à me supplier de venir présenter mon article à leur fichue conférence, et maintenant ils voudraient me loger dans un simple *Radisson* !

Ses yeux descendirent vers Bradley. Devant le rideau de cheveux noir corbeau et la tête de mort grossièrement tatouée sur la peau laiteuse de son avant-bras, il émit un son dédaigneux.

— Encore un drogué, je suppose ?

— Suicide probable, docteur.

Cassie tourna la tête de Bradley pour lui montrer la marque de ligature dans son cou, une trace brunâtre qui se terminait sous son oreille droite. Le muscle masséter de Curzon se contracta, ses traits brièvement déformés par ce qui semblait être de la colère, puis il pivota pour enlever son manteau poil de chameau.

Pendant qu'il commençait l'examen externe de Bradley, elle-même examina le pathologiste. Il portait une chemise de prix, en coton dense, ornée de boutons de manchettes gravés à ses initiales – sauf qu'elle repéra une minuscule tache rouge sur l'une desdites manchettes. Ketchup ? Non, il n'était pas du genre à aimer le ketchup. Plutôt la sauce tomate d'une pizza de supermarché. Il s'était rasé à la hâte, en oubliant une zone de la taille d'une pièce de 50 pence devant une oreille. Et la forte odeur de rince-bouche de son haleine ne suffisait pas à masquer les relents aigres de vin rouge de la veille.

Il lui arrivait quoi, au juste ? Son alliance en platine paraissait bien trop serrée, le doigt tout boudiné autour. Un type de son âge, pochardé, consumé par quelque fureur intime, et portant la chemise de la veille ? Tout ça hurlait *récemment séparé.* Soit il ne s'était pas encore résolu à faire couper l'anneau… soit il était toujours dans le déni.

— Il y a des traces de scarification, docteur, dit Cassie.

Elle tourna le bras de Bradley pour exposer l'intérieur de l'avant-bras et son échelle de cicatrices horizontales, incisées à un endroit peu visible.

— Lame de rasoir, je dirais, mais ça ne date pas d'hier. Ça doit bien remonter à trois ou quatre mois.

— Eh bien, je vous sais gré de votre *avis d'experte.*

Le ton plein de mépris sous la politesse affectée.

Toute commisération qu'elle s'était autorisée à éprouver à son égard s'évapora.

Le professeur Arculus était au top de sa profession, et plus distingué que la reine, pourtant, en cinq ans de collaboration, il n'avait jamais manqué de demander son avis à Cassie – et pas uniquement par politesse.

Pour une autopsie médico-légale, celle qui est pratiquée en cas d'acte criminel avéré, le médecin légiste peut passer la journée entière à disséquer et à examiner le corps ; pour la version clinique « de routine » comme celle de Bradley, il n'y consacre généralement pas plus de quarante minutes. Dans ce cas, c'est le technicien en anatomopathologie qui se charge de l'éviscération, de la pesée des organes et du prélèvement de la plupart des échantillons. Contrairement au pathologiste, il voit aussi les proches du défunt. De quoi fournir à une professionnelle chevronnée comme Cassie des indices sur la cause probable du décès.

Face au professeur Arculus, elle aurait évoqué la pâleur cireuse de Bradley ainsi que l'absence de congestion faciale, et lui aurait demandé s'il pensait que le nerf vague pouvait avoir joué un rôle dans la mort du garçon.

Seulement Philip Curzon n'était pas le professeur. Dès le départ, il lui avait bien fait comprendre qu'il se contrefichait de l'avis des sous-fifres. À moins qu'il ait juste une dent contre elle. Il désapprouvait manifestement son look alternatif et elle avait dans l'idée que sa taille – il mesurait à peine un mètre soixante-huit, donc quelques centimètres de moins qu'elle – n'arrangeait rien. Peu après sa prise de fonction, elle l'avait entendu la décrire à Doug, le directeur de la morgue, comme une « petite punaise ».

Dinosaure.

Lorsque Curzon fut prêt à examiner Bradley de dos, il le retourna avec désinvolture, comme s'il s'agissait d'une côte de bœuf plutôt que de l'enfant chéri de quelqu'un. Cassie bouillonnait encore tandis qu'il s'éloignait pour s'approcher de la table de Jason à l'autre bout de la pièce.

— Et qu'avons-nous là, mon ami ?

Sur un ton de camaraderie à faire vomir.

— Permettez-moi de vous présenter le barbecue du jour, docteur, fit Jason, sa pauvre blague récompensée par un gloussement de Curzon.

Jason ne s'aventurait jamais à émettre une opinion, rien de plus que les données de base ponctuées de commentaires lèche-cul.

Se désintéressant de leur conversation, Cassie se pencha à l'oreille de Bradley.

— Il faut qu'on découvre les circonstances exactes de ta mort, mon grand, lui murmura-t-elle. Pour tes parents.

Parler aux défunts dont elle s'occupait lui avait toujours paru naturel. Pour elle, la morgue était un territoire fantôme où ses protégés restaient comme suspendus entre la vie et la mort. Objectivement, elle ne versait pas du tout dans le surnaturel, pourtant, dans un recoin irrationnel de son esprit, elle était convaincue que les défunts l'entendaient. Et qu'il leur arrivait même de lui répondre.

— Moi aussi, j'étais malheureuse, à ton âge. Ça craint, d'avoir quinze ans, hein ?

Elle scruta les contours délicats du visage de Bradley, sa mâchoire d'adulte encore enrobée des rondeurs de l'enfance.

Bradley serait-il de ceux qui « parlent » ? Lui donnerait-il une indication de son état d'esprit dans ses derniers instants, pourquoi il avait commis cet acte irréparable ? Mais aucun message ne sortit des lèvres juvéniles, et Cassie n'éprouva rien de l'espèce de transe désarticulée qui précédait habituellement ses moments de communion avec les défunts.

Elle ne l'avait plus ressentie depuis des semaines – en fait, à bien y réfléchir, ça s'était arrêté le jour où elle avait appris la vérité sur la mort de sa mère. Une pensée horrible la frappa : et si cette nouvelle avait détruit à jamais ce qu'elle considérait comme son don sacré, la chose qui donnait un sens à son travail ?

Au boulot ! s'intima-t-elle en saisissant, au milieu des instruments disposés en rang serré sur le comptoir, son fidèle scalpel PM40 équipé d'une lame toute neuve. Comme elle avait dû le faire au moins deux mille fois depuis cinq ans, sa tâche consistait à ouvrir le corps pour en extraire les organes intacts.

En raison de la façon dont Bradley était mort, elle pratiqua une incision haute en Y, en faisant partir les bras du Y juste derrière les oreilles. Cela éviterait ainsi tout dommage à la partie antérieure du cou, en particulier la structure osseuse appelée « hyoïde », souvent fracturée dans les cas de pendaison.

Quand sa lame toucha la peau satinée de Bradley, Cassie perçut le changement de perspective qu'elle ressentait toujours à ce moment-là, le basculement d'un commutateur mental si tangible qu'elle pouvait presque en entendre le *clic*. À présent, elle ne voyait plus Bradley Appleton, le fils aimé et ado perturbé, mais la dépouille d'un jeune garçon qu'il fallait déconstruire afin d'obtenir les réponses nécessaires aux vivants.

Une fois qu'elle eut joint les bras supérieurs du Y à la base de la gorge de Bradley, elle attaqua la ligne médiane, la lame fendant avidement la peau tendre de la poitrine et de l'abdomen. En dessous, une couche de graisse dorée recouvrait des tissus qui présentaient exactement la couleur et la texture d'un steak d'aloyau – c'était d'ailleurs cette étrange similitude qui l'avait poussée à devenir végétarienne cinq ans plus tôt, juste après avoir assisté à sa première éviscération. Passé le sternum, elle relâcha automatiquement la pression pour ne pas risquer de percer les organes de la cavité abdominale, contourna habilement l'ombilic et s'arrêta juste au-dessus de l'os pubien.

Cassie employait la méthode Letulle, qui consistait à enlever les viscères en un seul bloc, de la langue au rectum, prêts à être disséqués par le pathologiste. C'était rapide – en dix minutes, tout était terminé.

La jeunesse de Bradley lui facilita la tâche : les ciseaux à os tranchèrent le cartilage costal – la partie molle des côtes qui les relie au sternum – sans les efforts qu'il fallait déployer une fois qu'il était ossifié par l'âge. Le cœur et les poumons étaient d'un beau rose humide, sans la moindre adhérence à la cage thoracique ; en deux coups de scalpel, elle put les dégager.

Revenant au cou, elle releva sur le visage le morceau de peau en V de la gorge de Bradley afin de révéler les structures internes. En sectionnant les muscles de l'os hyoïde, elle se répéta la phrase que lui avait enseignée le professeur Arculus pour se rappeler leur nom : *En tapinois cet œil me scrute et me séduit.* Ce qui renvoyait à : thyro-hyoïdien, omo-hyoïdien, sterno-thyroïdien et sterno-hyoïdien.

En observant de plus près l'omo-hyoïdien qui s'étirait du côté gauche, elle y distingua des contusions correspondant au sillon externe de la ligature. Certaines paraissaient un peu sombres pour un hématome récent, mais c'était difficile à dire sur le rouge foncé du tissu musculaire.

Le temps que Curzon aille enfiler sa combinaison, les viscères et le cerveau de Bradley attendaient sur sa table de dissection. Il les sépara, puis Cassie alla les peser.

Elle revint à la table et le regarda disséquer les structures osseuses du cou.

— On prélève un échantillon des contusions présentes sur les muscles, docteur Curzon ? demanda-t-elle, sachant d'expérience que si elle les désignait par leur nom anatomique, il la rembarrerait sûrement.

Elle tenait à ce que le rapport d'autopsie de Bradley soit aussi exhaustif que possible afin de montrer à ses parents qu'aucun détail n'avait été négligé.

— Perte de temps ! jappa le pathologiste sans même lever la tête.

Il enregistra ses conclusions sur son téléphone, posé à bonne distance du sang et des tripes :

— Dommages minimes à l'hyoïde et aux structures cartilagineuses. Aucun signe de congestion veineuse. Pâleur faciale marquée. Cas classique d'inhibition vagale.

C'était ce que Cassie avait soupçonné à la minute où elle avait posé les yeux sur Bradley. On a tendance à croire que la pendaison est une mort assez simple : fermez les voies respiratoires, vous privez les poumons d'oxygène. En réalité, elle était plus souvent causée par la compression des veines du cou et des artères carotides, qui bloquait l'afflux de sang au cerveau et produisait un visage noirci de sang congestionné.

La pâleur de Bradley, elle, était un signe révélateur d'inhibition vagale – une voie encore moins connue vers le trépas.

Enfant, plongée dans l'*Atlas d'anatomie humaine* de Gray, Cassie s'était émerveillée du voyage étrange et magique du nerf vague, qui partait du cerveau pour descendre jusqu'à l'estomac, avec des ramifications vers plusieurs organes en cours de route. Plus tard, alors qu'elle préparait ses A-levels, les examens de fin d'études secondaires, elle avait découvert avec excitation que *vagus* signifiait « errant » en latin, une racine que l'on retrouvait dans « vagabond » ou « divaguer ». L'un des rôles clés du nerf vague est de réguler la pression artérielle – c'était un réflexe vagal qui faisait s'évanouir certaines personnes à la vue du sang.

En serrant le câble sur sa gorge, Bradley avait comprimé le sinus carotidien, situé à l'embranchement de la carotide dans le cou et bourré de petits organes sensibles à la pression. Ces barorécepteurs avaient alors envoyé un signal au cerveau, qui avait répondu en donnant l'ordre au nerf vague de réduire la pression sanguine. Prolongée, la compression avait provoqué une chute catastrophique de la tension artérielle et l'arrêt du cœur en deux petites minutes.

Cassie revit Kim torturée par l'image de Bradley en train de s'étouffer lentement tandis qu'elle et Steve buvaient du vin au salon.

S'adressant au dos de Curzon, elle déclara :

— Au moins, on peut dire à ses parents que c'est allé très vite. Qu'ils n'auraient pas eu le temps de le sauver.

Il pivota brusquement, les yeux bouillants de colère.

— Ce petit crétin égoïste ne méritait pas une mort rapide !

Déroutée par cet accès d'hostilité, Cassie rassembla les organes dans un sac en plastique bleu et retourna auprès de Bradley. Après les avoir remis dans l'enveloppe corporelle, elle entreprit de les masser pour qu'ils retrouvent leur place, ce qui revient à peu près à essayer de remballer un sac de couchage dans sa housse. La dissection semblait toujours doubler la taille des viscères.

Cette opération terminée, elle posa une main gantée pleine de sang sur l'épaule de Bradley.

— Je n'ai plus qu'à te refermer et à te nettoyer, mon grand, et tu seras comme neuf.

Elle s'apprêtait à saisir une des grandes aiguilles courbes qu'elle avait préparées, déjà enfilée de robuste ficelle blanche, quand quelque chose l'arrêta. La tête de Bradley se tournait lentement vers elle, les yeux entrouverts.

Elle avait beau savoir que ce n'était que le poids de son crâne prenant sa place sur le bloc de soutien, elle en eut quand même des frissons.

En tendant la main pour lui fermer les paupières, une décharge d'électricité statique la picota de la tête aux pieds, suivie d'une sensation qu'elle connaissait bien. Elle glissait dans un état second, les néons du plafond flamboyaient sur sa rétine, l'odeur métallique du sang lui raclait le fond de la gorge.

Sa vision s'assombrit, s'obscurcit sur les bords en même temps qu'elle éprouvait une sorte de vertige presque agréable. Un peu comme après une taffe de skunk. L'air crépita, et au milieu des parasites elle entendit une voix de jeune homme :

— *Trippant !*

3

— Tu mets trop de saumure !

Cassie fit un effort surhumain pour garder un ton égal.

— Babcia, si tu allais plutôt regarder la télé ? Je me charge du dîner.

Elle préparait une salade polonaise pour accompagner les *pierogis* qui mijotaient sur le feu ; au cours de ces dernières semaines à cuisiner pour sa grand-mère convalescente, elle avait dû puiser dans toutes ses réserves de patience.

— Je dis juste qu'on peut toujours en rajouter, mais qu'une fois qu'elle y est on ne plus l'enlever.

Éternelle indomptable, Weronika semblait diminuée après son mini-AVC, non seulement physiquement mais dans sa personnalité. Avant que le fragment, heureusement minuscule, de plaque d'athérome aille se coincer dans son cerveau, elle affichait une vivacité et une détermination sans faille, malgré ses soixante-dix-neuf ans ; désormais, elle était souvent irritable ou agitée, et elle avait du mal à se poser.

— Écoute, tu veux bien mettre la table ?

Cassie montra d'un signe de tête un plateau contenant couverts et condiments.

Weronika lui décocha un regard perçant qui commençait à se rapprocher de sa personnalité d'avant.

— Tu me crois trop vieille et trop bête pour comprendre tes intentions, *tygrysek* ? *Il faut que la mamie continue à se sentir utile.*

Acquiesçant pour elle-même, elle prit le plateau.

— Je sais reconnaître quand je suis de trop dans ma propre cuisine !

Mais Cassie avait aperçu un sourire en coin. Elle ressentait une bouffée de soulagement à chacun de ces petits signes indiquant que sa grand-mère, le pilier inébranlable de sa vie, était en voie de rétablissement.

Il y avait une vingtaine d'années, quand le père de Cassie avait été incarcéré pour le meurtre de sa mère, Weronika et son mari avaient pris en charge la fille de quatre ans de leur enfant chérie. Le prétendu carambolage ayant causé la mort de ses deux parents n'avait été qu'une fiction destinée à protéger Cassie de la terrible vérité, mais l'accident cérébral de la vieille dame lui avait fait prendre conscience qu'elle ne pouvait pas emporter ce secret dans sa tombe. Même si Callum Raven n'avait jamais essayé de la contacter, Cassie devait être prête au cas où il referait soudain surface.

Jusqu'aux révélations de sa grand-mère, la jeune femme ne s'était guère attardée sur la mort de ses parents. Elle avait toujours pensé que les perdre si jeune, trop tôt pour avoir engrangé beaucoup de souvenirs ou être capable d'appréhender pleinement sa perte, avait eu l'avantage de lui épargner de longues répercussions émotionnelles. Pourtant, la découverte de la vérité l'avait complètement déstabilisée, surtout juste après le meurtre de Geraldine Edwards, la prof adorée et mère de substitution qui l'avait persuadée de reprendre ses études en cours du soir et l'avait cornaquée jusqu'à l'obtention de ses A-levels.

Vingt et un ans après la disparition de ses parents, Cassie avait pris conscience d'une chose : elle commençait tout juste à affronter ce qui était une blessure d'enfance non cicatrisée. Une plaie qui expliquait peut-être sa difficulté à nouer des relations durables.

Deuil inachevé. C'est le nom que les psys donnent à ce cas de figure.

Depuis que sa grand-mère était sortie de l'hôpital, Cassie logeait chez elle pour lui faire la cuisine et le ménage et veiller à sa prise quotidienne d'anticoagulants. Sauf que revenir habiter dans cet appartement surchauffé qu'elle avait vécu comme une prison à l'adolescence avait ravivé le sentiment d'être prise au piège et le besoin viscéral de libertés d'adulte. Chaque fois qu'elle sortait après le dîner et rentrait tard – parfois ivre, défoncée ou les deux –, Weronika lui tombait dessus. Exactement comme dans le temps.

— Trop de saumure dans la *salatka*, répéta la vieille dame pendant le repas. Mais tes *pierogis* sont délicieux, tout légers.

L'œil de Cassie tomba sur ce qu'elle avait toujours considéré comme l'icône de la maison, la photo désormais jaunie de sa mère à dix-huit ans, sa beauté exacerbée par une pointe de défi dans le regard, ses longs cheveux tombant en cascade sur un chemisier à col volanté. À ce qu'elle en savait, Katherine voulait faire des études de psycho avant que mariage et bébé ne viennent contrecarrer ce projet à jamais.

Cruelle ironie, Cassie ne gardait de sa mère que quelques impressions fugaces – une robe tachetée de gros coquelicots orange, un parfum fleurant la pastèque –, tandis que ses souvenirs de son père étaient bien plus riches. Elle se le rappelait comme un papa présent et aimant : faisant l'avion avec une cuillerée de nourriture pour l'inciter à manger, la hissant sur ses épaules au parc, jouant au monstre qui la pourchassait. Des souvenirs aujourd'hui affreusement souillés par la connaissance de l'acte qu'il avait commis.

— Comment ça se passe avec tes nouveaux collègues ? s'enquit sa grand-mère en l'observant d'un regard perçant.

— Ça va…

Posant sa fourchette, la jeune femme repoussa son assiette à moitié pleine.

— Carl me manque. Et Arculus. Mais je m'en remettrai.

Cassie perçut l'aigreur qui lui éraillait la voix. Dernièrement, elle se découvrait souvent en colère sans raison apparente. Et savoir qu'elle ne faisait que suivre les étapes bien connues du deuil – même un deuil en sommeil réveillé deux décennies plus tard – n'arrangeait rien. À la phase de déni succéderait celle de la culpabilité avec sa litanie de fantasmes sur la façon dont elle aurait pu éviter la mort de sa mère, le tout couronné d'une bonne dose de dépression. Pour le moment, l'étape censée être la dernière, celle de l'acceptation, lui paraissait aussi lointaine qu'irréaliste. De toute façon, la théorie était une chose, le vécu en était une autre.

— Et le jeune docteur que tu prenais pour un snobinard et avec qui tu t'es liée ?

Songeant à Archie Cuff, le pathologiste débutant qui traitait une partie des autopsies de routine, Cassie réprima un sourire. En effet, elle l'avait d'abord classé comme un fils à papa puant d'arrogance – un Curzon en devenir, en somme –, mais après qu'elle lui avait sauvé la mise sur ses premières autopsies, il l'avait remerciée de manière si touchante qu'elle avait bien dû, à son corps défendant, réviser son jugement. Ils étaient même sortis boire un verre deux ou trois fois – juste en amis, mais ils s'étaient bien chambrés, et elle avait détecté une étincelle d'attirance réciproque.

Reconnaissant le regard interrogateur de sa grand-mère, elle décida d'éluder :

— Tu disais que tu te sentais assez en forme pour envisager une petite sortie ? Avec Barbara ?

— *Tak.* Si je suis d'attaque demain matin, on ira faire un petit tour. Peut-être même prendre un café.

Voir le visage de sa grand-mère s'illuminer remonta un peu le moral de Cassie : elle était clairement en voie de guérison. Mais dans combien de temps serait-il possible de la questionner sur ses parents sans lui faire courir de risque ?

Quand la jeune femme revint du frigo avec une seconde bière, sa grand-mère commença par ne rien dire. Après un silence pesant, elle posa son couteau et serra la main de Cassie entre ses doigts chauds et parcheminés.

— *Tygrysek*, quand je serai un peu plus solide, on parlera sérieusement de tout, c'est promis. Je sais que ça a été atroce de découvrir ce qui est arrivé à ta maman. Que Dieu la garde, ajouta-t-elle en se signant, la voix un peu éraillée. Mais… tu sais bien que la réponse n'est pas là-dedans.

Elle inclina sa tête d'oiseau vers la bouteille de bière.

Cassie lui pressa la main en retour. C'était troublant, cette façon dont Weronika semblait toujours savoir ce qu'elle pensait.

Avant son attaque, pas une seule fois la vieille dame n'avait de son plein gré évoqué son gendre, ni vraiment expliqué la raison de son antipathie envers lui, au-delà de le décrire comme un homme fruste et tire-au-flanc. Plus jeune, Cassie s'était souvent demandé pourquoi elle n'avait jamais vu une seule photo de son père. Aujourd'hui, elle comprenait : après l'assassinat, Weronika avait dû détruire tout souvenir de lui.

Cassie ne connaissait que les points essentiels. Callum était un alcoolique qui prenait Katherine pour un punching-ball et l'avait tuée après s'être mis en tête qu'elle le trompait. En dépit de ses protestations d'innocence, il avait été déclaré coupable et condamné à perpétuité. Remis en liberté conditionnelle au bout de dix-sept ans de prison, il était reparti dans sa ville d'origine quelque part en Irlande du Nord.

Une question ne cessait de tourner en boucle dans la tête de Cassie : pourquoi, pendant toutes ces années, ne lui avait-il jamais envoyé ne serait-ce qu'une carte d'anniversaire ?

C'était tout de même un comble : après avoir été orpheline pendant vingt et un ans, voilà qu'elle avait de nouveau un père, mais un père dont le crime le rendait infréquentable.

Pendant qu'elle remplissait le lave-vaisselle, elle se demanda ce que pouvaient bien faire Kim et Steve Appleton à cet instant, à l'aube de toute une vie dans le deuil de leur unique enfant, en sachant que Bradley avait choisi de mourir – ce qui était bien pire qu'une mort accidentelle ou consécutive à une maladie. Qu'est-ce qu'elle l'avait entendu « dire », déjà, tout à l'heure ?

Trippant !

Ces instants de connexion avec les défunts comptaient énormément pour elle, et elle évitait de les analyser de peur qu'ils s'évaporent sous la lumière. Après tout, elle ne croyait ni aux fantômes ni à la vie après la mort. S'il arrivait que ces « messages » contiennent des indices sur la cause du décès, c'était sans doute dû à sa capacité à repérer des choses qui échappaient aux autres.

Puisque la mère de Bradley avait dit qu'il fumait de l'herbe, il pouvait très bien avoir voulu tester quelque chose de plus fort. S'était-il tué au milieu d'un bad trip ? Camden pullulait de psychoactifs bricolés selon des recettes du dark web, et une seule pilule douteuse pouvait faire basculer dans la psychose un cerveau encore en formation. Pour Kim et Steve, elle espérait que le labo trouverait dans son sang ou son urine une molécule susceptible d'avoir affecté sa perception de la réalité.

Drogué ou non, peut-être Bradley avait-il simplement caressé *l'idée* du suicide – la mort étant un peu une préoccupation gothique –, sans vraiment ressentir le désir profond de se tuer.

Peut-être aussi qu'elle essayait simplement de se raccrocher aux branches. Car il n'en demeurait pas moins que Bradley s'était passé un câble autour du cou et pendu à une lampe. Ce doit être insoutenable de se dire qu'une personne qu'on aime a pu décider de son plein gré de nous abandonner à jamais.

Exactement ce qu'avait fait le père de Cassie à sa sortie de prison.

Le texto d'Archie Cuff n'aurait pu arriver à un meilleur moment. Il était « dans le coin », disait-il, et se demandait si elle était dispo.

En enfilant son blouson en cuir, elle évita le regard de sa grand-mère.

— N'oublie pas tes médicaments, Babcia. Je sors boire un verre.

Weronika paraissait absorbée dans un western, son genre préféré, et ne lui débita pas son sermon habituel sur la tempérance – ne lui demanda même pas qui elle allait retrouver. Toutefois, comme Cassie ouvrait la porte, elle lança :

— Remercie le docteur Cuff pour moi, tu veux, *tygrysek* ?

La fine mouche.

— Mmm. Pourquoi ?

— Il te réapprend à sourire.

4

C'était vendredi soir, et malgré le froid de janvier, la soirée battait son plein, une multitude onduleuse se déversait de la station Camden Town pour rejoindre les bars, les clubs et les salles de concert du quartier, dans un air déjà chargé d'odeurs de ganja et de kebab. Debout dehors, Archie était facile à repérer au milieu des looks punk, des chaînes et des cuirs, des piercings et des tatouages de la foule hétéroclite du Camden nocturne : un mètre quatre-vingt-dix, en veste Barbour bleue impeccable, écharpe de rugby apparemment authentique autour du cou et richelieus rutilants dépassant d'un jean trop lisse pour n'avoir pas été repassé.

Lorsqu'elle passa devant les deux garçons adossés au mur, l'un d'eux lui adressa un regard interrogateur. Cassie secoua imperceptiblement la tête – elle fumait beaucoup plus ces derniers temps, mais pas question d'acheter de l'herbe devant Archie. Elle s'avisa que les dealers n'étaient pas à leur place habituelle et supposa qu'ils préféraient rester aussi loin que possible du jeune homme. C'était débile. Un flic déguisé en clown se ferait moins repérer qu'Archie.

— Salut, toi, fit ce dernier.

La façon dont ses yeux s'illuminèrent en la regardant lui fit battre le cœur, malgré cette fine barbe rousse qui le faisait ressembler encore plus au prince Harry. *Putain.* Ça craignait déjà assez de s'enticher d'un gosse de riche, alors le sosie d'un prince…

— Il y a un bon bar à vin dans le coin ? demanda-t-elle en tapant des pieds pour se réchauffer.

— Ça m'étonnerait. Et pour ça, j'ai l'embarras du choix à Guildford. Je veux du Camden pur et dur.

Quelques minutes plus tard, il passait galamment un long bras au-dessus d'elle pour lui ouvrir la porte du Black Heart, une gargote un peu à l'écart dans un entrepôt victorien aux murs couverts de suie. À l'intérieur, l'ambiance était feutrée, éclairée par des guirlandes festives que contrebalançait une déco glam goth : une croix en néon orange flottait au-dessus du comptoir, une vitrine murale accueillait un Jésus en plâtre kitsch ainsi que divers bibelots gothiques, dont l'inévitable crâne humain. Cassie fréquentait le lieu depuis qu'elle avait pu mettre la main sur une fausse carte d'identité. Elle aimait toujours autant les endroits où on ne trouvait pas son métier chelou mais cool.

Malgré quelques regards insistants de certains habitués assis au comptoir, Archie paraissait tranquille comme Baptiste.

— Tout va bien, Cass ? lança Zed, un copain au crâne rasé, en arquant un sourcil percé en direction de son compagnon telle une vieille rombière version skinhead.

Après avoir commandé des bières – deux bouteilles de Rogue Dead Guy semblaient s'imposer –, ils réussirent à se dénicher une table.

Tandis qu'Archie étudiait la salle, Cassie remarqua une nouvelle fois le décalage entre ses traits juvéniles et son nez cassé, sans doute récolté au rugby.

— Alors voilà le vrai Camden, fit-il avec une délectation anthropologique.

— Je sais plus trop ce que c'est, le « vrai » Camden. Ça a bien changé, par rapport à l'époque où il y avait plus de squats que de Starbucks. Maintenant, le moindre bâtiment vide est transformé en apparts pour des gens qui ont un demi-million à dépenser.

Elle sourit.

— Écoute-moi : vingt-cinq ans, et déjà en train de regretter le bon vieux temps.

— Dans deux secondes, tu vas me sortir qu'une bouteille de lait coûte 10 livres...

Il avala une lampée de bière au goulot, en la regardant agréablement dans les yeux.

— T'as vécu dans des squats, c'est ça ?

— Juste une petite année, quand j'avais dix-sept ans.

— Dix-sept ans ? La vache ! Ça devait être... dur, non ?

Se représentant son squat préféré, un pub désaffecté, elle repensa aux matins d'hiver où elle se réveillait avec son sac de couchage couvert de givre, aux frichtis préparés sur un réchaud, à la sirène de l'ambulance quand quelqu'un faisait une overdose, à l'inévitable expulsion... mais aussi aux moments magiques, rassemblés dans la cour autour d'un feu à contempler les étoiles.

— Par certains aspects, oui. Mais d'un autre côté, j'ai jamais été aussi heureuse. Le sentiment de liberté, la camaraderie... Comme si on était tous dans le même bateau. C'est difficile à expliquer.

Archie acquiesça, sourcils froncés.

— C'était pareil dans mon équipe de rugby à Harrow.

Elle fut tentée d'ironiser, avant de se rappeler sa nouvelle résolution d'être moins critique envers les personnes comme lui. Après tout, il n'avait jamais émis la moindre remarque sur ses piercings ou ses tatouages - pas plus que le professeur Arculus, d'ailleurs. Peut-être que la confiance en soi des gens de la vraie bonne société - par opposition à ceux qui sont juste pleins aux as - voulait dire qu'ils ne ressentaient pas le besoin de juger les autres.

— Bon, et quel genre de faune s'abreuve ici ? demanda-t-il en se penchant vers elle d'un air de conspirateur.

— Oh, il y a différentes tribus. Goths, emo, skins, punks, parfois un biker ou autre...

Son regard tomba sur une table voisine occupée par de jeunes gothiques, presque tous aux traits encore doux de la prime adolescence. Filles comme garçons avaient les cheveux noirs en bataille, le visage tartiné de fond de teint blanc et les lèvres peintes en bleu et violet - un look qui lui rappela ce pauvre Bradley Appleton reposant dans son tiroir en inox à un kilomètre de là. L'une des plus jeunes filles s'était ajouté des mèches turquoise, exactement comme Cassie à leur âge. Le groupe se tenait par la main autour d'une bougie noire allumée sur la table et tirait des tronches de déterrés – l'humeur gothique de base, disait-on. Sauf que c'était faux. S'intéresser au côté obscur ne rendait pas malheureux vingt-quatre heures sur vingt-quatre, bien au contraire ; du temps où elle était une ado en colère et déprimée, sa petite bande de « bats » avait été sa planche de salut.

— Comment tu t'es retrouvée à bosser à la morgue ? demanda Archie. Je veux dire, quand est-ce que t'as eu l'idée ?

— Quand j'avais dans les quatre ans, je ramenais des animaux morts à la maison. Ma grand-mère trouvait tout le temps des pigeons sous mon lit. Ensuite, vers treize ans, j'ai vu une autopsie dans une série policière américaine. L'idée qu'une dépouille soit comme une énigme qu'on pouvait résoudre en la décortiquant, je crois que ça m'a marquée.

— Alors pourquoi t'as pas voulu faire médecine ? Je me souviens, quand tu m'as montré la fracture de la colonne vertébrale que j'avais manquée à une de mes premières autopsies.

Il inclina sa bouteille vers elle et sourit.

— T'as l'œil.

Elle lui rendit son sourire, en se gardant de préciser que passer à côté de cette fracture était une erreur de débutant classique. Comment expliquer à un mec comme Archie que pour une fille comme elle, élevée en HLM et intenable tout au long du lycée, des études médicales ne figuraient même pas parmi les éventualités ? Y compris après avoir décroché ses A-levels avec brio, elle savait qu'elle n'aurait jamais sa place parmi tous ces gosses de riches pleins d'assurance qui entraient en médecine.

De toute façon, elle adorait son boulot. Pour elle, s'occuper des morts était une vocation sacrée.

— Le truc, c'est que vous, vous débarquez, vous disséquez et vous disparaissez, répondit-elle. Moi, j'ai l'occasion de passer du temps avec nos hôtes, et de prendre soin de leur famille.

Elle avala une gorgée de bière.

— Et toi ? Pourquoi médecine ?

Il passa une main dans ses boucles cuivrées.

— Mon père était chirurgien cardiaque, alors je suppose que mon chemin était tout tracé, et la spécialisation en pathologie m'a paru pas mal pour arriver chef de clinique à trente-cinq ans. Mais contrairement à toi, découper des corps dans une morgue glaciale à 7 heures du mat n'est *pas* ma conception de l'éclate.

Il mima un frisson.

— Quand j'aurai bouclé mes deux années obligatoires d'autopsies, je me recentrerai sur l'analyse et le diagnostic. Je me vois bien étudier des lamelles de cancers rares dans un labo bien chauffé, avec un petit congrès international dans un hôtel de luxe par-ci par-là.

Son sourire enfantin émoussa la pointe de cynisme de son plan de carrière. Il haussa un sourcil.

— Ça te dit de m'accompagner dans un cinq-étoiles quelque part, quand j'en serai là ? Ou t'es trop alternative pour un truc aussi minable ?

Elle rigola. Elle aimait bien sa façon de la chambrer, de ne pas la prendre – et la vie non plus – trop au sérieux. C'était relaxant, comme compagnie. *Tout le contraire de Phyllida Flyte.* D'un coup, une vision saisissante de la lieutenante s'imposa à Cassie, sa beauté pâle, ses pommettes saillantes, son regard bleu glacier toujours si sérieux. Elle avait formé une… quoi, une alliance ? inattendue avec la flique coincée pendant l'enquête sur la mort de son ancienne prof, une relation qui lui avait parfois semblé frôler un terrain plus glissant. Dangereux parce qu'elle ne se voyait pas du tout sortir avec une flique, si sexy soit-elle.

Plus tard, aux toilettes, Cassie tomba sur la fille aux mèches turquoise qui sortait d'une des cabines en se mouchant dans un morceau de PQ. Elle n'était pas du genre à dévisager les gens, mais la fille avait manifestement pleuré, et comme une madeleine : elle avait les yeux rouges et deux coulures de khôl noir sur son fond de teint blanc. *Pauvre gamine.*

Quand Cassie regagna la salle, les jeunes gothiques étaient partis. Au milieu de leurs verres sales, le moignon de bougie reposait dans une mare de cire noire, la mèche encore fumante. Elle le fixa un moment avant de s'approcher de Zed, toujours perché sur son tabouret de bar.

— Tu sais ce qu'ils avaient, les baby bats, là ?

Elle montra de la tête la table qu'ils venaient de quitter.

Il secoua lentement son crâne rasé, et Cassie fut surprise de le voir tout ému.

— Un de leurs potes s'est suicidé.

En fait, quelque part au fond d'elle, elle savait depuis le début que ce devaient être des amis de Bradley. Est-ce que la fille qui pleurait aux toilettes était sa copine ?

— C'est horrible.

— Ouais, il avait que quinze ans.

Lorsqu'ils s'en allèrent, elle refusa les propositions répétées d'Archie de la raccompagner chez sa grand-mère : l'idée qu'ils se rencontrent lui donnait la chair de poule. Sur le chemin du métro, il lui attrapa le poignet et l'entraîna au détour d'une ruelle tranquille. Là, il posa ses mains sur ses épaules et se pencha pour l'embrasser, juste du bout des lèvres.

Puis il lui murmura à l'oreille :

— Grimpe sur mes pieds, nabote.

Elle voulut protester, répliquer qu'elle mesurait un mètre soixante-douze, *non mais !*, pourtant elle se surprit à obtempérer. Il avança en l'emportant à reculons sur ses pieds, les yeux dans les yeux, jusqu'à ce qu'elle soit dos au mur. Alors il l'embrassa, pour de vrai cette fois, son corps long et ferme contre elle. Cassie sentit ses sourcils bondir.

Mais c'est qu'il embrasse grave bien, pour un rouquin !

Comme il faisait un vrai froid de canard à présent, elle rentra par l'itinéraire le plus court, le long du canal, sans cesser de se remémorer ce baiser – raison pour laquelle elle ne surveillait pas les alentours avec la même vigilance qu'à son habitude.

Sur les derniers mètres avant l'escalier remontant vers la sécurité de la rue, quelque chose la poussa à jeter un coup d'œil par-dessus son épaule. Ici, loin de l'artère principale, le quai était désert… hormis une silhouette humaine à trente ou quarante mètres derrière elle, en ombre chinoise dans la lumière éblouissante du lampadaire. Un homme grand et maigre, mal fagoté

– sûrement sans-abri, ce qui, d'après son expérience, voulait généralement dire inoffensif. Sauf que quelque chose dans sa démarche la tracassait. Il marchait d'un pas trop décidé pour un SDF bourré – presque comme s'il essayait de la rattraper.

Il devait seulement vouloir quémander un peu de fric, « juste de quoi me payer la nuit en foyer », mais pas question de prendre le moindre risque. Elle se hâta en direction de l'escalier et vérifia à nouveau derrière elle. Il avait accéléré aussi, une vision qui la glaça jusqu'au bout des doigts.

Elle se mit à courir. Il la héla, la voix sifflante et rauque, mais elle ne comptait pas s'attarder pour piger ce qu'il avait baragouiné. La peur au ventre, elle se dit qu'elle était tout de même capable de distancer un vieil ivrogne.

Lorsqu'elle atteignit l'escalier, elle voulut gravir les deux premières marches d'un seul bond, mais rata son coup et sentit sa cheville se tordre. Dans sa chute, elle tendit une main pour se réceptionner tout en se vrillant pour faire face à ce qui allait arriver.

Le bonhomme s'était arrêté quelques mètres plus loin, plié en deux, à bout de souffle.

Il leva la tête.

— Chaton…

La voix éraillée.

— C'est pas moi qui l'ai fait.

Une seule personne l'avait jamais appelée par ce petit nom.

5

Si Cassie l'avait croisé dans la rue, elle l'aurait à peine regardé ; mais une fois qu'elle eut vu ces yeux bleu foncé, si semblables aux siens, elle n'eut aucun doute sur son identité.

Son père ne cessait de la regarder depuis qu'il avait repris son souffle.

Elle s'adossa à la balustrade de l'escalier et croisa les bras.

— Tu veux bien arrêter de me fixer ?

Alors même que son cœur battait toujours à cent à l'heure, elle se sentait étrangement engourdie. Comme si elle venait de se prendre un coup de poing en pleine face mais que la poussée d'endorphines écartait l'inévitable douleur.

— Pardon.

Baissant la tête, il fouilla dans sa poche et en tira un paquet de mouchoirs.

— Tiens, tu saignes.

Le sang de sa paume éraflée maculait le devant de son T-shirt, mais elle se contenta de resserrer les bras et secoua la tête.

— Excuse-moi de t'avoir fait peur, ma chérie.

— M'appelle pas comme ça.

Cassie essayait encore d'assimiler l'apparence physique de son père. Son buste émacié laissait pendre son blouson, ses cuisses squelettiques flottaient dans son jean de supermarché, et la peau de sa mâchoire tombait tels des rideaux bouillonnants. Avec sa respiration qui sifflait comme un accordéon percé, il paraissait bien dix ans de plus que ses quarante-huit printemps, et à des années-lumière du papa si beau et si fort qui la soulevait sur ses épaules quand elle était enfant.

Comme s'il devinait ses pensées, il dit :

— Je sais que je fais peur à voir, Chaton.

— M'appelle pas comme ça non plus !

Une quinte de toux le plia en deux. Il mit une bonne minute avant de pouvoir reprendre la parole.

— Neuf ans en cellule avec un mec qui fumait trois paquets par jour, et voilà : bronchite chronique.

Un sourire amer.

— Un comble, vu que j'ai jamais clopé.

Cassie frissonna dans le froid, se refusant à parler, mais le pressant silencieusement d'expliquer ses mots.

C'est pas moi qui l'ai fait.

Une petite voix perfide dans sa tête susurrait : *Convaincs-moi.*

— Tu veux bien au moins prendre mon blouson ? insista-t-il.

Il avait la voix plus grave, plus rauque, l'accent nord-irlandais plus prononcé que dans ses souvenirs – en même temps, s'il vivait là-bas depuis sa libération, comme Babcia le lui avait dit, c'était logique.

Elle secoua la tête.

— Écoute, Chat... Cassie. Il fallait que je te voie. Pour te dire la vérité.

Il posa la main droite à plat sur sa poitrine.

— Je jure sur tout ce qu'il y a de plus sacré que j'ai pas tué ta mère.

Alors pourquoi avoir attendu toutes ces années pour venir me trouver ?

Le besoin de le lui demander jaillit des tréfonds de son être, mais elle résista : pas question de révéler ses sentiments à cet... inconnu.

— C'est la seule femme que j'aie jamais aimée, poursuivit-il. La première fois que je l'ai vue, dans le public pendant un concert...

Ses doigts mimèrent un feu d'artifice.

— *Boum !* J'étais accro. Foutu.

Un sourire biais apparut sur son visage osseux, offrant à Cassie une réminiscence du père confiant et séduisant de ses souvenirs, et elle eut l'impression qu'on lui avait ouvert les côtes pour lui serrer le cœur.

— Je te jure qu'au moment où ta mère se faisait agresser, j'étais chez mon pote Barney à regarder le foot en picolant.

— Le jury a été unanime ! jappa-t-elle, se rappelant ce que lui avait dit sa grand-mère.

— Uniquement parce que le proc a fait passer Barney pour un menteur ! Tu dois me croire. J'ai pas tué Kath !

Il scanda ces derniers mots en se frappant la poitrine du plat de la main. Le son était crëux.

— Et tu vas aussi nier l'avoir frappée ?

Il changea de pied d'appui.

— Écoute, j'admets que j'étais un peu colérique, dans ce temps-là… mais j'aurais jamais levé un doigt sur Kath. J'ai jamais aimé qu'elle.

Il paraissait sincère, pourtant il avait baissé les yeux.

Cassie revit soudain sa mère, ses longs cheveux auburn, son large sourire teinté d'une pointe de défi. Merde alors, qu'est-ce qu'elle foutait là à écouter son assassin ?

Une autre question la frappa.

— Comment tu m'as trouvée ? Tu m'as suivie ?

À défaut de son adresse à elle, il connaissait celle de Weronika. Il avait dû planquer au pied de l'immeuble en attendant qu'elle sorte.

Il ouvrit les deux mains, l'air contrit.

— Je pouvais difficilement aller toquer chez ta grand-mère, non ?

Cassie se mit à trembler de fureur. Pas pour sa mère, en toute honnêteté, mais pour ce pauvre père pitoyable qui n'avait pas été fichu de venir la voir, elle, son unique enfant, depuis toutes ces années. Puis vint une vague de culpabilité.

Elle se détourna brusquement, agrippa la rampe d'escalier.

— Cassie. Tu me crois ?

Il fouilla dans sa poche.

— On peut se revoir ? Je loge dans un B&B à Kentish Town, le Bay Leaf.

Elle ignora la carte qu'il lui tendait, encore plus excédée par son air de chien battu plein d'espoir.

— Non. Et non. Et t'approche plus de moi. Ou j'appelle les flics.

6

— *Pleure pas !*

Cassie s'entendit marmonner ces mots alors qu'elle commençait à émerger le lendemain matin.

Elle tenta désespérément de se raccrocher à son rêve, de s'empêcher de se réveiller, mais le rêve s'échappait, et plus elle s'acharnait, plus vite il s'évaporait. Bientôt n'en resta que la sensation très nette de sa mère secouée de sanglots inconsolables.

Comment savoir si le songe provenait d'un souvenir d'enfance ou si son cerveau endormi avait simplement colorié les contours d'une relation de couple malheureuse et violente ? Même une fois le rêve totalement dissipé, elle demeura angoissée – et déconcertée. Pourquoi lui était-il venu juste après avoir posé les yeux sur son père au bout de vingt et un ans d'absence ?

Et puis elle comprit : elle se sentait coupable. Parce que voir son père avait déclenché dans sa tête une question insidieuse et persistante : *Et s'il disait la vérité ?*

Un détail supplémentaire du rêve lui revint : elle avait senti une odeur âcre. *Une odeur de brûlé.* Elle eut beau se creuser la cervelle, impossible d'en identifier la source ni de lui donner un sens.

Était-ce une réminiscence ? Son subconscient avait très bien pu partir en virée nocturne dans sa petite enfance.

Le cagibi où elle se trouvait avait été sa chambre depuis ses quatre ans jusqu'au lendemain de son dix-septième anniversaire, le jour où elle avait quitté l'appartement pour chercher liberté et aventure dans un squat de Camden. Son vieux poster pourri de Nine Inch Nails était toujours fixé au mur, sur les martins-pêcheurs de l'ancien papier peint qui apparaissaient en filigrane sous la couche de peinture bleu nuit dont elle l'avait recouvert à l'adolescence. Elle avait aussi badigeonné le plafond du même bleu profond, éclaboussé de quelques étoiles à la Van Gogh çà et là.

L'apparition impromptue de Callum n'avait fait que renforcer son désir de comprendre pourquoi le mariage de ses parents avait mal tourné, pourquoi il avait basculé dans une spirale de violence meurtrière. Au moins, on était samedi, et puisqu'elle n'était pas d'astreinte, elle n'avait pas à se précipiter au travail.

À en juger par la bonne odeur de pain qui embaumait l'appartement, Babcia avait dû se lever tôt – comme toujours. Elle perçut le clic discret de la porte d'entrée qui se ferme. En allant voir, elle trouva un mot sur le plan de travail de la cuisine, appuyé contre un pain de seigle au levain encore chaud. *Je sors retrouver Barbara. De retour dans une heure environ*, disait-il. Puis : *Laisse le pain refroidir un peu ou tu vas avoir mal au ventre !* Cassie sourit devant le dessin griffonné en dessous : sur des jambes en bâtons, deux cercles, une petite tête au-dessus d'un ventre distendu.

Elle prit un couteau dans le tiroir, prête à risquer l'indigestion, lorsqu'une pensée s'insinua dans son esprit. D'accord, il était trop tôt pour presser sa grand-mère de lui parler de ses parents, ça devrait attendre qu'elle soit complètement rétablie. N'empêche qu'elle devait faire quelque chose pour calmer le tumulte de questions qui l'assaillait.

Quelques instants plus tard, elle ouvrait la porte en bois sculpté de la deuxième armoire de sa grand-mère, celle où elle rangeait ses vêtements hors saison, mais aussi, Cassie le savait, tous ses souvenirs de Katherine Liliana Raven, sa fille unique. Il s'en exhala une odeur de vieux habits mêlée du parfum préféré de la vieille dame, *L'Air du Temps*. Quand elle était étudiante dans la Pologne des années 1950, Weronika avait réussi à amasser assez de devises étrangères illégales pour en acquérir un flacon auprès du concierge de sa faculté, qui arrondissait ses fins de mois en vendant des produits occidentaux au marché noir. Là-dessus, elle s'était fait prendre en train de coller des affiches pour une manifestation contre le régime communiste, la police avait perquisitionné sa chambre et confisqué le parfum. Ça amusait Cassie de voir que cette confiscation semblait la contrarier beaucoup plus que d'avoir dû passer six mois dans une prison non chauffée en plein hiver varsovien.

Repérant le velours bleu délavé de l'album photo au-dessus d'un carton, elle le prit et le feuilleta jusqu'à retrouver la photo de sa mère dont elle se souvenait.

Le cliché avait été pris sur le marché de Camden, près du canal : on distinguait des péniches dans l'écluse en arrière-plan. Aujourd'hui, ce coin est envahi de touristes, provinciaux et autres étudiants étrangers curieux de la sous-culture camdenienne, mais à l'époque il paraissait paisible, les étals de fripes seulement parcourus par quelques visiteurs. D'après la lumière chaude et le short en jean coupé de Katherine, qui révélait des jambes longues et fines à faire envie, c'était le plein été. Sa crinière auburn ondulée lui tombait dans le dos et elle devait avoir la vingtaine, avant la naissance de Cassie. Si la jeune femme tenait clairement ses cheveux noirs et ses yeux bleus de son père, elle était toujours surprise devant le front large et le nez délicat de sa mère, si semblables aux siens.

Toutefois, c'était l'expression de Katherine qui était restée gravée dans sa mémoire : riant timidement à l'objectif, avec dans le regard une pointe de complicité qu'on n'adresse qu'à un amoureux. Autrement dit, au père de Cassie.

Dans le carton sur lequel l'album était posé, elle découvrit une autre boîte, plus petite et plus jolie. Elle contenait une mine de vestiges de l'enfance de sa mère, dont une pile de bulletins scolaires. Cassie fit taire sa culpabilité en arguant que Babcia avait mille fois voulu lui montrer ces reliques au fil des ans, ce à quoi elle s'était opposée de plus en plus farouchement à mesure que le souvenir de sa mère s'estompait.

Feuilletant les bulletins des années collège et lycée de Katherine, elle fut intriguée de constater que les appréciations d'abord enthousiastes devenaient moins élogieuses d'année en année, jusqu'à l'apparition de termes comme « renfrognée » et « distraite » et à la dégringolade massive de ses notes de fin d'année. *Tiens donc...* Ça ressemblait pas mal aux bulletins de Cassie au même âge, pourtant Babcia avait toujours présenté Katherine comme un exemple – gentille, bonne élève, gardant toujours sa chambre rangée... et ainsi de suite *ad infinitum*. Une tentative manifeste de propagande – quoique vouée à l'échec – destinée à améliorer le comportement de Cassie.

La boîte recelait aussi des souvenirs de l'âge tendre de Katherine : un dessin d'arc-en-ciel, un bracelet de perles en plastique multicolores, une carte d'anniversaire faite maison où s'étalait *Pour Maman de la part de Katerina* inscrit d'une main hésitante à la craie grasse rose. Bien qu'elle ait officiellement baptisé sa fille Katherine, Weronika l'avait toujours appelée Katerina, à la polonaise. Une carte postale plus récente montrait des collines boisées, indéniablement anglaises. Non datée, elle était adressée à l'appartement et comportait un court message : *Très chers Ma & Pa, c'est magnifique ici et je vais bien, alors surtout ne vous inquiétez pas pour moi ! Je vous embrasse. Katherine.*

Tout au fond de la boîte, elle trouva une vieille coupure de journal parlant d'un festival de musique, ainsi qu'une enveloppe kraft cartonnée. À l'intérieur, une photo qui lui coupa le souffle : devant un porche en pierre d'allure solennelle, la mère de Cassie se tenait au bras de son père. Le mariage de ses parents.

C'était le père de son enfance, pas le vieil homme brisé qu'elle avait vu la veille au soir. Il était superbe, le visage long et mince, un sourire de guingois mais sexy, les yeux bleu profond presque de la même teinte que ceux de Cassie. Tout comme les cheveux noirs qui lui tombaient sur les paupières, un phénotype apparemment hérité des marins méditerranéens qui avaient sillonné les routes commerciales vers l'Irlande pendant des millénaires. C'était bizarre de voir un visage si familier et si étranger à la fois – comme si elle contemplait une star des années 1990.

Sur ce cliché, Katherine avait les cheveux plus courts, ses boucles auburn lui effleuraient à peine les épaules. Vêtue d'une robe années folles en dentelle crème, elle tenait un pauvre bouquet comme on peut en acheter à la supérette en cas d'urgence. Ils formaient un couple séduisant, pourtant Cassie décela quelque chose de nouveau chez Katherine, une sorte de beauté blessée, une anxiété dans le regard. L'appareil les avait immortalisés alors qu'ils regardaient dans des directions opposées – sans doute un malencontreux hasard, mais, sachant comme ça allait se terminer, Cassie en eut le frisson.

Elle retourna la photo et fixa un moment la date inscrite en pattes de mouche par sa grand-mère. *Octobre 1992.* Six mois avant la naissance de Cassie. Katherine était donc enceinte au moment de leur mariage, un détail que sa grand-mère catholique s'était bien gardée de lui révéler. Elle avait dû être horrifiée à l'idée que sa fille puisse donner naissance à un enfant « hors des liens sacrés du mariage ». Weronika avait-elle harcelé Callum pour qu'il fasse de sa fille une « femme honnête » ? La terrible trajectoire qui allait aboutir au meurtre avait-elle commencé par un mariage contraint et forcé ?

Elle remettait les objets dans la boîte, dans un ordre qu'elle espérait à peu près le même qu'à l'origine, quand elle retomba sur la coupure de journal. Tiré de la *Camden Gazette* de juin 1992, l'article annonçait que le groupe local Poitín allait donner un concert à High Wycombe au bénéfice de la campagne *Save Oakwood Common.* Elle essayait encore de comprendre ce qu'il fichait là quand la clé de sa grand-mère tourna dans la serrure de la porte d'entrée.

7

Cassie avait réussi à remettre le carton et son contenu dans l'armoire et à sortir de la chambre sans se faire prendre. Elle longeait maintenant le chemin de halage à grands pas – c'était le trajet le plus rapide vers le centre de Camden, tant depuis chez sa grand-mère que depuis chez elle, à vingt minutes de marche dans la direction opposée.

Ici, à un bon kilomètre à l'ouest du marché, tout était tranquille, le grondement de la circulation réduit à un lointain murmure, l'immobilité du canal seulement troublée par le barbotement des canards et le gazouillis occasionnel d'une poule d'eau. En général, cet endroit était son havre de paix, un espace apaisant où elle pouvait se préparer à la journée à venir, sauf que depuis qu'elle avait vu son père, ses pensées n'arrêtaient pas de tournoyer, tel un paquet de linge sale dans un cycle de lavage sans fin.

L'œil aux aguets, elle s'attendait à moitié à voir la silhouette efflanquée de Callum sur le quai ou l'un des ponts traversant le canal.

L'espérait, aussi. Elle chassa cette idée.

Maintenant qu'elle avait vu la photo de mariage, une pensée importune s'était frayé un chemin dans sa conscience : sa mère ne l'avait pas désirée. La Katherine que l'objectif avait saisie sur le marché paraissait tellement heureuse – impatiente d'entrer à la fac, un avenir passionnant devant elle… Et puis elle était tombée enceinte, et son horizon s'était rétréci à une seule voie exiguë : un mariage contraint qui avait fini par tourner au vinaigre. Ajouté à cela le rêve de sa mère en larmes, la conclusion s'imposait d'elle-même : sa naissance non désirée avait bousillé la relation de ses parents.

Le ciel s'était dégagé, le soleil dissipait la brume matinale et adoucissait le froid de l'hiver. Cassie tira son portable pour vérifier comment se rendre à la bibliothèque de Holborn.

La coupure de journal qu'elle avait trouvée dans le coffre aux trésors de sa grand-mère lui avait donné une idée. Elle avait déjà effectué des recherches en ligne sur le meurtre de sa mère et le procès de son père – en vain : si les journaux nationaux avaient bien numérisé leurs anciennes éditions, un féminicide de plus ne semblait pas avoir été une nouvelle assez importante pour figurer dans leurs pages. En revanche, elle avait appris que les archives papier du canard local, la *Camden Gazette*, qui remontaient jusqu'aux années 1990, étaient conservées à la bibliothèque de Holborn, ouverte le samedi.

Le brouhaha de voix et de circulation s'amplifia quand elle atteignit la passerelle juste avant l'écluse. S'arrêtant au milieu, elle regarda vers le marché et tenta de repérer l'endroit où sa mère se tenait sur la photo, seulement il était désormais envahi de stands de nourriture qui répandaient un nuage épicé d'arômes indiens, coréens et marocains. Dans quelques heures, les allées seraient noires de monde. Les résidents qui se respectent évitent le périmètre, les commerçants d'origine qui vendaient un mélange hétéroclite d'antiquités, de bonne maroquinerie, de bijoux artisanaux et de vêtements d'occasion sont aujourd'hui noyés au milieu des étals de camelote industrielle produite en Chine qu'on peut aussi bien acheter sur Amazon. Pire, seule une poignée des clubs et des bars musicaux de l'époque survivent encore dans les entrepôts victoriens qui entourent le marché.

Putain, écoute-toi ! Encore à te lamenter sur un âge d'or perdu.

Un musicien de rue massacrant « Another Day in Paradise » rappela à Cassie le groupe cité dans la coupure de presse. Et l'un des rares commentaires de sa grand-mère sur Callum lui revint en mémoire : « Chanter n'était pas un travail qui convenait à un mari et père de famille. »

Bien sûr ! Poitín devait être le groupe de son père. Callum était nord-irlandais, et le nom ressemblait à un de ces mots gaéliques imprononçables. L'article était un souvenir découpé par une petite amie fière du leader de groupe de rock dont elle était amoureuse.

Dans le hall de la bibliothèque pisseuse des années 1960, un panneau lui indiqua les archives au premier étage, mais une fois sur place elle trouva porte close. Elle frappa à la vitre et vit une fille se lever du bureau d'accueil pour venir ouvrir.

— Désolée, on est fermés pour inventaire. Ça devait être précisé sur le site.

Cassie dut avoir l'air dépitée, car la nana ne referma pas.

— Qu'est-ce que vous vouliez voir ?

Quelques minutes plus tard, la bibliothécaire au grand cœur posait sur sa table huit énormes volumes contenant tous les numéros de la *Camden Gazette* de 1997 et 1998 - Cassie s'était dit que, si le meurtre avait dû être annoncé dès sa survenue, l'affaire avait forcément pris un certain temps avant d'être jugée.

— Vous avez de la chance, fit la bibliothécaire. Les numéros antérieurs sont sur microfiches et je n'ai pas le temps aujourd'hui de vous montrer comment vous servir de la machine.

Cassie hocha la tête d'un air entendu. *Microfriche ? C'est quoi, ce truc ?*

Elle fut d'abord frappée par l'odeur des vieux journaux, effluves renfermés mais pas désagréables qui la rendirent… nostalgique. Au début, elle ne comprit pas pourquoi, et puis elle tilta : ça sentait un peu comme le traité d'anatomie d'occasion que Babcia lui avait offert pour ses onze ans. Elle se revit allongée sur son lit, épluchant les illustrations détaillées des organes et de la musculature, mémorisant les noms. Elle sourit. Combien de grands-mères auraient géré une fascination infantile pour les morts avec un tel pragmatisme ?

La jeune femme avait beau s'être rendue sur la tombe de sa mère, elle ne se rappelait pas la date exacte de sa disparition, uniquement qu'elle remontait à l'automne 1997. Elle commença donc par les numéros de septembre de cette année-là. Pénétrer dans le Camden d'il y a vingt ans lui donna l'impression de s'enfoncer dans un monde perdu.

À l'affiche du Parkway Cinema, aujourd'hui devenu un Odeon, *Trainspotting* et *Dead Man Walking*, deux de ses films préférés. Et après, *Toy Story*. Mais oui ! Son père l'avait emmenée le voir ! Quand le petit garçon avait remisé dans un carton son ancien jouet fétiche, le cow-boy Woody, elle avait pleuré comme une madeleine. Papa ne lui avait pas acheté des bonbons pour la consoler ?

Des bouteilles de cola pétillantes. Elle se souvenait encore du frisson transgressif de ce picotement sur la langue. Pourquoi maman n'était pas avec eux ?

Côté concerts, des salles légendaires comme le Roundhouse et l'Electric Ballroom tenaient encore le haut du pavé, mais à sa grande déception elles accueillaient surtout des groupes de métal, de rock indé, de funk et de jazz – voire des raves. Elle s'était bêtement attendue à y voir programmés ses héros personnels, les Clash, les Cure, les Ramones, Siouxsie and the Banshees... alors qu'évidemment, la scène punk et post-punk s'était éteinte une bonne décennie plus tôt.

Même le bon vieux temps a son bon vieux temps.

Après les annonces immobilières proposant des appartements à vendre à 90 000 livres – qui vaudraient aujourd'hui cinq fois ce prix –, elle fut amusée de trouver une vraie page de petites annonces de rencontres. *Belle femme 39 ans cherche homme bonne situation pour sorties théâtre et plus si affinités.* Pas de swipe à droite, à l'époque : on répondait en envoyant un courrier à une boîte postale. Pas très ragoûtant.

Les affaires de trafic de drogue dominaient la chronique criminelle, mais sans les agressions à l'arme blanche qui terminaient trop souvent sur sa table d'autopsie ; la seule attaque au couteau mentionnée, non mortelle, c'était deux mecs qui s'étaient battus pour une fille à la sortie d'un pub.

Le plus grand nombre d'articles concernait une affaire de corruption au commissariat de Camden : un lieutenant qui avait empoché 25 000 livres pour fermer les yeux sur les activités du crime organisé était tombé dans un guet-apens tendu par la brigade anti-corruption.

Cassie fit une pause pour s'étirer. Elle était arrivée à la fin du mois de septembre sans trouver une seule ligne sur le meurtre de Katherine.

Reprenant sa lecture, elle tomba bientôt sur la une du 6 octobre 1997 – et le regard confiant de sa mère.

UNE MÈRE DE 26 ANS SAUVAGEMENT ASSASSINÉE

Soudain, elle comprit pourquoi on parlait de gros titres hurlants. Les majuscules lui sautèrent à la figure en un cri qui lui hérissa les poils des bras. Puis ses yeux se posèrent sur la photo noir et blanc au bas de la page, une rue pavée sous un pont de chemin de fer, une tente de police blanche. Elle repoussa sa chaise dans un crissement strident.

Ensuite, quelqu'un lui disait de respirer profondément. Elle ouvrit les paupières sur les lacets de ses propres Doc Martens. Elle leva prudemment la tête, rencontra le regard inquiet de la bibliothécaire.

— Tout va bien. Désolée.

Elle esquissa un faible sourire.

— J'ai rien mangé ce matin.

— Vous êtes sûre ?

Après un rapide coup d'œil sur la une du journal, la nana battit en retraite.

Génial, voilà que je tombe dans les pommes ! En général, c'était à elle de ramasser les gens qui s'évanouissaient.

Une fois le premier choc passé, Cassie se sentit capable de lire l'article avec plus de distance, comme si le crime vieux de deux décennies concernait quelqu'un d'autre.

Katherine Raven, jeune maman de vingt-six ans, a été retrouvée morte à Prowse Place ce dimanche au petit matin. La police a ouvert une enquête pour meurtre. « C'est un crime barbare et la police de Camden présente ses plus sincères condoléances à la famille de Katherine, a déclaré le commandant Stanley Neville. Nous n'aurons de cesse que l'assassin soit traduit en justice. » Il demande à toute personne qui aurait vu Katherine dans les environs de la station Camden Road samedi soir ou disposerait d'informations pertinentes de prendre directement contact avec lui ou le lieutenant Gerald Hobbs.

La police ne révélait pas les circonstances du décès de Katherine, ce que Cassie savait être la règle au début d'une enquête.

À peine trois semaines plus tard, le journal titrait ***MORT TRAGIQUE DE KATHERINE – SON MARI INCULPÉ*** au-dessus du portrait d'un Callum souriant, manifestement extrait d'une photo promotionnelle de Poitín. L'article, qui ne comptait que trois paragraphes, rappelait simplement les faits, le secret de l'instruction empêchant sans doute d'en dire davantage avant le procès.

Celui-ci avait commencé le 13 avril 1998 à la cour de Snaresbrook. Le spécialiste police-justice de la gazette en faisait la chronique détaillée.

Le premier témoin à comparaître était le lieutenant Hobbs. Il relatait son arrivée à Prowse Place suite à l'appel d'un promeneur de chien matinal. Il avait découvert Katherine frappée à mort, manifestement plusieurs heures plus tôt, et récupéré l'arme présumée du crime, une demi-brique ensanglantée gisant à proximité. Plus tard dans la journée, quand lui et le commandant Stanley Neville avaient interrogé Callum Raven, ils avaient trouvé son récit de la soirée de la veille « confus et sur la défensive ».

La thèse développée par l'accusation pendant les dix jours d'audience était la suivante : Callum et Katherine s'étaient autorisé une sortie exceptionnelle après avoir confié leur fille de quatre ans à ses grands-parents – détail qui interloqua Cassie. Selon Callum, ils avaient bu des verres au Hawley Arms jusqu'à près de 21 heures, lorsqu'il avait laissé sa femme au pub pour aller voir le match de foot chez un ami, s'arrêtant « pour une petite pinte vite fait » dans un autre pub en chemin. Sauf qu'appelé à la barre, le barman du Hawley Arms avait déclaré qu'il avait dû virer Callum quand il s'était mis à gueuler sur Katherine. Décomposée et en larmes, elle était restée le temps d'un dernier verre avant de s'en aller à son tour vers 22 heures.

D'après l'heure où on l'avait vue en vie pour la dernière fois au sortir du pub et les estimations du médecin légiste, le meurtre avait eu lieu entre 22 heures et minuit. Témoin clé de l'accusation, un quadragénaire déclarait avoir observé par sa fenêtre un homme traversant Prowse Place en courant juste avant minuit – homme qu'il avait ensuite reconnu comme étant Callum lors d'une séance d'identification.

Pour couronner le tout, Callum n'avait même pas contacté la police en ne voyant pas rentrer sa femme ce soir-là, « persuadé qu'elle était allée chez sa mère ».

Le nom du dernier témoin à charge surprit Cassie. Weronika Janek. Comparaissant en tant que témoin de moralité, elle s'était empressée de dépeindre son gendre comme un ivrogne fainéant et colérique, avant de raconter qu'un jour où elle était passée chez eux à l'improviste elle avait trouvé sa fille avec un œil au beurre noir. Kath avait prétendu s'être cognée sur le bord de la baignoire en tombant. « Et qu'avez-vous pensé de cette explication ? » avait demandé l'accusation. « Que c'était un mensonge, avait répondu Weronika. Ma fille a toujours été une piètre menteuse, depuis toute petite. » La défense, ne pouvant pas laisser le jury en tirer la conclusion évidente, avait profité du contre-interrogatoire pour lui demander si Katherine lui avait donné des raisons de croire que Callum l'avait frappée. La réponse avait été brève, mais efficace : « Elle n'en avait pas besoin. »

Cassie perçut comme un écho de son rêve, le son lointain des sanglots maternels, et sentit tout son corps se tendre de rage. Enfant, elle avait sans doute entendu sa mère pleurer après une raclée comme celle-là.

— Excusez-moi…

Cassie sursauta. C'était la bibliothécaire.

— Oh, pardon ! Je dois aller aux archives et je ne peux pas laisser la salle de lecture sans surveillance.

Ses yeux bienveillants paraissaient inquiets.

Elle laissa Cassie photocopier les articles qui l'intéressaient, y compris ceux qu'elle n'avait pas encore eu le temps de lire, et lui donna deux élastiques pour en faire un rouleau plus facile à transporter. Cassie voulut payer, mais elle déclina son offre d'un petit : « Laissez » avant de lui déverrouiller la porte.

— Bonne chance pour vos recherches.

Son sourire timide montrait qu'elle avait compris que la quête de Cassie était personnelle et importante.

8

Rentrée à Camden, Cassie alla s'installer avec son précieux rouleau dans son café préféré, situé dans une ruelle tranquille à l'écart de la rue principale.

La lecture des comptes rendus du procès de son père fut une expérience déstabilisante. Bien qu'en connaissant l'issue, elle se sentait étrangement déchirée : d'un côté elle voulait le voir puni, de l'autre elle nourrissait l'espoir irrationnel qu'il puisse être disculpé à la manière hollywoodienne par une révélation de dernière minute dans le tribunal. Un peu comme un de ces récits alternatifs, tous ces *si seulement* qui tourmentent les personnes nouvellement endeuillées.

Sommé par l'accusation d'expliquer l'œil au beurre noir de sa femme, Callum avait répété ce que Katherine avait dit à sa mère : elle était simplement tombée. Interrogé sur les contusions aux bras relevées par le médecin légiste, il avait déclaré ne pas les avoir vues ni en connaître l'origine.

L'accusation avait aussi produit un rapport d'intervention de la police pour une violente dispute signalée par des voisins quelques jours avant le meurtre. Callum reconnaissait qu'ils se querellaient parce qu'il croyait que Katherine voyait un autre homme, ce qu'elle niait. Invité à présenter à la cour une preuve de cette liaison, tout ce qu'il avait pu dire était qu'elle avait « un comportement suspect ». Pour conclure, il s'emportait, braillait que la police ferait mieux de chercher le mystérieux amant de sa femme, cet homme qu'il désignait comme l'assassin. Il n'était pas difficile de se figurer comment le jury avait dû le percevoir : comme un jeune homme instable et prompt à la colère.

Cassie réentendit ses protestations de la veille selon lesquelles il n'aurait jamais fait de mal à sa mère. Elles *paraissaient* sincères, pourtant il avait évité son regard. Comme s'il cachait quelque chose.

Paradoxalement, c'était un témoin de la défense qui avait porté le coup de grâce. Barney Cotter était le meilleur ami de Callum, mais aussi le batteur *et* le manager de Poitín, apparemment. C'était chez lui que Callum s'était rendu après s'être fait éjecter du pub, et Barney avait expliqué qu'ils avaient regardé la fin du match d'Arsenal ensemble, puis étaient restés à discuter en buvant des bières. Surtout, il avait déclaré que Callum était parti « après minuit », ce qui signifiait qu'il ne pouvait pas être en train de tuer sa femme à Prowse Place à l'heure estimée des faits. Sauf que lors du contre-interrogatoire, Barney s'était contredit sur l'heure du départ de Callum. L'avocat de l'accusation l'avait poussé tant et plus, jusqu'à obtenir un aveu accablant : « J'avais beaucoup bu ! »

Barney avait été contraint d'admettre qu'il ne pouvait pas être sûr à cent pour cent que Callum se trouvait encore chez lui à minuit – auquel cas, son pote aurait eu le temps d'assassiner Kath.

Dans ses conclusions, l'avocat de l'accusation avait détruit l'alibi de Callum plus vite qu'un abri de jardin premier prix et l'avait dépeint comme un alcoolique au tempérament violent. Les soupçons d'infidélité qu'il nourrissait envers sa femme, bien que « totalement infondés », étaient devenus une obsession. Après leur dispute au pub, il avait intercepté sa « belle et innocente jeune épouse » sur le chemin du retour et l'avait frappée à mort dans un accès de jalousie sanguinaire, après quoi on l'avait vu s'enfuir. Au lieu d'avouer, Callum avait encore aggravé son crime en salissant le nom de Katherine dans une tentative désespérée d'orienter la culpabilité vers un amant fictif.

Cassie entendit frapper à la vitre et leva les yeux. Elle sourit en découvrant Kieran, son ancien pote de squat et pas loin d'être son meilleur ami, qui lui faisait coucou par la fenêtre. Elle l'avait appelé en sortant de la bibliothèque. Cassie avait toujours eu du mal à se confier – les vivants sont tellement plus compliqués que les morts ! Mais pour une fois, son besoin de s'épancher l'avait emporté sur sa réticence.

Il la rejoignit en boitillant, séquelle d'une mauvaise chute qui lui avait explosé le genou, des années plus tôt, alors qu'il était défoncé.

— Merci d'être venu, lui dit-elle. Je suis trop contente de te voir.

Elle l'étudia en plissant les yeux d'un air ravi.

— Ouah, t'as l'air...

— Clean de chez clean, hein ?

Prenant une pose de mannequin, il montra sa tenue des deux mains.

La dernière fois qu'ils s'étaient vus, quelques semaines plus tôt, il était encore SDF et s'adonnait toujours à ses deux passions jumelles, l'alcool et la kétamine. Aujourd'hui, à la place de son vieux survêt crado, il portait un jean et des baskets propres ainsi qu'une doudoune noire flambant neuve. Les croûtes sur son visage avaient cicatrisé et ses bouclettes blond vénitien avaient été coupées presque à ras. En revanche, son large sourire révélait des trous dans sa denture, dus à des années de vie dans la rue.

Quand elle lui eut commandé un chocolat chaud, Kieran la mit au courant des derniers développements. Il était clean depuis un mois et avait une place à long terme dans un foyer de réinsertion géré par une association d'aide aux sans-abri qui lui avait non seulement donné de quoi s'acheter des vêtements, mais payé une formation de base en comptabilité et marketing.

— C'est génial ! fit-elle. Qu'est-ce qui t'a poussé à sauter le pas ?

— Pour être honnête, la tise et la K me bouffaient le cerveau. Et je rajeunis pas. Un hiver de plus à la cloche, je crois que j'aurais claqué.

Son éternel sourire s'élargit comme il songeait à son trépas. Il avait sûrement raison : lors de leur dernière rencontre, il avait l'air d'un quadra au bout du rouleau. Là, il se rapprochait un peu plus de ses vingt-neuf ans d'âge réel.

— Si j'arrive à rester clean et à terminer ma formation, je me prends un étal au marché.

— Pour vendre quoi ?

— Je suis en contact avec un fabricant de canards de bain fantaisie.

Il éclata de rire à l'expression stupéfaite de Cassie.

— T'as pas vu ça ? Des canards Batman ou reine Élisabeth. Je parie que les touristes vont adorer.

Cassie n'aurait jamais décrit l'ancien Kieran comme ayant l'étoffe d'un entrepreneur, mais elle voyait bien des canards fantaisie se vendre comme des petits pains sur le marché. Et pour peu qu'il réussisse à ne pas replonger, son indécrottable optimisme pourrait le mener loin.

— Le dernier de la génération squat se range, hein ?

Ils échangèrent un sourire nostalgique. Naguère, Camden offrait son lot de pubs fermés, bureaux à moitié abandonnés et ateliers qui ne demandaient qu'à être investis par ceux qui n'avaient pas les moyens de payer un loyer ou refusaient le fil à la patte d'un bail. Maintenant que l'immobilier du quartier avait atteint des valeurs stratosphériques, les promoteurs, impatients de rentabiliser leurs investissements, ne toléraient plus les squatteurs, même à titre temporaire.

Même l'appartement de Cassie, un logement social en bout de course, se trouvait dans un immeuble délabré promis à la démolition et au remplacement par un superbe ensemble résidentiel public-privé. La municipalité devrait la reloger, mais ce ne serait sans doute pas dans le centre de Camden. Au mieux, elle atterrirait dans le coin le plus glauque de Gospel Oak ; au pire, elle devrait s'exiler de son Camden chéri vers une horrible banlieue.

Kieran montra le tas de papiers sous le coude de Cassie.

— C'est quoi, ça, Cassie Raven ?

Hors défonce, Kieran avait toujours été un mec intelligent et qui savait écouter. Quand elle lui eut résumé ce qui était arrivé à sa mère, il fit une moue compatissante et dit :

— Merde.

Elle lui tendit les articles retraçant les moments clés du procès de son père.

Après avoir tout lu en silence, il recula sur sa chaise et la regarda.

— Alors, tu crois que c'est lui ?

D'un coup, elle réalisa. Si elle s'intéressait au procès, ce n'était pas seulement par besoin de comprendre ce qui avait conduit à la mort de sa mère. Depuis la seconde où Callum était apparu pour clamer son innocence, elle nourrissait le désir inconscient de découvrir une faille dans l'affaire. Pour une raison évidente : s'il avait été accusé à tort, elle retrouvait son père. En mémoire de sa mère, elle se devait toutefois de rester objective.

— Ses jurés n'avaient guère de doute, en tout cas. Ils ont rendu leur verdict en moins d'une heure.

— Mais ta mère n'a jamais explicitement dit que c'était lui qui l'avait frappée, non ? C'est que des présomptions.

Dans son adresse au jury, le juge avait rappelé qu'il n'existait aucune preuve que Callum ait été responsable des ecchymoses de sa femme. Malgré tout, la forte insinuation de Weronika avait fait mouche.

— Et ils avaient aucune preuve médico-légale contre lui, hein ? poursuivit Kieran.

Elle secoua la tête. Si les analyses avaient bien donné une correspondance entre le sang de sa mère et celui trouvé sur la demi-brique meurtrière, elles n'avaient révélé aucune trace d'ADN utilisable qui aurait permis d'identifier l'assassin.

— Non, mais un témoin l'a vu s'enfuir des lieux à l'heure du crime.

— Les témoins savent pas reconnaître les gens. Il y a deux ans, un mec a juré aux condés qu'il m'avait vu chourer un sac à main sous une table au White Lion. Un vrai coup de bol que j'aie pu prouver que j'étais en rendez-vous à la Sécu à ce moment-là.

— Possible. Mais il y a aussi cette engueulade explosive où les voisins ont appelé les flics, et puis l'altercation au pub. Sans compter les bleus inexpliqués. Si j'étais dans le jury, je pense que je croirais qu'il était violent.

Kieran fronça les sourcils sur les papiers.

— T'as dit que t'avais, quoi, quatre ans quand ta mère est morte ? Tu te souviens qu'il était agressif ? T'avais peur de lui ?

Elle secoua la tête.

— Jamais. En fait, des deux, c'est de lui que je me souviens le mieux, et il était adorable : souriant, gentil, patient…

Elle haussa les épaules.

— Sauf qu'il aurait pu être sympa avec moi mais violent avec elle, non ?

Le sourire de Kieran vira à la moue.

— D'après mon expérience, si le père dérouille la mère, les gosses y passent aussi.

Soudain, Cassie se rendit compte que Kieran n'avait jamais parlé des raisons qui l'avaient poussé à lâcher la vie « normale » pour finir par sombrer dans l'alcool et la dope : on ne posait pas ce genre de questions, au squat. En plus, elle-même était bien incapable d'expliquer pourquoi elle avait décroché à dix-sept ans, troquant un foyer aimant pour la sous-culture alternative de Camden, même si dans son cas l'intermède squat avec une bande de SDF drogués n'avait pas duré longtemps.

— Je suis désolée, Kieran, murmura-t-elle.

Il haussa les épaules avant d'attraper une des photocopies.

— J'ai comme l'impression que les keufs avaient décidé dès le départ que ton père était leur homme. Tu sais ce qui l'a vraiment foutu dedans, d'après moi ?

— Vas-y.

— L'alibi de son copain Barney démonté par l'avocat. C'est encore pire que de pas avoir d'alibi du tout. Si j'avais été juré, j'aurais pensé que ton daron avait demandé à son pote de le couvrir et qu'il s'était emmêlé les pinceaux au procès.

Cassie se rembrunit.

— C'est peut-être exactement ce qui s'est passé.

Kieran hocha la tête, concédant cette possibilité.

— T'as toujours été à fond dans la zik, reprit-elle. Je me souviens que tu connaissais la programmation de toutes les salles du quartier. T'as déjà entendu parler du groupe dans lequel il jouait ? Poï-tine ?

— Poï… Ah, *Poutchîne.* C'est du gaélique, ça désigne une gnôle de contrebande.

Son sourire mégawatts était revenu.

— Non, pas vraiment. Mais il devait y avoir une cinquantaine de groupes de rock irlandais qui se produisaient dans les pubs et les clubs du quartier, dans les années 1990. Je peux me renseigner, si tu veux.

Sur le trottoir devant le café, Kieran fit un geste en direction du rouleau de photocopies de Cassie.

— Tu t'embarques dans du lourd, Cassie Raven. C'est peut-être pas mes oignons, mais… t'es sûre que tu ferais pas mieux de foutre la paix au passé ?

Elle y réfléchit un moment.

— Mon impression, c'est que c'est le passé qui veut pas me foutre la paix.

9

Ce lundi, le ciel commençait à peine à s'éclaircir lorsque vers 7 h 45 Cassie se mit en route pour la morgue, plissant les yeux dans le brouillard hivernal qui enrobait le canal. Elle aimait la sensation insolite d'entendre le clapotis de l'eau contre les berges tout en n'apercevant sa surface noire que par intermittence à travers la brume.

Si d'aucuns trouvaient l'endroit inhospitalier – le quai jonché des détritus de fast-food du week-end, les graffitis criards qui couvraient les murs sous les ponts –, pour elle, d'aussi loin qu'elle se souvenait, le canal avait toujours été source de fascination et de mystère, au point qu'il faisait maintenant presque partie d'elle-même. Dernièrement, chaque fois qu'elle se disait qu'elle allait devoir déménager en banlieue et s'imaginait ne plus voir, ne plus sentir chaque jour l'odeur terreuse de ses eaux sombres, elle éprouvait un petit sursaut de panique.

Elle avait passé le reste de son week-end à essayer de suivre le conseil de Kieran, tout ça pour constater que le seul moyen de s'empêcher de ressasser le meurtre de sa mère et le procès de son père, c'était de noyer ses pensées dans la vodka. Comme des chiots non désirés. Ça avait en partie fonctionné, et lui avait au moins concédé deux nuits de sommeil sans rêves, mais elle en payait maintenant le prix avec une monstrueuse gueule de bois cumulative.

À l'entrée de la morgue, elle cherchait son badge dans son sac lorsqu'elle entendit quelqu'un l'appeler.

— Cassie ! Ça fait une éternité.

Phyllida Flyte arqua un sourcil parfait. Comme toujours, le ton était sec, limite sarcastique. Un truc qu'on leur enseignait à l'école de police ?

— Lieutenante Flyte ! lança bêtement la jeune femme, notant des palpitations au creux de son estomac.

Simple effet secondaire de l'abus de vodka, sans doute.

— Je croyais qu'on était passées aux prénoms, répondit la flique, tête penchée sur le côté et sourire crispé.

Elle avait changé de coupe : fini le chignon corseté dont pas un cheveu n'osait s'échapper. Maintenant, sa chevelure blonde tombait jusqu'à son menton en un carré plongeant – au tracé parfait, bien sûr. Ça soulignait les lignes géométriques de son visage, ses pommettes larges et sa mâchoire nette. *Comme le portrait cubiste d'une très belle femme,* songea Cassie.

— Phyllida, alors.

Elle glissa son badge dans le lecteur et poussa la porte.

— Qu'est-ce qui vous amène ?

— Je voulais vérifier certains détails sur un jeune suicidé arrivé la semaine dernière. Je suis l'agente de liaison avec la famille.

Donc, Flyte devait être la flique que Kim Appleton disait avoir vue après la mort de Bradley. *C'est bien ma veine.*

Elles longèrent le couloir en direction de la salle de conservation des corps.

La lieutenante s'arrêta sur le seuil, sourcils froncés sur son élégante veste noire, et saisit une poussière invisible sur son revers avant de la jeter.

Cassie étudia ses vêtements : un pantalon de tailleur en crêpe de laine, de bonne facture mais trop classique, trop *quinqua* pour une trentenaire, surtout associé à ces escarpins de belle-doche.

— Ventes privées Jaeger ? demanda-t-elle en montrant sa tenue.

Les yeux de Flyte se plissèrent.

— Comment vous savez ?

Cassie haussa les épaules.

— Je sais pas. On est en janvier, ça pouvait coller.

Lorsqu'elles s'étaient connues, quelques mois plus tôt, ça n'aurait pas pu commencer plus mal entre elles. La méfiance viscérale de Cassie envers les flics n'avait fait que se renforcer dès l'instant où Flyte l'avait suspectée du vol d'un corps à la morgue. Ensuite, une fois totalement blanchie, la jeune femme s'était ingéniée à persuader la lieutenante – OK, *forcer la main* était peut-être plus juste – d'enquêter sur la mort réputée naturelle de son ancienne prof, Geraldine Edwards. Lorsque enfin la meurtrière de Mme E avait été inculpée, leur défiance mutuelle s'était muée en respect prudent.

Soyons honnêtes. C'était bien davantage.

OK, d'accord, Cassie avait senti un certain frisson entre elles dès le début, sauf qu'au point de bascule elle avait reculé. Pas parce que c'était une femme – elle sortait aussi bien avec des filles qu'avec des garçons depuis son adolescence –, mais parce que c'était une flique. Cette antipathie remontait au jour où un policier l'avait malmenée lors de l'expulsion musclée d'un squat. À peine quelques mois plus tard, elle s'était fait embarquer pour un minuscule pochon de speed, un antécédent judiciaire qui aurait pu torpiller tous ses efforts pour devenir technicienne en anatomopathologie.

Cassie tendit à Flyte le rapport du coroner et le résumé du dossier médical de Bradley, puis elle tira sa civière et ouvrit la housse mortuaire jusqu'à la taille. Pendant le week-end, sa peau avait pris une nuance nettement bleutée.

— Pourquoi ils bleuissent ? s'enquit la lieutenante.

— C'est l'oxygène du sang qui donne à la peau sa couleur rose. Le sang désoxygéné est rouge foncé, ce qui fait paraître la peau bleue.

Flyte désigna une plaque violette, comme un hématome vibrant, qui affleurait au bas du corps de Bradley.

— C'est juste le sang qui se dépose, c'est ça ?

— Exact. Ça s'appelle l'hypostase.

L'anatomie humaine s'écrit en latin et en grec, et son dernier A-level préparé en cours du soir, celui de lettres classiques, avait permis à Cassie de fixer des milliers de termes médicaux dans sa mémoire. « Hypostase », par exemple, était facile à retenir une fois qu'on savait qu'il venait du terme grec désignant le dépôt, le sédiment, l'action de se placer dessous.

Elle lorgna les sutures de Bradley d'un œil critique, sachant que sa mère voudrait le revoir quand il aurait été transféré aux pompes funèbres. Comme il avait fallu ouvrir des deux côtés du cou, la réparation était impossible à cacher, mais elle était aussi satisfaite du résultat qu'on pouvait l'être : les points étaient propres et réguliers, sans plis ni distorsion de la peau.

— Pourquoi vous vouliez le voir ? s'enquit-elle.

Elle lut dans l'expression de Flyte un rare aveu d'ignorance.

— J'ai de la peine pour ses parents, déclara-t-elle simplement, avec une pointe de rose aux joues qui rappela à Cassie le côté compatissant qui affleurait parfois sous sa froide raideur. Je suppose que l'autopsie n'a révélé aucun élément indiquant qu'il n'avait pas réellement l'intention de se tuer ?

Cassie secoua la tête.

— On n'est pas très doués niveau intentions, malheureusement. Je me suis demandé s'il ne s'agissait pas d'une expérience onaniste, mais j'ai cru comprendre que rien dans sa chambre n'allait dans ce sens ?

Elle avait vu passer quelques cas de ce genre depuis cinq ans, tous des hommes. Apparemment, l'autostrangulation pouvait accroître l'intensité d'un orgasme – au risque d'obtenir un final plus extrême que prévu.

Flyte secoua la tête.

— Non, il était entièrement habillé et il n'y avait aucune trace de porno sur son ordinateur.

Cassie haussa les épaules.

— J'espère que les analyses toxico montreront qu'il avait pris un truc qui lui a un peu retourné le cerveau et qu'il ne savait pas vraiment ce qu'il faisait.

— Ça me surprendrait. On n'a retrouvé ni drogue ni matériel d'usager dans ses affaires, et ses copains m'ont tous juré qu'il n'était jamais allé plus loin que fumer un peu de cannabis.

Devant le rictus qui suivit le mot « cannabis », Cassie imagina Flyte en train d'interroger les potes gothiques de Bradley dans son tailleur Jaeger. Aucune chance qu'ils aillent se confier à une flique, encore moins à une cent pour cent bourge comme Flyte ! Une image de la gamine en larmes sous ses mèches turquoise lui vint à l'esprit.

— Et sa copine ?

Flyte fixa Cassie.

— Quelle copine ?

Haussement d'épaules pour gagner du temps.

— J'ai dû supposer qu'il en avait une.

Les yeux bleus de la policière, pâles comme des disques tombés d'un ciel d'hiver, restèrent braqués sur Cassie, qui soutint son regard sans ciller.

— Autre chose ? finit par demander Flyte.

Cassie tourna le bras de Bradley pour lui montrer l'échelle de cicatrices incisée dans sa peau douce.

— D'accord, soupira Flyte. Je perds mon temps.

Elle referma son carnet avec un geste résigné.

— Selon une récente étude, un tiers des jeunes gothiques s'automutilent, et ils ont six fois plus de risques de se suicider qu'un enfant normal.

Un enfant normal... Cassie sentit un frisson d'irritation lui monter dans le cou.

— En fait, ces cicatrices remontent à quelques mois, donc *avant* que Bradley n'intègre le milieu gothique. Et s'il avait *arrêté* de se scarifier parce qu'il avait trouvé des gens qui le comprenaient, ça vous a effleuré, ça ?

Elle entendit sa voix s'échauffer.

— Quant à cette étude, je l'ai lue aussi, et il me semble que les auteurs confondent cause et effet. Les goths sont sans doute attirés par le macabre parce qu'ils se sentent tristes et que le monde normé ne leur offre aucun exutoire à ces sentiments.

Flyte l'observa longuement sans mot dire. Puis :

— Bien. Merci de m'avoir laissée le voir.

En la raccompagnant à la sortie, Cassie lança dans le dos de cette tête blonde lustrée :

— Au fait, si je voulais en savoir plus sur une affaire de meurtre datant des années 1990, je devrais m'y prendre comment ?

Flyte lui envoya un sourire par-dessus son épaule.

— Pourquoi ? J'espère que vous ne comptez pas vous lancer dans une nouvelle enquête buissonnière.

Quand elle souriait, ça l'illuminait et adoucissait son air sévère. Flique ou pas, c'était un vrai canon.

— Non, non, du tout, c'est juste une vieille affaire du quartier qui m'intéresse.

Comme elle refermait la porte sur l'expression curieuse de Flyte, elle réussit à afficher ce qu'elle espérait passer pour un sourire innocent.

Et ce n'est que là qu'elle réalisa. Enquêter sur le meurtre de sa mère était exactement ce qu'elle comptait faire.

FLYTE

Flyte but une gorgée de son Earl Grey – pas assez infusé et, à 3,50 livres, scandaleusement trop cher. Malheureusement, ses pouvoirs de police ne s'étendaient pas aux tarifs insolents des cafés branchés de Shoreditch.

Matt, son ex-mari, avait choisi cet endroit parce qu'il était proche de son bureau dans la City. Pas encore complètement ex, en fait, tant que la procédure de divorce suivait son chemin dans le tortueux labyrinthe judiciaire. Et c'était à elle, bien sûr, qu'il avait incombé de s'en charger. Car le travail de Matt en qualité de cadre intermédiaire dans une boîte de fintech de la City, dont il lui rebattait les oreilles depuis son arrivée, était évidemment bien plus important et exigeant que celui d'une lieutenante de police de la capitale.

Leur divorce avait beau être aussi simple que ce genre de choses peut l'être – ils avaient décidé de partager à égalité le produit de la vente de leur petite maison à Winchester –, il avait malgré tout généré une avalanche de formulaires et autres documents juridiques.

Et sur presque chacun d'eux, la question qu'elle redoutait.

Enfants ?

Aucun.

Elle commençait tout juste à affronter cette absence, même si ce n'était pas encore tout à fait ça. Pendant plus de deux ans, elle avait réussi à la maintenir à distance, juste pour pouvoir fonctionner au quotidien. Cette nécessité s'était faite plus pressante encore quand elle avait intégré la PJ de Camden quatre mois plus tôt, une mutation voulue comme un nouveau départ, loin de tout souvenir de son ancienne vie.

Après trois ans et demi de mariage et seulement vingt-huit semaines de grossesse, Flyte avait accouché d'une petite fille.

Mort-née. *Mais quand même née.*

— Phyllida ?

Elle avait dû marmonner ces deniers mots à voix haute.

Quand Matt reprit son monologue là où il s'était arrêté – quelque chose à propos d'une promotion qu'il méritait –, elle sentit remonter sa rage d'antan. Presque aussi vite, cependant, elle reflua. Elle savait bien qu'il parlait pour combler le gouffre béant que la mort de leur fille avait ouvert entre eux. Aussi large et profond que la fosse des Mariannes.

Et pourtant.

Pourtant, ces rencontres occasionnelles la remuaient, et pas seulement parce que Matt évitait soigneusement toute allusion à Poppy. C'était aussi parce que leur vie d'avant – leur amour d'avant – venait sans cesse s'immiscer dans sa vision périphérique. Un instant Matt n'était qu'un inconnu bedonnant de la City en costume rayé – les cinq kilos et le double menton qu'il avait pris depuis leur séparation le faisaient paraître plus vieux que ses trente-sept ans –, l'instant d'après il lui souriait et elle voyait l'homme pince-sans-rire et fondamentalement gentil dont elle était tombée amoureuse. Des images venues de leur ancienne existence lui apparaissaient par flashs : le chapeau de paille ridicule qu'il portait pour tondre la pelouse, le « *Gia mas !* » qu'il criait chaque fois qu'il faisait sauter un bouchon de bouteille, une habitude acquise lors de vacances à Santorin. Et ce souvenir qu'elle aurait tant voulu effacer : lui en équilibre sur un escabeau, mains en l'air pour fixer un mobile au plafond de la chambre d'enfant, des lapins blancs qui tournoyaient en dessous…

Si elle ne le coupait pas, il ne se tairait jamais, et maintenant qu'il avait signé les derniers papiers du divorce elle avait hâte d'aborder le sujet qui lui tenait à cœur.

— Matt.

Percevant la nuance dans sa voix, il s'interrompit et la regarda d'un air méfiant.

— J'ai quelque chose à te demander. Ça concerne Poppy.

— Je n'ai jamais validé de nom.

Il fit sa moue butée.

— Tu n'as pas voulu de cérémonie, rien qui témoigne de son existence. Le moins que je pouvais faire, c'était de lui donner un nom.

Elle s'efforça de conserver un ton égal, sans accusation. Se retint de lui demander ce qu'il avait dans le crâne quand il l'avait persuadée, quelques jours à peine après la mort de leur fille, de laisser incinérer son petit corps avec deux autres bébés mort-nés, puis disperser leurs cendres mêlées dans le jardin du souvenir du crématorium. Et s'interrogea pour la millième fois : pourquoi avait-elle accepté ça ?

— Matt, tu te souviens du compte rendu médical, celui qui expliquait pourquoi on l'avait perdue ? J'étais à moitié folle à ce moment-là, le lire était au-dessus de mes forces. Maintenant, je veux le faire et je ne le trouve nulle part. Je pourrais contacter l'hôpital, mais ça prendrait sûrement des lustres. Tu dois toujours l'avoir, non ?

HAP, ils avaient appelé ça. Hémorragie ante-partum. En langage courant, leur petite fille s'était vidée de son sang pendant l'accouchement. Une fois lavée, elle était parfaite, mais pâle comme un chérubin de marbre. Flyte se souvenait vaguement qu'un médecin leur avait parlé de cordon ombilical inséré au mauvais endroit. La seule information vraiment restée gravée dans sa mémoire, c'était qu'il avait ajouté que si le problème avait été détecté plus tôt au cours de la gestation une césarienne aurait pu la sauver. *Si.*

Matt détourna les yeux, sourcils froncés.

— C'est loin, tout ça, Phyll.

— Je voulais te demander : je n'avais eu aucun symptôme bizarre, hein ? Avant d'être expédiée aux urgences cette nuit-là. Tu te souviens que je me sois plainte de saignements en début de grossesse ?

Ces deux derniers mois, depuis qu'elle avait commencé à s'autoriser à penser à sa grossesse et à la perte de Poppy, une crainte s'était insinuée en elle : avait-elle raté une douleur, un tiraillement, un signe qu'elle aurait dû signaler à son médecin et qui aurait pu sauver sa fille ? *Leur* fille.

Après un silence, elle poussa quelque chose vers lui.

— J'ai pris une photo d'elle ce jour-là, avant que l'infirmière ne l'emmène. Je t'en ai fait faire un tirage. Il y a peu de temps que j'arrive à la regarder, mais… quand tu te sentiras prêt, tu y trouveras peut-être un certain réconfort.

Matt baissa la tête, essayant sans doute de retenir ses larmes. Lorsqu'il la releva, cependant, il n'avait pas les yeux rougis, mais le regard brûlant et furieux, les lèvres serrées en une ligne amère.

— Quel bien ça peut faire, de remuer tout ça ? siffla-t-il d'une voix féroce. Un malheur est arrivé. C'était un syndrome extrêmement rare. « La faute à pas de chance », a dit le docteur.

Il remonta sa manche pour consulter sa montre.

— Faut que j'y aille.

Sa chaise racla le sol, un son brutal.

— Ça fait deux ans, Phyllida. Il est grand temps que tu t'en remettes, comme moi. Ça peut paraître dur, mais ça devait être dit. Je paie nos consos en sortant.

Et il s'en alla, sans avoir touché à la photo.

Deux ans, deux mois et neuf jours, eut-elle envie de préciser. Elle en avait passé la majeure partie dans le même état que Matt : refusant d'accepter, en colère contre le monde et contre elle-même. Il ne s'en était pas « remis », elle en était sûre. Comme si on pouvait jamais se remettre d'une chose pareille.

Elle ramassa la photo et colla sa joue contre celle de Poppy. Le mieux que l'on puisse espérer, c'était de parvenir à faire la paix avec l'absence, à vivre avec jusqu'à la fin de ses jours, à la supporter.

10

Au travail, Cassie fit profil bas toute la journée, bien décidée à éviter tout accrochage avec Jason ou l'horrible docteur Curzon.

La première autopsie du jour était Mme Perlman, une vieille dame juive de quatre-vingt-six ans, veuve, décédée suite à une chute dans sa cuisine après une arthroplastie du genou. L'autopsie était nécessaire pour déterminer si la mort était due à un AVC ou une crise cardiaque, par exemple, ou bien à des blessures qu'elle se serait faites en tombant.

Quand Cassie ouvrit la housse mortuaire et découvrit son visage, le choc lui fit perdre l'équilibre. Sous ses cheveux bleutés, Mme P avait l'œil gauche gonflé comme une balle de golf et presque toute la moitié gauche de la face enveloppée d'une ecchymose récente, violacée, depuis l'orbite jusqu'au-dessus de la mâchoire.

Brutalement, elle fut replongée dans le témoignage de sa grand-mère au procès de son père : un homme colérique et alcoolique, qui hurlait sur sa femme en public et la frappait en privé. En imaginant la figure douce et confiante de Katherine tuméfiée et meurtrie comme celle de Mme P, elle serra les poings si fort que ses ongles lui marquèrent les paumes. Pourquoi avait-elle laissé son père instiller le doute sur sa culpabilité alors que sa pauvre mère n'était plus là pour se défendre ?

Ressaisis-toi.

— Bonjour, madame Perlman, murmura-t-elle.

Elle posa une main sur son épaule, frêle comme un petit oiseau. Elle continua à bavarder, expliqua à Mme P où elle se trouvait et pourquoi on allait devoir l'examiner, mais la sensation d'avoir une grosse boule dans le ventre persistait. Son habituel détachement professionnel l'avait-il désertée ? Chaque housse mortuaire qu'elle ouvrirait dorénavant risquait-elle de retourner le couteau dans la plaie ?

Dix minutes après, elle soulevait la calotte crânienne de Mme P et la cause du décès lui sauta aux yeux : hémorragie sous-arachnoïdienne fatale. « Arachnoïdienne » : du grec *arakhnê*, « araignée ». Le caillot visible qui avait altéré la forme en toile d'araignée des veines cérébrales supérieures était typique de ce type d'accident vasculaire cérébral. Cette fois, cependant, elle se garderait bien de mentionner son observation au docteur Curzon.

Plus tard, après avoir reconstitué et recousu Mme P, Cassie laissa Jason se charger des trois autres corps afin d'aller s'occuper d'une pile de documents en retard pour le bureau du coroner.

En sortant s'acheter un sandwich à l'heure du déjeuner, elle aperçut une silhouette tout en noir qui disparaissait au coin de la morgue en direction de la grand-rue. Une personne était planquée là et avait pris ses jambes à son cou en voyant la porte s'ouvrir.

Au souvenir de la bande qui avait volé un corps quelques mois plus tôt, elle s'élança au pas de course – l'allée étroite qui conduisait à l'artère principale était assez longue pour lui permettre de rattraper l'inconnu. Mais lorsqu'elle l'atteignit, *nada*. L'autre avait dû piquer un sacré sprint pour s'être évanoui aussi vite. Se remémorant la silhouette, Cassie accéléra.

Quand elle déboucha dans la rue, le trottoir des deux côtés était désert. Elle poussa à droite jusqu'au croisement le plus proche, qu'elle savait être un cul-de-sac. Et là, appuyée au mur de briques d'un vieil entrepôt, elle la trouva.

La jeune gothique de la veillée de Bradley au pub.

Ce qui l'avait trahie, c'était son long manteau noir et ses mèches turquoise. Hors d'haleine, la main sur le flanc, elle leva la tête, et Cassie fut stupéfaite de voir la peur dans ses yeux.

Elle s'appuya à côté d'elle pour reprendre son souffle, lui laissant un moment pour se remettre.

— Ça va ?

La fille acquiesça d'un air méfiant, le regard bas. Sous son manteau noir, elle portait une robe ample en dentelle noire, ainsi qu'un foulard monochrome imprimé de sinistres insectes ailés autour du cou. Elle avait le maquillage total goth : visage blanc fendu d'une bouche violette, un piercing à la lèvre supérieure. Elle était jolie, mais beaucoup de gens verraient son look comme agressif, fait pour choquer ou provoquer. Cassie n'était pas dupe. C'était un camouflage. Un costume que l'on revêt pour s'abstraire d'un monde hostile, dissimuler son angoisse et sa confusion. Et une marque de solidarité avec une autre tribu - celle des gens qui comprenaient.

— Comment tu t'appelles ? demanda Cassie.

— Naenia, avec un a et un e.

Cassie dut se retenir de sourire.

— Un nom sépulcral, fit-elle en hochant la tête. La déesse des funérailles, c'est ça ?

— Et des chants funèbres.

Naenia la zyeutait maintenant avec attention, s'attardant sur ses piercings.

— Écoute, Naenia, tu n'as rien fait de mal. Si un de mes amis était mort, moi aussi je traînerais à l'endroit où il repose.

Naenia parut un instant indécise, puis leva le menton.

— Je veux le voir.

Aïe, délicat.

— T'as quel âge ?

— Dix-sept ans.

Cassie ne dit rien.

— Quinze.

— Ça va être compliqué. Tes parents seraient d'accord ?

Petit soupir méprisant.

— J'ai que ma mère, et elle s'en fout royalement.

En tant qu'ancienne ceinture noire en bravade adolescente, Cassie perçut la douleur sous la morgue.

— J'en suis désolée. Il te faudrait aussi la permission de ses parents à lui. Tu les connais ?

Légère secousse de la tête.

— Son daron était archidur avec lui et la bande.

Naenia porta la main à son crâne, s'arracha un cheveu, le jeta, tira sur le côté de son foulard. Gestes réflexes, apparemment inconscients.

Par le passé, il était arrivé à Cassie de relayer des demandes de visites aux plus proches parents, mais en se représentant Kim et Steve Appleton elle hésitait : avait-elle le droit de s'immiscer dans ce chagrin brut ?

— Je devine que t'étais sa copine ?

— Non. Oui. Plus ou moins.

Naenia paraissait gênée.

— On s'était... embrassés, mais c'était pas encore officiel.

Elle rougit si fort que des traces roses apparurent à travers son fond de teint blanc.

— Tu le connaissais depuis longtemps ?

— Le milieu du premier trimestre. Presque trois mois.

Cassie était obligée de poser la question :

— Tu as une idée de ce qui a pu le...

— Non, l'interrompit Naenia.

— Quelque chose en particulier le tourmentait ? insista Cassie.

— Non ! Il avait le moral. On devait aller au Goth Weekend de Whitby en avril !

Les décors du *Dracula* de Bram Stoker sont inspirés de Whitby ; dans le milieu gothique, ce festival est un véritable pèlerinage. Même s'il y avait des tensions entre son père et lui, avec une copine sexy et un événement cool en perspective, pourquoi Bradley aurait-il voulu se tuer ? Ça n'avait aucun sens.

— Parce que tu sais, ça aiderait vraiment ses parents de comprendre un peu les raisons de son geste.

D'un coup, Cassie revit Kim Appleton lovant le vieux pingouin en peluche élimé dans le cou de son fils. Et prit une décision. Elle ne pouvait pas transmettre la demande de Naenia de voir Bradley. L'implacable vérité, c'était que la disparition de leur fils unique poursuivrait les Appleton jusqu'à la fin de leurs jours, alors qu'il y avait fort à parier que Naenia aurait un nouveau petit ami dans les six mois.

Les jeunes oublient et avancent. Encore heureux. Naenia pourrait toujours assister aux obsèques.

Elle entendit l'adolescente renifler et vit un torrent de larmes sur son visage.

— Je suis vraiment désolée, lui dit-elle. Ce qui est arrivé à Bradley est horrible. Tu n'y es pour rien.

Dans un des cours qu'elle avait suivis, un psy avait expliqué que les proches du défunt se reprochaient souvent sa mort, même si c'était parfaitement irrationnel.

Sauf que là, ces mots semblèrent ajouter à la détresse de la jeune fille au lieu de l'apaiser.

— Vous comprenez rien !

Sa main vola, arracha un autre cheveu avant de redescendre à son foulard. Traction latérale. Un geste mécanique qui faisait comme un écho aux circonstances de la mort de Bradley. Cassie remarqua que les cheveux arrachés avaient laissé des petits points rouges sur son cuir chevelu.

Naenia avait-elle sans le vouloir donné à Bradley un cacheton frelaté ? Est-ce que c'était ça ?

Avant que Cassie ait trouvé comment lui poser la question sans la porter à nier en bloc, l'adolescente s'était repoussée du mur.

— Faut que j'y aille.

— Écoute, si tu as envie de parler, tu peux m'appeler à la morgue quand tu veux. Demande Cassie Raven.

Pour toute réponse, Naenia ne lui accorda qu'un vague acquiescement par-dessus son épaule tandis qu'elle s'éloignait à grands pas, son manteau noir flottant derrière elle telle la cape d'un méchant de dessin animé.

11

Quand Cassie rentra chez sa grand-mère vers 17 heures, elle fut accueillie par une vision qui l'arrêta net : son sac à dos rempli à côté de la porte. Elle l'emporta dans la cuisine, où Weronika se tenait debout devant une jatte dont elle fouettait le contenu avec un regain de son ancienne vigueur.

— Eh ben, qu'est-ce qui se passe ? lança Cassie avec un grand sourire. Je sais que ma *salatka* n'est pas à la hauteur de tes attentes, mais ça justifie vraiment une expulsion ?

Le parfum de gingembre en poudre qui flottait dans l'air lui indiqua qu'il y aurait du *piernik*, le pain d'épices polonais, pour le dessert.

— J'ai lavé tes habits et fait ton sac. Il est temps que tu rentres chez toi, déclara fermement la vieille dame en se tournant vers elle. Tu as ta vie et je ne veux pas que tu la gâches ici. Je vais bien, maintenant. Fraîche comme un gardon.

— Mais, Babcia…

À sa surprise, Cassie se sentait toute déconfite. Si ces semaines passées dans le foyer de son enfance s'étaient parfois révélées étouffantes, elle y avait aussi trouvé un certain réconfort.

Weronika lui prit les mains.

— La vie est trop courte pour la gaspiller auprès des vieux, *tygrysek*. Il faut que tu rentres chez toi…

Elle arqua un sourcil.

— … où tu pourras recevoir tes amis.

Sous-entendu, Archie Cuff.

— Mais avant que tu partes, je sais que tu voulais qu'on parle de ta maman et… de ton père. Commençons par souper.

Tout au long du dîner, Cassie sentit son regard aimanté par le portrait de sa mère sur la cheminée. Pour la millième fois, elle essaya de se la rappeler, sans parvenir à faire remonter autre chose que les même vieux souvenirs usés comme des galets par la marée : le parfum de pastèque, la robe aux coquelicots orange. Auxquels elle pouvait désormais ajouter les pleurs inconsolables de son rêve.

Lorsqu'elles eurent fini de débarrasser, Weronika dit :

— Tu veux voir mes souvenirs de ta maman ?

Elle l'entraîna dans sa chambre et, quand elle ouvrit l'armoire, Cassie espéra que rien dans ses traits ne trahissait son petit secret coupable.

Heureusement, Weronika était perdue dans ses pensées.

— Où est-ce qu'il est… ?

Écartant quelques cintres, elle décrocha une housse en plastique.

— C'était son corsage préféré.

Un long chemisier en coton gris perle, si fin qu'on aurait presque dit de la mousseline, éclaboussé de petites roses roses. Pas le style de Cassie, mais plutôt joli - il devait déjà être rétro dans les années 1990.

Weronika le pressa contre son visage et le huma avant de se pencher avec la prudence des personnes âgées pour attraper le carton à souvenirs. Elle le déposa dans les mains de sa petite-fille.

Cassie sortit d'abord le dessin de l'arc-en-ciel et la carte d'anniversaire, gênée de les avoir déjà vus.

— C'est trop mignon ! Elle devait beaucoup t'aimer, Babcia.

— Oh, quand elle était petite, on était inséparables. C'était une bambine timide, elle avait peur de son ombre. Tout le contraire de toi. Toi, tu es née les poings levés.

Le bracelet de perles en plastique était un cadeau que Katherine avait reçu pour ses cinq ans. Apparemment, elle le portait tous les jours et refusait de l'enlever « même pour aller se coucher ».

Après avoir écouté Babcia évoquer l'enfance de Katherine,

Cassie saisit le dernier bulletin scolaire de sa mère. Elle en lut une partie à voix haute :

— « Je suis au regret de dire que l'attention et l'attitude générale de Katherine se sont considérablement dégradées cette année… »

Elle décocha à sa grand-mère un regard interrogateur.

— Montre voir.

Tirant ses lunettes de lecture d'une poche, Weronika parcourut l'ensemble du bulletin, les sourcils de plus en plus froncés. De toute évidence, le souvenir installé, lustré au fil des décennies, peinait à survivre face à un fait objectif. Au bout d'un moment, elle baissa le document et se tourna vers Cassie.

— C'est vrai. Elle a toujours été une élève disciplinée, mais vers quinze ans elle est devenue… rebelle. Comme la plupart des adolescents.

Cassie savait que sa mère avait décroché sept certificats d'enseignement général en fin de collège avant de poursuivre au lycée pour préparer ses A-levels dans l'optique d'entrer en fac de psycho après – projet qui n'avait jamais abouti. En revanche, elle ignorait combien de temps elle avait tenu au lycée et à quel moment elle avait connu Callum.

— Alors elle a quitté le lycée quand elle a rencontré papa ?

Les paupières de Weronika se plissèrent en entendant parler de son gendre.

— Non, il est arrivé plus tard. Je l'ai suppliée de s'accrocher à ses études, mais à ce moment-là, elle sortait tous les soirs et elle voulait gagner de l'argent.

Elle leva une main, la laissa retomber.

— Je… Je n'avais plus aucune prise sur elle. Elle a arrêté le lycée au bout d'un an et s'est mise à travailler dans… une boutique de disques d'occasion.

À son ton, elle aurait aussi bien pu dire « dans un bordel ». Elle jeta à Cassie un regard noir.

— Tu peux te moquer de moi, n'empêche qu'elle était intelligente. Peut-être pas autant que toi, mais bien trop pour être vendeuse !

Alors comme ça, la jeune fille modèle avait bossé dans un magasin de vinyles d'occase ! Cassie tint sa langue, mais elle trouvait ça incroyablement cool.

Son regard tomba sur la carte postale de la campagne anglaise. Elle l'attrapa.

— Elle l'avait envoyée d'où, ça ? Et pourquoi elle vous dit de ne pas vous inquiéter, grand-père et toi ?

Le grand-père de Cassie, présence discrète mais chaleureuse de sa petite enfance, était décédé moins d'un an après le meurtre de sa fille.

Weronika prit la carte et la lut. Elle laissa tomber sur ses genoux la main qui la tenait.

— Babcia, si tu veux pas...

— Ça va. Tu as le droit de tout savoir. Comment ma Katerina a fait la connaissance d'un homme comme ton père.

Elle expliqua qu'après avoir travaillé au magasin de disques pendant un an ou plus, Katherine avait déclaré qu'elle quittait la maison pour rejoindre un mouvement anti-route dans les Chilterns.

— On ne pouvait pas la retenir, elle avait vingt ans. Elle a pris son sac à dos, un sac de couchage, et elle nous a dit qu'elle allait dormir dans une tente en forêt ! Depuis toute petite, elle avait une *fantazja* de s'installer à la campagne pour vivre dans une ferme.

Waouh ! Donc, la Katherine Janek à l'air si sage avait tout plaqué pour bosser dans un magasin de disques avant de virer militante écolo ! Cassie se rappela un mec plus âgé de sa période squat, Enzo, qui évoquait avec nostalgie les manifs contre les constructions de routes dans les années 1990. Apparemment, ça avait été un vaste mouvement visant à empêcher le gouvernement de bétonner la campagne. Son leader était un type surnommé Swampy.

— C'était tous les soirs au journal télé, poursuivait sa grand-mère, les yeux dans le vide. D'affreux hippies aux cheveux longs tout emmêlés ou au crâne rasé, qui dormaient à la belle étoile, sans endroits où faire leurs besoins ni se laver !

Save Oakwood Common. Le concert de soutien de Poitín annoncé dans la coupure de presse au fond de la boîte à souvenirs.

— Ça a dû être très dur pour vous.

Cassie ressentit une vague de culpabilité en s'avisant soudain que, quand elle avait quitté le domicile au lendemain de son dix-septième anniversaire, sa grand-mère avait dû avoir l'impression que l'histoire se répétait.

Weronika était perdue dans ses pensées.

— Il n'y avait pas de téléphone portable à l'époque, alors on n'avait droit qu'à un appel depuis une cabine de temps en temps. Près d'un an, elle est restée loin de nous. Pendant un moment, on a cru l'avoir perdue pour de bon.

— Alors, c'est là-bas qu'elle a connu papa ?

Hochement de tête sinistre.

— Quand elle a fini par revenir à Camden, elle a ramené ce *Callum* – Weronika chargea le prénom de tout son mépris –, ce *gbur* aux cheveux longs.

Sachant que le terme signifiait « vaurien », Cassie dut réprimer une soudaine envie de défendre le père souriant de sa mémoire, celui qui l'emmenait à la piscine de Gospel Oak et la portait sur ses épaules dans le parc, ce père tellement plus présent que sa mère dans ses rares souvenirs d'avant quatre ans.

C'est ça, songea-t-elle. *Et qui est-ce qui choisit les souvenirs roses plutôt que des faits objectifs, là ?*

— Elle n'était plus la même après l'avoir rencontré, ma Katerina, continua sa grand-mère. Avant, elle avait parfois des sautes d'humeur, mais c'était comme les orages d'été, ça passait en un clin d'œil. Elle était joyeuse et pleine d'entrain. Après s'être mise avec lui…

Weronika tapota distraitement le couvre-lit.

— Parfois, elle restait plantée sur le canapé à le regarder pendant qu'il jacassait. Un vrai paon. Toujours plein de projets, mais qui n'aboutissaient à rien. Il allait devenir une popstar ! Tu parles… Il n'a jamais gagné un seul penny autrement qu'en bossant sur des chantiers et en vendant des légumes au marché. Et si tu lui offrais à boire, il…

Elle fit le geste d'engloutir un verre imaginaire.

— J'en déduis que tu n'étais pas d'accord pour qu'ils se marient.

Sa grand-mère avouerait-elle que Katherine était enceinte ?
Elle esquiva :
— C'était inévitable. Elle était folle de lui. Et puis tu es arrivée.
Son visage s'éclaira.
— Ils ont obtenu un petit logement social et pendant un moment ta mère a paru assez heureuse. Ça n'a pas duré. Ton père était infichu de garder un emploi, alors je donnais de l'argent à Katerina pour payer le loyer. Parfois, après ma journée de travail au Safeway, je passais chez eux pour faire un peu de ménage et m'occuper de toi, histoire que ta mère puisse se reposer.
Se rappelant l'odeur de brûlé de son rêve, Cassie demanda :
— Il y avait un foyer ouvert, à l'appart ?
— Une cheminée, tu veux dire ? Grands dieux, non ! Juste des radiateurs électriques. Bref, un jour, j'ai trouvé deux bouteilles de vodka vides en sortant les poubelles.
Sa main serra le couvre-lit.
— Elle a essayé de le protéger, mais quand je l'ai pris entre quat'z'yeux, il a craqué et il a reconnu qu'il buvait trop.
Cassie eut un flash du pauvre visage tuméfié de Mme Perlman.
— Et il était… violent ?
Sa grand-mère se mordit la lèvre inférieure pour l'empêcher de trembler.
— Un midi, je suis passée à l'improviste avec des feutres que j'avais achetés pour toi au marché. Katerina n'était pas maquillée. Elle avait un bleu là…
Elle effleura la pommette de Cassie aussi tendrement que s'il s'était agi de celle de sa fille.
— … et une entorse au poignet. Elle m'a dit qu'elle s'était cogné la tête sur la baignoire en trébuchant, mais cette petite n'a jamais su mentir. C'était écrit sur son visage qu'il l'avait frappée.
— Et vous êtes allés trouver Callum ? Toi ou grand-père ?
Les traits de Weronika se déformèrent en une grimace torturée qui déchira Cassie.
— Elle m'a fait jurer de ne pas lui en parler. Ton *dziadek* et moi, on était aux cent coups, *naturalnie*. On ne savait pas quoi faire.

Elle fixait Cassie, mais c'était Katherine qu'elle voyait.

— Quelques jours plus tard, elle était morte. Que Dieu me pardonne de ne pas être intervenue, de ne pas vous avoir arrachées toutes les deux à ce monstre.

Si seulement.

Cassie sentit sa formation professionnelle entrer en action. Elle prit la main de sa grand-mère.

— Tu n'as fait que respecter le souhait de ta fille. C'était un geste d'amour. Ce qui s'est passé, ce qu'il a fait, c'est cent pour cent sa faute. Tu n'as rien à te reprocher.

Elles restèrent longtemps ainsi, main dans la main.

— Les policiers ont été extraordinaires, tu sais, reprit Weronika. Le plus jeune, Dżerek je-ne-sais-plus-comment, il est venu nous voir une bonne demi-douzaine de fois !

Dżerek ressemblait à une approximation polonaise de Gerry : elle devait parler du lieutenant Gerald Hobbs, l'officier chargé de l'enquête. D'un coup, elle serra le genou de Cassie.

— Tu te rappelles quand il t'a apporté une poupée Barbie ?

— C'était un cadeau d'un policier, ça ?

Cassie ne visualisait pas Hobbs, mais elle se souvenait de la poupée. En fait, Barbie avait été l'objet de sa toute première éviscération - et ses entrailles l'avaient terriblement déçue : aussi plastoc et creuses que son personnage extérieur.

— Ton grand-père et moi, on a aussi vu son patron au commissariat. M. Neville ? Un homme charmant. Tu sais ce qu'il m'a dit ? « Madame Janek, je ne peux pas vous ramener votre adorable fille, mais je vous fais une promesse : on n'aura pas de repos avant d'avoir mis cette ordure derrière les barreaux. »

Elle avait manifestement mémorisé ces paroles mot pour mot, comme un catéchisme.

— Et ils m'ont fait une confidence.

Elle se pencha vers Cassie.

— Tu sais que ton père était irlandais. Eh bien, Dżerek m'a révélé qu'il était mêlé à l'IRA.

— Ah bon ?

Pour Cassie, l'IRA était une tranche assez floue d'histoire

ancienne. Tout ce qu'elle savait, c'est qu'ils s'amusaient à poser des bombes qui tuaient des civils.

— Il a précisé qu'il était inutile d'en parler au tribunal, mais ça confirmait tout ce que j'avais toujours pensé de lui.

Cassie brûlait de lui poser davantage de questions sur son père, en particulier s'il avait tenté de prendre contact pour avoir de ses nouvelles pendant ou après son incarcération, mais un rapide coup d'œil sur les traits fatigués de la vieille dame l'en dissuada. Ce voyage dans le passé l'avait vidée émotionnellement.

— Allons boire un thé, proposa-t-elle en se levant pour remettre le corsage de sa mère dans sa housse.

Elle avait déjà commencé à la refermer, comme on ferme un sac mortuaire, quand Weronika lança :

— Tu ne veux pas le garder ? Tu fais à peu près la même taille qu'elle. Peut-être que tu le mettras de temps en temps, en souvenir ?

— Je vais le passer tout de suite, répondit Cassie sur un coup de tête.

Dans la salle de bains, elle contempla son reflet dans le miroir en pied.

Ça marchait pas mal : son 501 vintage et ses Doc apportaient au corsage très *girly* le tranchant nécessaire. Elle pivota, regarda par-dessus son épaule pour examiner le résultat de dos… et resta abasourdie.

Où étaient passés ses piercings ?

Ce qu'elle voyait dans la glace n'était pas son propre visage : c'étaient les traits plus doux et les yeux noisette à l'air triste de sa mère.

12

Lorsque Cassie sortit de l'appartement de sa grand-mère sur la coursive du huitième étage, elle avait encore l'étrange impression d'habiter la peau de sa mère. Il faisait une douceur inaccoutumée pour un soir de janvier, et quand elle émergea dans la rue, elle loucha vers les voitures garées sous les lampadaires en s'attendant presque à ce qu'elles aient pris les formes et les couleurs étranges qu'elle avait vues dans les vieilles séries policières rediffusées à la télé.

Elle se remémora le moment où elle avait aperçu les yeux tristes et doux de sa mère dans le miroir, une vision rendue plus réelle encore par le décor banal de la vieille salle de bains verte avec son rideau de douche à fleurs. En une demi-seconde, les traits de Katherine s'étaient dissous dans les siens, mais elle en avait gardé un sentiment de déphasage, comme si elle avait été déconnectée de la réalité.

Elle avait encore du mal à intégrer cette nouvelle image de sa mère comme militante écolo dormant dans les bois avec une bande de néo-hippies et se couchant devant les bulldozers pour leur barrer la route. Elle ne pourrait jamais le dire à sa grand-mère, mais ça la transportait de découvrir qu'elles avaient quelque chose en commun, qu'elles avaient toutes les deux plaqué la société conventionnelle à l'adolescence pour aller explorer la marge.

Cassie rentrait généralement par le chemin de halage, l'itinéraire le plus rapide pour rejoindre son appart à l'autre bout de

Camden ; cette fois, elle se retrouva à prendre la passerelle qui traversait le canal en direction de la grand-rue. Ses pieds semblaient savoir où elle allait avant que son cerveau ne comprenne.

Quelques minutes plus tard, elle avait atteint l'entrée de Prowse Place, l'endroit où le corps de sa mère avait été découvert. Hésitante, elle contempla la rue pavée déserte, à peine une venelle, bordée de modestes petits pavillons victoriens. Tout au bout, les maisons s'arrêtaient et la chaussée rétrécissait en un tunnel obscur sous la voie ferrée.

C'est là que ça s'est passé.

Remontant son sac à dos sur ses épaules, elle s'avança vers le boyau ténébreux. Les semelles en caoutchouc de ses Doc ne faisaient presque aucun bruit sur les pavés et si des lumières de téléviseurs scintillaient aux fenêtres de certaines demeures, aucun son ne s'échappait des doubles vitrages.

À l'entrée du souterrain, elle marqua une pause pour laisser ses yeux s'accommoder à l'obscurité et sentit son cœur battre à tout rompre. *Arrête tes conneries*, se dit-elle en se forçant à visualiser les cellules photoréceptrices coniques de sa rétine, celles qui fonctionnent le mieux dans une forte luminosité, en train de s'éteindre tandis que celles en forme de bâtonnets, adaptées à l'obscurité, s'éveillaient.

Adaptées à l'obscurité, songea-t-elle. *Un peu comme ma vie.*

Une fois que les contours du passage eurent émergé de la pénombre, elle pénétra à l'intérieur. Ses oreilles aussi semblaient avoir acquis une sensibilité exacerbée. Elle entendit le bruit d'un véhicule changeant de vitesse au loin, des bribes de gammes jouées au piano tandis qu'on ouvrait puis refermait une fenêtre, le cliquetis de bouteilles dans un sac de courses une rue plus loin.

S'arrêtant près d'un pan de mur, elle remarqua un graffiti sur la brique gris foncé : un vieux smiley défraîchi, image qu'elle avait toujours trouvée vaguement sinistre, probablement un vestige des années 1990. Son regard tomba sur le sol pavé. Serait-ce une tache de sang, cette auréole plus sombre ? Du genre qui se produit quand quelqu'un s'est fait défoncer le crâne ?

Mais oui, bien sûr, plus de vingt ans après...

Brusquement, elle fronça le nez à une odeur âcre de brûlé, comme s'il y avait un feu de poubelle à proximité. Puis elle perçut de lointains sanglots de femme, exactement comme dans son rêve. Elle pivota d'un coup. Personne. Un instant de silence urbain et les pleurs reprirent, très fort, à quelques centimètres à peine de son oreille. Suivis d'une voix qu'elle savait être celle de sa mère, hachée et plaintive :

— *Tout est ma faute... Ma faute !*

N'osant pas bouger, elle resta plantée là, raide, le souffle court. Et *boum !*, tout fut terminé. La sensation d'une personne tout près disparut. Elle chercha la tache de sang, ne parvint plus à la distinguer.

Putain ! Sans se soucier d'être vue, Cassie cavala jusqu'au bout du tunnel.

Dix minutes plus tard, sous un lampadaire puissant au milieu de gens allant et venant, elle sentait encore son cœur jouer du marteau-piqueur.

Elle aperçut les lumières accueillantes du Hawley Arms devant elle et fila s'y réfugier, soulagée par la mêlée de corps chauds, le brouhaha alcoolisé et l'odeur réconfortante de bière éventée.

Il y avait un tel vacarme au comptoir qu'elle dut articuler « Grey Goose » au barman en montrant la bouteille. Quand il leva deux doigts interrogateurs, elle en montra trois. Elle emporta sa triple vodka, trouva un coin où déposer son sac à dos et s'appuya contre un bout de mur libre.

Je ne crois pas aux fantômes, se rappela-t-elle. Sa formation et son expérience lui avaient appris que les gens qui venaient de perdre un proche ressentaient souvent sa présence, et elle-même avait « vu » ou senti son ancienne prof, Mme E, à plusieurs reprises après son décès. Elle avait mis ces apparitions sur le compte d'une surcharge émotionnelle, et ce qu'elle venait de vivre était forcément la même chose : rien de plus que son subconscient en état de choc qui en faisait des caisses pour essayer d'assimiler tout ce qu'elle découvrait sur la mort de sa mère.

Tout est ma faute... Comme si Katherine se reprochait son propre meurtre. Dans quel recoin obscur de la cervelle de Cassie une idée pareille était-elle née ?

En séchant sa vodka, une pensée lui vint à l'esprit.

Elle ne croyait peut-être pas aux fantômes, mais… et si les fantômes croyaient en elle ?

13

Le lendemain matin, quand Cassie se réveilla chez elle après une nuit moite et agitée, il ne lui restait de son rêve récurrent qu'une odeur de brûlé. C'est alors que ça lui revint : cette bouffée âcre qu'elle avait prise pour un feu de poubelle à Prowse Place la veille au soir, juste avant d'entendre sa mère dire que tout était sa faute.

La luminosité de sa chambre lui fit mal aux yeux, mais il faut dire qu'elle avait continué à la vodka une fois rentrée. Et puis son regard tomba sur les rideaux et elle se redressa d'un coup.

Une odeur suffocante. Des flammes qui lèchent les rideaux. Des flocons tout noirs.

La fenêtre sur le passé s'était entrouverte avant de se refermer brutalement. Mais Cassie en garda une certitude absolue : elle avait été témoin d'un incendie domestique dans sa petite enfance.

Se rendre sur les lieux où sa mère était morte avait débloqué quelque chose dans sa mémoire. Des souvenirs d'enfance enfouis depuis des années remontaient à la surface tel un cadavre mal lesté.

Une fois habillée, elle alla frapper à la porte de son voisin, saisie d'une impatience qui atténuait sa gueule de bois. Desmond avait pris son chat, Macavity, en pension pendant qu'elle séjournait chez sa grand-mère, et elle avait hâte de récupérer l'animal.

— Oh, c'était pas la peine, ma belle, lança Desmond quand elle pressa une bouteille de Laphroaig, son whisky préféré, dans ses mains grandes comme des soupières. C'était un plaisir d'accueillir Son Altesse.

Cassie entraperçut un bout de queue noire filant dans la cuisine et cria :

— Macavity !

Desmond la suivit. Malgré sa démarche traînante et ses cheveux presque entièrement gris, il n'avait que la cinquantaine. Né d'un père antillais et d'une mère irlandaise pur sucre, il avait perdu son poste d'agent de sécurité dix ans plus tôt, lorsqu'une bande de voleurs s'était pointée à l'entrepôt de tabac qu'il gardait et avait tenté de lui arracher le code d'entrée à coups de barre à mine. La sirène d'un véhicule de patrouille passant par là lui avait sans doute sauvé la vie, mais quand l'argent des indemnisations s'était tari, Desmond s'était retrouvé à devoir vivre des minimas sociaux.

Chaque fois que cette histoire venait sur le tapis, il se contentait de sourire, laissant apparaître une dent en or, et disait : « Ils ont pas eu une seule cigarette, pas une ! »

Elle trouva Macavity planqué sous la table de la cuisine. Noir du museau au bout de la queue hormis ses yeux vert doré, il l'examinait, impassible et impérieux. Lorsqu'elle tendit la main pour le caresser, il courba le dos en se détournant d'elle puis trotta vers Desmond et se frotta à ses jambes – un rejet qui lui brisa le cœur, comme une idiote.

Desmond rit, mais devant son expression il dit :

— Tu verras, dès que c'est toi qui recommenceras à lui donner à manger, il m'oubliera direct.

À ces mots, Cassie se sentit encore plus triste, frappée par une sombre vérité : hormis sa grand-mère, toutes ses relations ne pouvaient-elles pas être décrites comme purement contingentes, transitoires, temporaires ?

Sa plus longue histoire d'amour à ce jour avait été Rachel, une étudiante en psycho avec qui elle avait vécu cinq petits mois l'année précédente. Rachel avait rompu en lui sortant la même chose que tous ses ex-copains et copines : qu'elle était « inaccessible », pas assez – ou pas assez souvent – affectueuse, trop distraite, distante… et patati, et patata. Rachel se plaisait à lui exposer sa théorie concernant ses défauts : loin de ne pas avoir été marquée par la disparition de ses parents à un si jeune âge, la petite Cassie de quatre ans n'était pas armée émotionnellement pour l'affronter, pour bien faire son deuil. C'était Rachel qui avait diagnostiqué la première qu'elle souffrait de deuil inachevé.

Eh ben, songea-t-elle amèrement, *je suis en plein dedans, maintenant.*

Elle réussit à emporter un Macavity récalcitrant jusqu'à chez elle sans qu'il lui échappe, mais comme elle le déposait dans l'entrée il feula et lui décocha un coup de patte toutes griffes dehors, lui lacérant le bras.

Elle se laissa glisser contre le mur, en lutte contre les larmes qui lui piquaient les yeux. La plupart du temps, elle se satisfaisait de sa propre compagnie, mais parfois, comme à cet instant, une présence extérieure lui manquait. Le sentiment d'être amoureuse. La tentation enivrante de se noyer dans l'autre. Elle repensa à Archie, à la pelle qu'ils s'étaient roulée et à leur badinage sur WhatsApp depuis – dans son dernier message, reçu ce matin même, il lui demandait quand elle serait libre cette semaine.

Après avoir désinfecté la griffure et rempli la gamelle de son colocataire ingrat qui boudait sous le fauteuil, elle alla chercher la bouteille de vodka au congélateur et s'étendit sur le canapé. Elle prit son téléphone, sourit au visage simple et ouvert de la photo de profil d'Archie. Après une longue hésitation, elle tapa :

Un peu prise cette semaine. Je te refais signe ? Cx

Ensuite, elle retourna à sa liste de contacts et envoya un message à Phyllida Flyte demandant à la voir.

Archie devrait attendre. Le devoir avant le plaisir.

FLYTE

— Pardon ?

Au prix d'un immense effort, Flyte s'extirpa de ses pensées. Qu'avait dit Josh ?

— Je disais : « Quelle paire d'ostrogoths », lieutenante.

— En effet.

Elle était encore furax de ce dont ils venaient d'être témoins. Elle et Josh, le plus futé des agents du commissariat, revenaient d'une ferme de cannabis à Gospel Oak. Les « ostrogoths » étaient le binôme d'agents en uniforme arrivés sur place après que des passants avaient signalé un homme en train de se faire tabasser dans la rue. L'« homme » en question s'était révélé être un jeune Vietnamien de dix-sept ans appelé Minh, introduit illégalement par un gang de la drogue pour le forcer à s'occuper d'une plantation installée dans un vieux lotissement social abandonné. Minh avait profité de la visite d'un de ses garde-chiourmes pour prendre la fuite, mais l'autre l'avait rattrapé dans la rue. Après l'intervention des passants, l'agresseur avait disparu.

Le garçon avait conduit les policiers à travers les bâtiments jusqu'à une rangée d'anciens garages où des ouvertures rudimentaires avaient été percées entre les box pour former un vaste espace bourré de plants de cannabis. En jargon cannabicole, Minh était un « jardinier », chargé des systèmes d'éclairage et d'irrigation, dormant sur un matelas gonflable, enfermé vingt-quatre heures sur vingt-quatre sans lumière naturelle. L'histoire de Minh était tristement rebattue : ses parents avaient emprunté 10 000 livres pour payer une bande de passeurs qui lui garantissaient un emploi sur un chantier au Royaume-Uni. À la place, Minh avait été remis aux trafiquants de drogue, qui lui avaient dit qu'il devait rembourser les « frais supplémentaires » de son voyage.

Josh sourit.

— Le plus vieux risque pas d'oublier de sitôt ce que vous lui avez balancé.

Elle agrippa le volant.

— Franchement, comment peut-il ne pas être au courant du protocole de traitement d'une victime probable de trafic d'êtres humains ? 1) contacter les services sociaux, 2) la signaler au MNO.

Le mécanisme national d'orientation est justement fait pour identifier les individus qui ne sont pas des criminels mais des *victimes* de la traite et de l'esclavage – sauf que faire comprendre cette distinction à certains agents n'est pas toujours évident. Si Flyte se flattait généralement de garder son sang-froid, elle l'avait un peu perdu lorsqu'à son arrivée elle avait trouvé les deux troufions en train d'embarquer un gamin maigre et terrifié de un mètre soixante, menotté, dans leur véhicule de patrouille.

— Je ne supporte pas les agents qui ne connaissent pas ou choisissent de passer outre les bonnes procédures. Les règles ne sont pas faites pour les chiens.

Si la police ne les respecte pas, quel espoir y a-t-il pour quiconque ?

— Qu'est-ce que vous lui avez dit, déjà ? gloussa Josh. « Vous avez dix secondes pour lui enlever ses menottes ou je demande votre renvoi pour faute avant le dîner ! »

— OK, Josh, ça suffit.

— Désolé, lieutenante.

Flyte était consciente que pendant ses deux premiers mois à la PJ de Camden elle était un peu la risée de ses collègues – la reine de glace à cheval sur le règlement et atteinte de contrôlite aiguë – mais dernièrement, depuis que son obstination dans l'affaire de la prof décédée de Cassie avait conduit à l'inculpation d'une suspecte, elle percevait un changement d'attitude. Ils la trouvaient peut-être encore un peu bizarre, mais elle sentait maintenant un certain respect.

Josh avait réussi à trouver une assistante sociale pour s'occuper de Minh. Flyte avait décidé que puisque le garçon était encore bouleversé et n'avait pas mangé depuis vingt-quatre heures, sa déposition pouvait attendre.

— Tu sais ce que j'aimerais vraiment faire ? fulmina-t-elle. Faire visiter ce garage à tous les soi-disant « alternatifs » qui achètent leur cannabis au marché, qu'ils voient comment Minh a vécu ces quatre derniers mois juste pour qu'ils puissent se mettre la tête à l'envers. Ils s'insurgent pour un T-shirt fabriqué par des gosses au Pakistan, mais l'esclavage de la drogue ? Tant qu'ils ont leur spliff du week-end, ce n'est qu'un dommage collatéral.

Flyte n'était pas un éteignoir, elle appréciait quelques verres de sauvignon de temps à autre… mais céder à des drogues le pilotage de son cerveau ? Ça, vraiment, elle ne comprenait pas.

Josh hocha la tête, préférant esquiver un débat désormais éculé entre eux. Lui estimait que dépénaliser les drogues dites « douces » réduirait la criminalité – ainsi que leur charge de travail. *Gagnant-gagnant.*

Un point de vue que Cassie Raven ne devait pas manquer de partager. À l'évidence, elle consommait régulièrement du cannabis, voire pire. L'usage de drogues récréatives était une quasi-obligation pour la faune camdenienne, tout comme les piercings, les tatouages, les coupes bizarres, les tenues excentriques et l'attitude effrontée.

Malgré tout ça, elle avait accepté de la voir ce soir, intriguée de ce que la fille de la morgue avait à lui dire. Y avait-il une information qu'elle avait gardée pour elle concernant la mort de Bradley Appleton ? Ou s'agissait-il d'autre chose ? Quoi qu'il en soit, force lui était de reconnaître que son message d'hier lui avait fait bondir le cœur.

14

Jason se chargeait de l'unique autopsie prévue ce jour-là, ce qui libérait Cassie pour avancer dans ses tâches administratives, à commencer par l'inventaire des défunts en chambre froide. L'hiver était toujours une période chargée à la morgue : le mauvais temps et la nuit précoce entraînaient une recrudescence d'accidents de la route, les virus dégénéraient en pneumonie dans les poumons âgés… Ce qui impliquait un combat permanent pour éviter une accumulation de corps en attente.

Comme elle ouvrait chaque cellule pour comparer l'étiquette de la housse mortuaire à sa liste, elle murmurait quelques mots à chacun. « Bonjour, monsieur Khan, vous allez pouvoir nous quitter demain », « Bonjour, madame Perlman, votre fille Becca viendra vous voir dans la journée ». De simples paroles de réconfort. Comme elle espérait qu'un agent de service mortuaire en avait gratifié sa mère lorsqu'on lui avait apporté son corps brisé cette nuit-là, vingt et un ans plus tôt.

Elle avait hâte d'être à ce soir pour retrouver Phyllida Flyte. À en juger par la photo du journal, Gerry Hobbs, le flic chargé de l'enquête sur la mort de sa mère, n'avait pas trente ans en 1997, il se pouvait donc qu'il soit encore en exercice, peut-être même toujours à la PJ de Camden. Si elle arrivait à convaincre Flyte de lui parler, peut-être qu'il voudrait bien répondre aux questions que Cassie se posait sur le meurtre – et dissiper définitivement ses doutes sur la culpabilité de son père.

Arrivée à la cellule marquée BDA, DDN 06/07/2006, elle tira la civière.

— Je vais relancer le service toxico aujourd'hui, Bradley. J'espère qu'on va pouvoir aider ton père et ta mère à tourner la page.

Elle revit la petite amie du garçon, Naenia. Sa nervosité, son tic de s'arracher un cheveu avant de tirer sur son écharpe : l'image même d'une fille tenaillée par un secret coupable. Une fois de plus, elle ressentit ce petit picotement, le sentiment que la mort de Bradley n'était pas un simple suicide.

L'inventaire ne révéla que quatre cellules inoccupées sur vingt-quatre, et qui risquaient d'être remplies en un clin d'œil dès la prochaine vague d'arrivées. Elle allait devoir en informer le bureau du coroner afin d'organiser le transfert des corps déjà autopsiés ; c'est lui qui acquitte « le gîte et le couvert » des hôtes de la morgue - leurs frais de garde journaliers.

Ce travail effectué, elle se rhabilla en civil et sortit s'acheter à déjeuner. Elle marchait vers le centre de Camden quand elle reçut un appel de Kieran, son ancien pote de squat.

— Cass ! Tu peux me rejoindre ?

Il paraissait tellement exalté que, l'espace d'un instant, elle redouta qu'il ait replongé.

— Quoi, maintenant ?

— Ouais. C'est une surprise !

Il lui donna le nom d'une petite rue à l'écart des grands axes et lui dit de le retrouver dans « une boutique à côté d'un cabinet d'avocats », sans autre précision. Devant la vitrine, elle comprit avec un petit sursaut d'excitation pourquoi il l'avait attirée là. Sous une enseigne au nom de *HONEST BOB'S VINYL*, une demi-douzaine de hipsters, tête baissée et mine aussi dévote que des moines en prière, fouillaient dans des bacs de vieux albums. Babcia lui avait appris que sa mère avait bossé chez un disquaire ; Kieran savait qu'elle cherchait à en savoir plus sur elle. *Ipso facto,* ce devait être l'endroit où la jeune Katherine avait travaillé.

Cassie était passée devant à maintes reprises ; il comptait parmi les rares magasins et bars indépendants à avoir survécu à la colonisation du quartier par les grandes enseignes et les immeubles de standing. Jusqu'au retour en force du vinyle, l'affaire avait dû vivoter grâce à la fidélité de quelques discophiles ; là, le magasin avait été repeint de frais et doté d'un coin café avec une machine expresso rutilante dans le fond.

C'est là qu'elle trouva Kieran, qui bavardait autour d'une tasse avec un mec plus âgé - grand, maigre, en gilet de costard, ses longs cheveux gris acier noués en queue-de-cheval. Malgré ses traits marqués de vieux rockeur, son âge était difficile à cerner - c'était un de ces types qui peuvent osciller entre la grosse cinquantaine dissolue et la petite soixante-dizaine bien conservée. À sa main droite pendillait un komboloï en ambre, le chapelet antistress des Grecs.

Comme il ne fallait pas compter sur Kieran pour faire les présentations, elle lança :

— Bonjour. Cassie Raven.

— Bob, fit le mec en louchant sur sa poitrine avant de se familiariser avec son visage.

— « Honest Bob », je suppose ?

Il répondit par un sourire mi-figue mi-raisin qui révéla une incisive en platine.

— C'est comme ça qu'on appelle la baraque depuis l'âge de pierre.

Sa voix roulait comme des graviers marinés au bourbon.

Kieran se leva.

— Je vais faire un tour dans les rayons. Je vous laisse discuter tous les deux.

Bob se tourna vers la fille qui tenait le comptoir.

— Tu nous fais des cafés, ma belle ?

Cassie en profita pour l'examiner. Un trou de piercing tunnel rebouché à une oreille ; grimpant sur un côté de son cou, la trace fantôme d'un tatouage effacé au laser. Sûrement pas le bon look pour décrocher un découvert commercial à la banque.

— Alors comme ça, t'es la fille de Kath et Callum ? Qui l'eût cru ?

Son regard s'attarda sur elle tandis qu'il faisait tourner les perles du komboloï sur ses doigts. *Clac... clac.*

— C'était terrible, cette mort si jeune. Et une perte tragique pour toi, bien sûr.

Ça sonnait faux, mais en même temps les gens ont recours à ces formules galvaudées parce qu'ils ne savent pas quoi dire aux personnes endeuillées.

— Kath a travaillé ici combien de temps ? demanda Cassie, testant le diminutif de sa mère.

— Attends que je réfléchisse… Je dirais un an, par intermittence. C'était une fille adorable, ta mère.

Il exhiba sa dent en platine.

— Presque aussi mignonne que toi.

Beurk ! songea Cassie avec un sourire forcé qu'elle espéra passer pour reconnaissant.

— Kath était passionnée de musique, reprit Bob. Passionnée de tout, en fait. Elle faisait jamais rien à moitié.

Les perles claquaient sur sa main.

— Je me souviens, quand Van Morrison a joué au festival de Glastonbury, elle voulait absolument le voir, mais c'était complet. Eh ben, elle y est allée quand même. À son retour, elle m'a dit qu'elle avait trouvé quelqu'un pour la faire entrer dans le coffre de sa voiture. C'était pareil avec le mouvement anti-route, là.

— Oakwood Common ?

— Ouais, Oakwood Common. La plupart des gens y allaient juste pour la journée quand y avait une action de prévue, tu vois ? Kath, non. Elle est carrément allée vivre là-bas.

Son visage n'exprimait rien, mais une sorte d'immobilité dans le regard poussa Cassie à se demander si ça ne l'avait pas emmerdé, à l'époque.

— Vous l'avez regrettée ? Je veux dire, c'était une bonne vendeuse ?

— Elle était pas très douée pour arriver à l'heure, mais elle touchait sa bille, surtout en new folk et en folk rock. Ça, c'était vraiment son truc. Et un beau petit lot comme ça, c'était un plus avec les clients. Mais c'était un esprit libre, Kath.

Il émit un gloussement rauque.

— Je viens de m'apercevoir d'un truc. Sans moi, tu serais peut-être jamais née.

Cassie le dévisagea sans mot dire.

— Quelques mois après son départ, Kath s'est repointée avec un mec à son bras. Nan, c'était pas Callum, fit-il devant son regard interrogateur. Elle m'a sorti toute contente qu'elle avait été nommée au comité d'organisation d'Oakwood. Le mec était son copain et tous les deux, ils devaient mettre sur pied un concert de soutien là-bas.

Nouvelle bribe du passé de sa mère : elle avait eu un copain militant écolo avant Callum.

— Elle avait besoin d'un service : que je les mette en contact avec des groupes du quartier qui seraient partants pour donner un concert gratuit. Je leur ai filé plusieurs numéros, dont celui du manager du groupe de ton père.

— Barney Cotter.

— C'est ça. Enfin bref, du coup, Poitín s'est retrouvé en tête d'affiche du concert quelques mois plus tard et c'est comme ça que tes parents se sont connus. Alors tu vois, sans moi, tu serais peut-être pas là !

Bob paraissait ravi, l'air d'avoir oublié que son entremise accidentelle s'était soldée par un meurtre.

— Et après Oakwood Common ? Vous la voyiez souvent, quand elle est rentrée avec Callum ?

— Pas vraiment. Après ta naissance, je l'ai juste aperçue quelquefois avec une poussette.

Son expression disait clairement qu'il s'était désintéressé de Kath une fois « l'esprit libre » devenue une jeune mère harassée.

— Elle était trop jeune pour être maman, vous ne croyez pas ?

— En tout cas, elle m'avait pas l'air très heureuse. Elle avait beaucoup maigri et… je sais pas, c'est comme si elle avait perdu sa… sa joie de vivre.

Cassie laissa la tristesse se déposer en elle, ses soupçons consolidés en une douloureuse certitude : avoir un enfant avait été la pire erreur de la vie de Katherine Raven. Elle était heureuse – douce et aimable, quoiqu'un peu fantasque – jusqu'à la naissance de sa fille. Si elle n'était pas tombée enceinte, peut-être serait-elle encore en vie aujourd'hui.

— Vous connaissiez bien Callum ?

— De réputation uniquement. Des gens dont je respectais l'opinion disaient qu'il assurait au chant et à la gratte. C'était inévitable que ta mère finisse avec un beau rockeur, j'imagine.

Décelant une pointe de jalousie dans la voix de Bob, Cassie le scrutait quand quelque chose atterrit entre eux sur la table.

— Regardez ce que j'ai trouvé ! exulta Kieran.

C'était un vieux 33 tours des familles à la couverture morose : une photo noir et blanc de deux hommes et une femme au bord du canal, qui scintillait comme du mercure dans la lumière. Callum se tenait à l'arrière, les deux autres assis sur un muret devant lui. Le mec, sans doute Barney Cotter, fumait une cigarette en regardant de côté ; la fille fixait l'objectif. Sous l'image, dans une police de caractères irlandisante, un seul mot : *POITÍN*.

Bob se pencha en avant.

— C'est une rareté, ça. Ils l'ont produit eux-mêmes. Ils avaient pas mal de fans, et je me souviens de rumeurs de contrat d'enregistrement avant que…

Il n'eut pas besoin d'achever sa pensée.

— Le folk rock irlandais, ça a jamais tellement été mon truc, mais ça cartonnait dans les années 1990.

— Vous n'auriez pas gardé le numéro de Barney Cotter, par hasard ?

— Ah, nan, désolé.

Puis il frappa d'un ongle noueux l'image de la femme, visage en cœur encadré de boucles brunes en cascade.

— Elle, je l'ai rencontrée une ou deux fois. Une belle plante. Je crois qu'elle chante encore dans des pubs du quartier. Maria quelque chose.

Cassie retourna la pochette.

— « Maria Maguire, chant ».

— C'est elle. Bonne voix bluesy.

— J'aimerais l'acheter.

— Prends-le.

Bob agita une main munificente.

— C'est le moins que je puisse faire pour la môme de Kath.

Laissant Kieran payer un vieil album de Metallica, Cassie sortit et déballa celui de Poitín de son enveloppe plastique. En contemplant les cheveux ondulés, la figure longue et maigre de son père, elle sentit son estomac se nouer comme après une grande histoire d'amour qui a mal tourné.

Quand Kieran la rejoignit, elle lui proposa de l'inviter à déjeuner pour le remercier de sa petite enquête.

— Oh, désolé, Cass, j'ai un webinaire sur les réseaux sociaux pour les petites entreprises dans une demi-heure.

Comme il redressait le torse en disant ça, Cassie lui pressa le bras.

— C'est génial, Kieran ! Je suis hyper fière de ce que tu fais. Mais comment t'as appris que ma mère avait bossé ici ?

— Coup de bol, répondit-il modestement. Un pote du foyer m'a envoyé vers Bob, comme quoi il connaissait tous les groupes de Camden depuis les années 1970. Et quand j'ai parlé de Poitín, Bob m'a dit que ta mère avait bossé ici et qu'il serait heureux de te rencontrer.

Elle baissa les yeux sur le vinyle.

— Si seulement j'avais de quoi l'écouter…

Il fronça les sourcils.

— Je crois qu'il y a une platine dans la salle commune du foyer.

— Trop bien ! Tu pourrais me le ripper ? J'adorerais entendre mon père chanter, et y a aucun morceau d'eux en ligne.

— T'inquiète, Cass, pas de pro.

Puis, tout sourire :

— J'ai tapé la discute avec le mec de la caisse. Devine quoi ?

Cassie secoua la tête.

— Maria Maguire passe au Dublin Castle un mercredi sur deux, et le prochain, c'est demain. Ça te dit ?

— Grave.

Néanmoins, la perspective de rencontrer quelqu'un qui avait bien connu son père, et sans doute aussi sa mère, provoquait des émotions mitigées. De l'enthousiasme, mais teinté d'une pointe de panique. Comme si elle avançait au ralenti dans un bourbier dont elle ne pourrait peut-être jamais s'échapper.

Kieran dut percevoir quelque chose car son éternel sourire vira à l'inquiétude et il la poussa de l'épaule.

— Ça va, Cassie Raven ? Toutes ces histoires autour de ta pauvre maman, c'est une sacrée merde que tu retournes.

— Je m'en remettrai.

Elle exhuma un grand sourire.

— Tu te souviens comment vous m'appeliez, au squat ?

— Ouais ! glousssa-t-il. *Téflon.* T'étais la plus jeune, mais la plus coriace d'entre nous.

— Voilà, fit-elle d'un ton rassurant.

Et puis elle s'avisa d'une chose : le Téflon, c'est costaud, certes… mais ce n'est qu'une couche superficielle.

15

— J'ai pensé que vous voudriez savoir au plus vite : les analyses toxico de Bradley seront négatives, dit Cassie à Flyte. Aucune trace de psychotropes ni de narcotiques, même pas un soupçon de cannabis.

Il était 17 heures, et elles se trouvaient dans le café où elle avait adjuré Flyte d'enquêter sur la mort de Geraldine Edwards. À présent, elle se préparait à lui demander une autre faveur.

— Vraiment ?

Flyte la regarda par-dessus sa tasse d'Earl Grey. À l'expression sceptique de ses yeux bleu glacier, elle avait une longueur d'avance sur Cassie et cherchait à découvrir ce qu'elle manigançait.

En fait, tout son langage corporel – raide comme un piquet, les coudes sur la table – rappelait à Cassie la méfiance de leurs premières rencontres. D'accord, c'était compréhensible : non contente d'avoir forcé Flyte à enquêter, elle l'avait mise en porte-à-faux en l'obligeant à passer sous silence une effraction qu'elle avait commise. Marrant comme les flics pouvaient avoir du mal avec ce genre de choses.

Tout soupçon de béguin semblait fermement remballé dans sa boîte. Une fois de plus, Cassie se demanda si l'attirance qu'elle sentait parfois entre elles n'était que le fruit de son imagination. Auquel cas ce ne serait pas plus mal. Flyte l'intriguait, et c'était une vraie bombe, mais Cassie avait déjà bien assez à faire avec le maelström émotionnel que suscitait sa plongée dans le passé de ses parents.

— En général, le rapport toxico prend plus de temps que ça, non ? fit la lieutenante en arquant un sourcil parfait.

— J'ai un copain qui me devait un service au labo de Hammersmith.

Cassie baissa les yeux pour aspirer une minigorgée d'expresso. Inutile de préciser que le service d'origine avait consisté à fournir à Marco le numéro d'un dealer d'herbe à Ealing.

Une ombre s'abattit sur le visage de Flyte telle une éclipse soudaine.

— Alors ça y est. On va devoir annoncer à ses parents qu'il était parfaitement lucide quand il s'est tué.

— J'en ai bien peur.

L'investissement émotionnel de Flyte dans l'affaire Bradley Appleton paraissait un peu trop viscéral pour une flique, même face au suicide d'un enfant - mais Cassie avait compris depuis un certain temps qu'elle avait perdu quelqu'un de très proche et commençait tout juste à l'affronter. Elle laissa passer un silence respectueux avant de se lancer :

— Au fait, je me demandais si vous aviez croisé un certain Gerry Hobbs au commissariat. Il y était lieutenant en 1997. Il doit avoir une cinquantaine d'années, maintenant.

Flyte lui décocha un regard pince-sans-rire qui disait : *Alors c'est pour ça que vous vouliez me voir.*

— Non, ça ne me dit rien. Il n'est pas à la PJ, ça, j'en suis sûre. Mais s'il était lieutenant dans les années 1990, il a peut-être déjà pris sa retraite. Au bout de trente ans de service, on peut partir à taux plein.

Elle saisit la tranche de citron de son thé pour en arracher la chair avec les dents et Cassie se souvint de sa surprise la première fois qu'elle avait vu ce geste animal chez une femme d'apparence aussi corsetée.

— Pourquoi cette question ?

Cassie hésita. D'instinct, tout son être regimbait à s'ouvrir à la police, même à une flique en qui elle avait fini par avoir confiance - jusqu'à un certain point. Sauf que la réapparition de son père, accompagnée des réminiscences et des visions de sa mère, tout ça la déstabilisait et la déconcentrait dans son travail. Son seul espoir de retrouver un semblant de normalité était d'acquérir la certitude que l'enquête avait été rigoureuse et que son père n'avait pas été condamné à tort.

Elle résuma les faits d'un ton plat, les yeux rivés sur la table. Contre toute attente, l'exercice lui paraissait chaque fois plus difficile. Le seul détail qu'elle omit fut la visite de son père, au cas où ça enfreindrait une règle imposée par sa liberté conditionnelle.

— Je suis sincèrement désolée, déclara Flyte lorsqu'elle eut terminé. Vous devez traverser un vrai calvaire.

Cassie avait vu son poing se serrer inconsciemment sur la table et sentait qu'elle se retenait de lui toucher le bras.

À la place, la lieutenante piocha son téléphone dans son sac et passa un appel.

— Gary ? Phyllida Flyte. J'aurais besoin de tes lumières.

Un bref échange s'ensuivit. Après avoir raccroché, elle dit :

— Bon, le lieutenant Gerald Hobbs a pris sa retraite l'année dernière, deux ou trois mois avant mon arrivée. Apparemment, il s'est fait embaucher comme directeur de la sécurité par une association d'aide à l'enfance. C'est pas mal, d'avoir ça en plus de sa pension.

— Il était toujours lieutenant ? Ça veut dire quelque chose, qu'il ne soit pas monté en grade en vingt ans ?

Flyte réfléchit en plissant les lèvres, maquillées de ce rose pâle que Cassie détestait.

— C'est sûrement moins fréquent de nos jours, où tellement de gens intègrent la maison avec un diplôme universitaire, mais à l'époque, beaucoup étaient ravis d'être lieutenants de carrière. Plus on monte dans les échelons, plus on fait de politique au lieu de faire la police.

— Et vous ? Vous voulez continuer à grimper ?

— Je… Je ne sais pas.

Flyte cligna des yeux, comme si elle n'y avait pas songé depuis longtemps.

— Au départ, j'avais tout prévu. Lieutenante à trente-cinq ans, commandante à quarante, et ainsi de suite jusqu'à commissaire.

Un sourire sardonique.

— Mais plus je fais ce métier, plus je me dis que l'avancement compte moins que le plaisir de servir au quotidien.

— Et vous l'avez ? Le plaisir de servir au quotidien ?

— Ça commence à revenir. Je l'avais perdu de vue pendant un moment…

Elle s'interrompit, et Cassie perçut son deuil comme une présence presque tangible entre elles. Elle semblait sur le point d'en dire plus, et puis non. Elle poursuivit :

— J'envisage de postuler aux Crimes majeurs, en fait. Ça me manque d'enquêter sur des homicides.

Soudain, un air mortifié.

— Oh ! Je suis désolée ! Quel manque de tact !

Cassie leva une main.

— C'est bon. En plus, je comprends tout à fait. Dans une affaire de meurtre, il y a un peu plus en jeu que dans un vol de smartphone, non ?

Elle marqua une pause avant de se jeter à l'eau :

— À tout hasard, vous ne pourriez pas me procurer le dossier d'enquête sur le meurtre de ma mère… ?

— Impossible.

Si Flyte avait l'air de compatir, sa réponse était sans appel.

— Écoutez, Cassie, je suis vraiment désolée, mais le simple fait d'accéder à un dossier sans justification pourrait me causer des problèmes. De sérieux problèmes.

Fais chier !

Elles achevèrent leur tasse en silence, puis Flyte demanda :

— Quand est-ce que le permis d'inhumer de Bradley Appleton va être délivré ? Je pense qu'une cérémonie…

Elle baissa les yeux quelques instants avant de reprendre :

— Une cérémonie d'adieu aiderait ses parents.

La révélation aveugla Cassie comme un flash.

Un enfant. Flyte a perdu un enfant.

— Le coroner devrait nous le transmettre d'ici quelques jours.

Les pensées de Cassie se tournèrent vers les parents du garçon et elle se demanda si Naenia assisterait aux obsèques. Puisque les analyses toxico n'avaient détecté aucune trace de drogue dans son organisme, elle s'interrogeait sur ce *Trippant !* qu'elle avait entendu. Pure émanation de son imagination débordante ? Probablement. Mais en se remémorant l'agitation de Naenia quand elle l'avait questionnée, ses doutes se renforcèrent.

La mort de Bradley était plus complexe que la petite ne voulait bien le dire. L'avait-elle plaqué juste avant ? Était-ce pour ça qu'elle se sentait tellement coupable ?

— Vous avez bien évidemment épluché son téléphone : aucun message envoyé ou reçu qui pourrait expliquer son geste ?

— Rien du tout. Que des échanges ordinaires.

Elles savaient toutes deux que l'absence de mot d'adieu était fréquente, et davantage encore chez les hommes que chez les femmes.

Cassie prit une décision. Elle devait revoir Naenia, essayer de lui faire cracher ce qui la torturait – tant pour son bien à elle que pour les parents de Bradley. Mais comment la trouver ? Espérer la croiser par hasard au Black Heart était un peu léger, comme plan.

Alors qu'elles se levaient pour partir, Cassie lâcha comme si de rien n'était :

— Bradley allait au même bahut que moi, Camden High, c'est ça ?

Flyte fronça les sourcils.

— Non, à Saint Crispin. Le lycée catholique.

Cassie éprouva des émotions partagées : triomphe, mais aussi culpabilité d'avoir roulé Flyte aussi facilement.

FLYTE

Flyte rentra chez elle dans la nuit froide, troublée par son rendez-vous avec Cassie, comme toujours sans trop savoir pourquoi.

D'un côté, elle la trouvait exaspérante. Pourquoi ne pouvait-elle pas tempérer ce look d'ado rebelle qu'elle s'obstinait à arborer ? Quel message cherchait-elle à transmettre avec ses gros godillots de chantier, ses horribles piercings et ses cheveux à moitié rasés ? Qu'il ne fallait pas la juger sur son apparence ? Quant au tatouage sur sa poitrine, dont Flyte avait entrevu le haut lorsqu'elle s'était penchée pour ramasser son sac, aussi artistique soit-il, il n'aurait plus le même attrait une fois sa peau fripée et flétrie.

N'empêche.

Ayant été plusieurs fois témoin de la manière respectueuse – non, *tendre* – dont la jeune femme prenait soin des morts, elle avait fini par comprendre que son look provocateur était une sorte de façade. Récemment, elle avait découvert que Cassie enfreignait une foule de règles et risquait même son poste en passant la nuit à la morgue chaque fois qu'un enfant était admis. À l'en croire, tout avait commencé quand elle était restée dormir auprès de la dépouille d'un jeune noyé de neuf ans, Oliver, parce que sa mère lui avait dit qu'il avait peur du noir.

Depuis, Flyte se surprenait parfois à rêver de Cassie couchée près de la chambre froide qui avait accueilli sa petite fille, veillant sur elle.

Poppy chérie. Pendant plus de deux ans, elle n'avait pas jeté un coup d'œil à l'unique photo qu'elle avait prise de son bébé avant que les infirmières l'emmènent ; à présent, elle la regardait au moins dix fois par jour. Quelque chose dans son expression sereine, comme empreinte d'une sagesse surnaturelle, lui donnait toujours l'impression que l'enfant veillait sur elle, lui disait que tout irait bien.

C'était un réconfort, mais cela ne dissipait pas les questions qui hurlaient dans sa tête.

Commencer à affronter la réalité de sa perte n'avait fait qu'attiser la nécessité de savoir ce qui s'était passé entre le fœtus réputé sain aux battements de cœur vigoureux de l'échographie des vingt semaines et le petit être mort-né qu'on avait mis dans ses bras huit semaines plus tard. Elle se rappelait l'obstétricien disant que Poppy s'était vidée de son sang pendant l'accouchement, mais elle avait dû décrocher pendant qu'il expliquait la complication à l'origine de l'hémorragie. Matt non plus ne conservait aucun souvenir des détails, mais il n'avait « aucune envie de ressasser tout ça ».

Le certificat de décès de Poppy avait été rédigé par l'obstétricien, ce qui voulait dire qu'il n'y avait pas eu d'autopsie. Non qu'elle en aurait souhaité une – quel parent voudrait infliger ça à son bébé ? –, mais… peut-être aurait-ce pu lui apporter ce dont elle avait si cruellement besoin : la certitude que la mort était inévitable.

Depuis leur rendez-vous désastreux, Matt n'avait ni cherché à la joindre ni envoyé par mail le compte rendu médical qu'elle lui avait demandé. Devait-elle l'appeler ? Indépendamment de ce document, elle réalisait qu'elle brûlait de l'aider. Tout en sachant que c'était peine perdue. Comme elle jusqu'à récemment, Matt restait barricadé dans son bunker, à s'efforcer d'enterrer son chagrin.

Elle prit une décision. Elle était presque arrivée chez elle, mais n'attendit même pas d'être au chaud. Elle rédigea un mail à son intention – ça paraissait plus correct qu'un texto. Le supprima. Recommença. Finalement, elle inscrivit simplement

Compte rendu médical dans la barre d'objet et une seule ligne de texte :

S'il te plaît ?

Soulagée mais à fleur de peau, elle revit le rare éclair de vulnérabilité quand Cassie lui avait demandé le dossier de sa mère.

Comme une gifle, elle prit conscience qu'elles étaient dans le même bateau, aussi désespérées l'une que l'autre de trouver des réponses à leurs questions sur la mort d'un être aimé.

16

Il était 10 heures du matin, et dans la salle de conservation des corps, Cassie sortait une civière de la chambre froide pour accueillir le dernier arrivant, déposé au petit matin par les porteurs de l'hôpital.

Après avoir vérifié le nom et la date de naissance indiqués sur le côté de la housse mortuaire – qui lui apprirent que Harjinder Singh n'avait que vingt-huit ans –, elle ouvrit la fermeture jusqu'à sa poitrine. Les électrodes du défibrillateur posées par les ambulanciers étaient toujours là : toutes les perfusions et autres canules doivent rester en place jusqu'à l'autopsie ; ce sont des objets importants dans les cas de décès inexpliqués.

— Bonjour, Harjinder, murmura-t-elle, émue devant sa jeunesse et sa beauté. Tu es à la morgue. Ta sœur, Ruha, vient d'appeler. Comme elle était absente quand tu es mort, elle vient te voir.

Elle lui tâta la joue : la rigidité cadavérique n'était pas encore totale. *Tant mieux.* La plupart des gens ressentent le besoin de toucher leurs proches décédés, or, une fois la rigidité pleinement installée, le corps est aussi souple et chaleureux qu'un poteau télégraphique.

D'après les notes du coroner, les parents de Harjinder – car il vivait encore chez eux – avaient entendu un bruit de chute dans la nuit et l'avaient trouvé inconscient dans la salle de bains, ne respirant plus. Son père lui avait pratiqué un massage cardiaque jusqu'à l'arrivée des secours un quart d'heure plus tard, mais les ambulanciers n'avaient rien pu faire.

Vingt minutes après, elle introduisait sa sœur dans la salle de présentation. Ruha Singh avait une vingtaine d'années et était d'une beauté renversante : yeux noirs expressifs, grosse tresse noire enroulée autour de la tête, le tout sur un tailleur moulant. Devant le rideau des portes vitrées de la pièce où gisait son frère, elle tourna son regard intelligent vers Cassie et, coupant court à son discours préparatoire d'usage :

— Je suis prête à le voir.

À l'intérieur, elle mit immédiatement la main sur les cheveux de son frère, noirs et brillants comme les siens, avant de la déplacer au niveau de sa poitrine, sur la couverture cramoisie.

— J'ai quitté la maison il y a trois mois, ce qui était un peu dur à avaler parce qu'il a deux ans de plus que moi, raconta-t-elle à Cassie avec un sourire furtif. Maintenant, je regrette de ne pas avoir été là. J'aurais peut-être remarqué qu'il y avait un problème et insisté pour le conduire aux urgences.

Cassie se contenta d'acquiescer, sachant qu'essayer de la détourner de ce raisonnement ne servirait à rien. En fait, leur mère avait dit que tout allait bien quand Harj était rentré, tard, d'une séance de sport après sa journée de travail. Il s'était enfilé une bonne assiette de *paneer makhani* avec quelques *chapatis* avant d'aller se coucher.

— Il travaillait dans quoi ?

Un éclair de fierté traversa le visage de Ruha.

— Il avait décroché un poste d'analyste dans une banque d'investissement de la City il y a deux mois. Il adorait ce boulot, mais c'était rude. Quand il avait un rapport à rendre, il attaquait à 7 heures du matin, déjeunait devant son ordi et restait bosser toute la nuit. Le lendemain matin, il filait chez Marks & Spencer s'acheter une nouvelle chemise.

Elle fit les gros yeux, mi-désapprobatrice, mi-admirative.

— On avait des hauts et des bas, mais une chose est sûre : travailler dur ne lui faisait pas peur.

Travailler dur n'avait jamais, en soi, tué un jeune homme de vingt-huit ans, et Cassie n'avait pas vu de signe avant-coureur dans son dossier médical : sa tension était normale, il ne fumait pas, ne buvait pas, ne souffrait ni de diabète ni d'aucune autre maladie chronique. Les trois causes principales de mort subite sont l'AVC, l'embolie pulmonaire (un caillot sanguin arrivé au poumon) et les divers accidents cardiovasculaires provoquant l'arrêt du cœur. Une rupture de l'aorte, la plus grande artère du corps humain, peut entraîner une hémorragie interne catastrophique. Chez les individus jeunes, en revanche, le coupable le plus probable reste le SMSA, le syndrome de mort subite par arythmie.

Dans le SMSA, le décès est dû à un problème cardiaque non diagnostiqué et généralement héréditaire, mais l'arythmie à l'origine du trépas ne laisse aucune trace post-mortem. En l'absence d'autre cause évidente, le coroner rendrait un verdict de SMSA en se fondant sur un faisceau de probabilités et conseillerait à la famille d'effectuer un test génétique pour détecter toute pathologie cardiaque sous-jacente.

— Vous devez avoir vu d'autres cas comme celui-ci, reprit Ruha en se détournant de Harj pour regarder Cassie. À votre avis, qu'est-ce qui s'est passé ?

Cassie venait de penser à un autre déclencheur possible. Un jeune cadre ambitieux de la City à qui il arrivait de travailler toute la nuit aurait pu être tenté de carburer à autre chose que la caféine pour se tenir éveillé, et des stimulants comme la Ritaline ou le Modafinil peuvent se révéler fatals en cas de cardiopathie latente. Cela dit, elle n'allait sûrement pas évoquer cette possibilité avant le retour des analyses toxico.

— Ça ne servirait à rien que j'avance des hypothèses, Ruha. Je peux simplement vous assurer que le pathologiste ne laissera rien au hasard.

Elle espérait avoir injecté la dose de confiance voulue dans ses propos, mais en pensant au visage revêche et aux méthodes désinvoltes de Curzon, elle croisa mentalement les doigts.

Ruha se tut, tapota doucement la poitrine de son frère. Manifestement, c'était une dure à cuire, pourtant Cassie vit ses épaules s'affaisser : sans doute commençait-elle à prendre conscience qu'elle ne le reverrait jamais vivant.

— Je vous apporte une chaise pour vous asseoir près de lui. Ensuite, je vous prépare un thé.

Ruha partie, Cassie remit Harj dans sa cellule en attendant l'autopsie, programmée dans deux jours. Avant de refermer la housse mortuaire, elle fouilla longuement son visage, espérant y trouver un indice sur ce qui s'était passé. Il n'y avait rien.

Dans la salle d'autopsie, Jason passait la serpillière. Sans réfléchir, elle lui soumit les éléments connus de la mort inattendue de Harj.

— Qu'est-ce que t'en penses ? T'as vu bien plus de morts subites de jeunes adultes que moi. SMSA ? Rupture aortique due à une faiblesse congénitale ? S'il avait forcé en salle de sport, ça aurait pu déclencher un problème présent depuis la naissance ?

Jason s'appuya sur son manche et secoua la tête avec un vague sourire condescendant.

— Pourquoi tu perds ton temps à jouer aux devinettes ? Un conseil : laisse le diagnostic aux pathologistes.

— Oui, mais…

— Tu sais en quoi consiste notre boulot, non ?

Il pencha sa grosse tête vers elle pour lui offrir ses perles de sagesse :

— Ouvrir et refermer, poulette. Ouvrir et refermer.

17

Quand Cassie arriva au Dublin Castle pour le concert de Maria Maguire à 18 h 30, le pub était à moitié vide, mais dès 19 heures, toutes les tables étaient prises et on se bousculait au bar. Un mec tout en bras et jambes, cheveux relevés en chignon, avait commencé à installer un ampli et un pied de micro sur la petite scène en face du grand comptoir, et un bourdonnement d'anticipation commençait à monter.

Un coup d'œil circulaire lui apprit qu'elle comptait parmi les plus jeunes : la plupart des clients étaient assez vieux pour avoir vu Maria chanter du temps de Poitín – et par conséquent Callum aussi. Le regard de Cassie s'arrêta sur une quinquagénaire aux cheveux courts qui discutait vivement avec son compagnon. Lorsqu'elle la vit rouler des yeux d'un air théâtral, une intuition la saisit : la nana rappelait au mec le meurtre qui avait signé la fin de Poitín. Peut-être la célébrité scabreuse de Maria agissait-elle encore comme un aimant macabre.

Quand Kieran la rejoignit, elle fut soulagée de l'entendre commander un panaché, preuve que sa désintox suivait son cours. Comme si elle pouvait parler, elle qui en était déjà à sa deuxième double vodka – ce qui n'était pas dans ses habitudes les soirs de semaine, du moins jusqu'à récemment.

Une fois assis, il se pencha à son oreille avec un air de conspirateur réjoui.

— J'ai découvert qu'il y avait pas mal de zines qui couvraient la scène musicale de Camden à l'époque…

— Des « zines » ?

— Des fanzines, précisa-t-il en souriant. T'as bien dû en entendre parler ? Des espèces de gazettes fabriquées par des fans ou des zikos et qui contenaient toutes les infos et les potins sur les groupes. C'était en vente chez les disquaires. Rien d'extravagant, juste des photocops en noir et blanc.

— Comme un blog, mais sur papier ?

— Exactement ! Et donc, Bob m'a mis en contact avec un mec, Pete, qui en tenait un et qui en a toute une collection des années 1980 et 1990. Je lui ai demandé d'y jeter un coup d'œil à la recherche d'infos sur Poitín.

Il s'interrompit et montra la porte d'un signe de tête. Une brune aux cheveux bouclés venait d'entrer, son regard passa sur Cassie comme elle survolait l'assistance. Son visage en forme de cœur l'identifiait immédiatement comme Maria Maguire, la jeune femme sur la pochette de l'album de Poitín. En supposant qu'elle ait à peu près le même âge que la mère de Cassie, elle devait avoir dans les quarante-cinq ans à présent, mais avec sa silhouette haute et svelte et sa mâchoire bien dessinée, elle en paraissait facilement dix de moins.

Après une petite conversation avec le guitariste, Maria ôta son blouson de cuir et s'approcha du micro, tête baissée sous ses boucles.

— Un-deux, un-deux, murmura-t-elle, la voix grave et effacée, avant de remonter le micro à la bonne hauteur.

Le guitariste manipula quelques potards sur l'ampli et, sans préambule, gratta quelques accords tranquilles. Maria inclina le micro vers elle et, avec un sourire au gars derrière elle, se lança dans un morceau bluesy lancinant sur un type qui l'avait laissée toute seule. Une histoire d'yeux froids et de lit froid, froid, froid.

Le temps d'arriver au refrain, Cassie échangeait un regard surpris avec Kieran, sourcils levés – *C'est vachement bien !* Ce n'était pas vraiment son genre de came, mais la basse langoureuse et les inflexions nostalgiques de la voix incroyablement profonde de Maria faisaient vibrer quelque chose en elle. Et pas seulement en elle : tout le pub s'était tu, concentré sur Maria qui chantait, presque immobile, les paupières mi-closes, les mains autour du micro comme on caresse la figure d'un amant. Pendant les passages où le guitariste prenait le relais, elle reculait sur un côté pour lui laisser la place au centre et frappait le rythme sur sa cuisse.

Cassie revenait sans cesse à son visage – un peu défraîchi autour des yeux mais toujours beau. Sa large robe asymétrique bleu indigo était compensée par des bottes à laçage croisé, style Stevie Nicks jeune, et un ruban noir vaguement gothique autour du cou. Une pensée frappa Cassie comme un coup de poing en plein ventre : elle ne saurait jamais à quoi aurait ressemblé sa mère si elle avait vécu jusqu'à l'âge de Maria.

La chanteuse n'était pas du genre à bavarder entre les morceaux, elle se contentait de murmurer un bref « merci » une fois les applaudissements tassés. Au bout de cinq ou six titres, elle en balança un nettement plus rock, s'égosillant et jouant des percussions d'un talon de botte sur la scène. Après un tonnerre d'applaudissements et de cris enthousiastes, le guitariste annonça une pause. Kieran envoya un grand coup de coude à Cassie.

Maria buvait de l'eau à la bouteille. En voyant Cassie s'approcher, elle prit un air méfiant – elle devait avoir soupé des fans qui voulaient un selfie. Au nom de Katherine Raven, cependant, elle écarquilla les yeux et attrapa Cassie par l'épaule.

— C'est vrai ? T'es la fille de Callum ?

Sans retirer sa main, elle fouilla les traits de la jeune femme, le regard de plus en plus triste.

— Oui, maintenant je le vois, t'as le nez et la bouche de Kath.

— Écoutez, je veux pas vous ennuyer, mais j'avais quelques questions…

— Bien sûr, ma belle. Je viens te voir à la fin du set ?

Malgré sa boule au ventre qui réclamait une autre vodka, Cassie décida de passer au Schweppes : l'occasion était trop importante pour risquer de la gâcher en étant à moitié bourrée.

Sa prestation terminée, Maria se dirigea vers leur table. Kieran la regarda, subjugué, et se leva d'un bond pour lui céder sa place.

— Je vais faire un tour au bar, vous serez plus tranquilles.

Cassie avait l'estomac noué, comme le jour en CM2 où elle avait dû réciter un poème de Ted Hughes sur un renard devant toute l'école.

— En fait, j'ai juste envie d'en apprendre un peu plus sur mes parents, et sur ce qui a mal tourné entre eux. Vous deviez voir ma mère assez souvent, à l'époque ?

Maria hocha la tête.

— Je connaissais mieux Callum, mais oui, Kath venait nous voir jouer presque toutes les semaines. Elle était très belle, ta maman, dehors comme dedans.

Sauf qu'à la façon dont elle baissa les yeux après avoir prononcé ces mots, Cassie sentit un « mais » suspendu dans l'air - comme parfois à la morgue de la part de gens qui venaient de voir leur père, leur mère ou leur conjoint décédé.

De mortuis nil nisi bonum. Des morts, ne dites que du bien. Parfois, les gens se mordaient littéralement les lèvres pour se retenir.

— Écoutez, Maria, je sais que c'était pas une sainte, et honnêtement je préfère entendre la vérité. D'après ce que m'a dit Bob, le disquaire pour qui elle a travaillé, elle pouvait se montrer un peu… imprévisible ?

Maria la regarda, une expression hésitante au fond de ses iris brun tourbe.

— Elle menait Bob par le bout du nez. Il lui passait absolument tout.

Devant cette réponse qui n'en était pas une, Cassie tenta une autre approche :

— Vivre avec un alcoolique comme Callum… ça devait pas être de tout repos.

Maria secoua lentement la tête.

— Ma pauvre chérie. Enfin, forcément, tu peux pas savoir.

— Quoi donc ?

— C'est pas ton père qui avait un problème d'alcool, c'est Kath.

— Hein ? Comment vous le savez ?

Cassie s'efforçait d'intégrer l'information.

— Je suis désolée. J'aurais rien dit, mais je vois bien que t'es pas le genre de fille à qui on peut sortir des platitudes. À moi, Callum s'est jamais plaint de ta mère, mais il s'est confié à Barney une ou deux fois.

Elle expliqua que Callum avait raconté à Barney Cotter, son meilleur ami et également batteur et manager du groupe, la fois où la grand-mère de Cassie avait trouvé des bouteilles de vodka vides dans la poubelle.

— Quand ta mamie a cuisiné Callum, il lui a dit que les bouteilles étaient à lui, mais c'était pour couvrir ta mère. Attention, Callum aimait bien lever le coude aussi, hein, on l'a vu murgé plus d'une fois.

Un peu de ses inflexions irlandaises d'origine affleuraient à la surface du plat parler londonien.

— Mais c'était plus un buveur occasionnel qu'un alcoolique.

— Pourquoi il aurait fait ça ? La couvrir, je veux dire.

Maria haussa tristement les épaules.

— C'était une vraie crème, ton père…

Elle s'arrêta là, sans doute réticente à chanter ses louanges vu ce qu'il avait fait par la suite.

— Ta mère était perturbée, Cassie. De nos jours, on l'aurait mise sous Prozac. À l'époque, personne ne parlait de la dépression post-partum, des problèmes de santé mentale. Tout ce que cette pauvre Kath avait pour calmer ses démons, c'était la vodka et du Valium prescrit par un médecin douteux.

Tout est ma faute.

Cassie repensa à ces mots plaintifs entendus de la voix de sa mère à Prowse Place, où elle avait été assassinée. Accompagnés d'une odeur âcre de cramé.

— Et le feu ? demanda-t-elle.

Le regard de Maria bondit pour rencontrer celui de Cassie.

— T'es au courant de ça ?! Oui, Callum a dit à Barney qu'une fois où elle était bourrée, Kath avait mis le feu à l'appart.

Elle leva une main.

— C'était un accident, évidemment, mais heureusement que ton père est rentré à temps pour l'éteindre.

— J'étais là.

Pas une question : une affirmation.

Maria hocha la tête.

Donc, ce n'était pas son propre meurtre que Kath se reprochait, c'était d'avoir allumé le feu. Même s'il était terriblement tentant de penser que sa mère avait cherché à communiquer avec elle, Cassie savait bien qu'il devait s'agir d'un fragment de souvenirs de sa détresse et de ses regrets qui était remonté à la surface. Une prise de conscience qui, à son désarroi, la fit se sentir complètement vide.

La jeune femme peinait à absorber ce nouveau bouleversement dans sa vision du monde. Le portrait de sa mère en ado innocente qu'elle avait vu tous les jours sur la cheminée, assorti de la litanie de Babcia sur Katherine l'élève modèle et la mère dévouée, était en miettes.

Peut-être avait-il comporté une part de vérité quand Kath était plus jeune, mais une chose devenait claire : après s'être mariée et avoir eu Cassie, elle avait traversé une sérieuse crise psychologique.

— Je peux te poser une question ? fit Maria avec appréhension.

— Bien sûr.

— Tu sais comment va Callum, depuis qu'il est sorti ?

Cassie décida de ne pas révéler qu'il était venu la trouver.

— Aucune idée, répondit-elle en haussant les épaules.

— Je lui ai écrit quand il était en prison, pour lui dire que Barney et moi, on était toujours ses amis. Il a jamais répondu. Je suppose qu'il voulait qu'on le laisse tranquille, purger sa peine et oublier le passé.

Vous croyez qu'il l'a tuée ? Cassie cherchait un moyen de formuler la question quand un mec dont la tête lui disait vaguement quelque chose se pointa à leur table. La cinquantaine bien tapée, sec et musclé dans un costume noir un peu rétro, il avait le visage plus maigre et plus âgé que sur la pochette de l'album, mais Cassie le reconnut comme l'ancien meilleur ami de Callum, Barney Cotter.

Avant qu'elle ait eu le temps de se demander ce qu'il fichait là, il posa une main possessive sur l'épaule de Maria.

— Je te présente Barney, dit celle-ci. C'est mon manager. Mais je refuse de lui verser la moindre commission.

Cassie parut déroutée.

— Pas besoin, poursuivit Maria avec un sourire, vu qu'on est mariés depuis plus de vingt ans.

Cassie surprit un regard entre eux comme il n'en existe qu'entre des personnes qui sont ensemble depuis très longtemps. Il était rempli d'un mélange d'affection et de tolérance sur une base de confiance mutuelle à toute épreuve.

— Barney, je te présente Cassie. C'est la fille de Kath et Callum.

Barney recula, littéralement - une réaction assez compréhensible face à l'enfant d'une femme assassinée par votre meilleur ami.

— Waouh, Cassie ! Enchanté. T'es devenue une belle jeune femme.

À son accent, dur et plat comme un plan de travail en granit, c'était un Londonien pur jus.

Néanmoins, après quelques questions polies sur ce qu'elle était devenue, il se tourna vers Maria.

— Désolé, poupée, mais on va devoir filer, j'ai dit qu'on serait là à 21 h 30.

— On a un dîner, expliqua Maria à Cassie en levant les yeux au ciel pour s'excuser.

Si Barney avait l'air pressé de s'en aller, sa femme semblait avoir du mal à se décider. Elle posa une main sur celle de Cassie.

— Tu reviendras, qu'on puisse bavarder encore un peu ?

En partant, Barney enlaça Maria avant de jeter un dernier coup d'œil vers Cassie. Son expression la laissa d'abord perplexe, et puis elle conclut : curieuse, mais aussi sur la défensive. Parce qu'il avait sapé l'alibi de son père au tribunal ? Ou parce que cet alibi n'avait jamais été qu'un mensonge élaboré pour innocenter son pote du meurtre de Kath ?

Kieran revint s'asseoir avec elle.

— Alors, ça a été ?

— Bien. Horrible. Je sais pas. Putain, Kieran, plus j'en découvre, plus c'est la merde.

Il lui adressa un sourire compatissant.

— Ça ressemble beaucoup à la vie, ça.

18

Le lendemain de sa rencontre avec Maria -- et Barney –, Cassie fit une chose qu'elle n'avait jamais faite en cinq ans à la morgue : elle se fit porter pâle. En raccrochant après avoir prétexté une intoxication alimentaire, elle envoya des excuses muettes à ses protégés couchés dans leur dortoir glacial. Au moins, il n'y avait pas d'autopsie au programme ce jour-là, se réconforta-t-elle.

En vérité, elle avait à peine fermé l'œil de la nuit, en boucle sur les révélations de Maria concernant sa mère et son problème de boisson. *Alcoolique.* C'est bien comme ça que ça s'appelle, quelqu'un d'assez schlass pour laisser partir un feu à côté de sa gosse, non ? Cette histoire avait déclenché toute une nouvelle série de questions qui lui tournoyaient dans la tête.

Babcia n'avait pas compris que sa fille avait un problème d'alcool ? Ou avait-elle préféré ne pas le voir ? Et pourquoi Callum n'avait-il pas dit la vérité au tribunal pour expliquer l'œil au beurre noir de Kath ? Cassie ouvrit distraitement un sachet de pâtée pour chat sous le regard mauvais de Macavity, toujours tapi sous la table de la cuisine. Ce matin, elle n'essaierait même pas de l'attirer dehors, sachant qu'il ne sortirait pour manger que lorsqu'elle aurait quitté la pièce.

Affalée sur le canapé dans le T-shirt trop grand – hérité d'un ex – qui lui servait de chemise de nuit, elle sirota son café noir supermégacorsé et se remit à réfléchir à la culpabilité de son père à la lumière des révélations de Maria.

L'alcoolisme de Katherine ne suffisait pas à innocenter Callum – ils avaient quand même eu de violentes disputes, suffisamment graves pour que les voisins appellent les flics. Et puis, il y avait les soupçons d'adultère dont il avait parlé au tribunal – ce qui, s'il ne s'agissait pas d'une simple tactique de diversion, représentait un mobile de meurtre solide.

Le jury avait pu l'entendre s'exprimer en personne avant de le déclarer coupable. Avait-elle tort de vouloir faire pareil ?

Elle ferma les yeux, visualisa les traits de sa mère et lui envoya une question : serait-ce la trahir que de contacter son père ?

D'abord, ce fut le silence. Puis :

— *Tu es une grande fille, maintenant.*

N'était-ce que son imagination ? Une projection de ce qu'elle avait envie d'entendre ? En tout cas, ça fit naître un sourire triste sur ses lèvres.

Elle prit une décision. Si son père était toujours en ville, elle avait besoin de le regarder dans le blanc des yeux et d'écouter ce qu'il avait à dire – sans se départir d'une rigoureuse distance sceptique.

Elle attrapa son téléphone et chercha le nom du B&B où il avait dit loger. Il n'y avait pas de Bay Leaf à Kentish Town, mais il y avait un Bay Tree – manifestement plus une auberge de jeunesse qu'un B&B, à en juger par les photos et le tarif de 22 livres la nuit pour une chambre partagée. Le réceptionniste répondit par un « Allô » indifférent et poussa un soupir lorsqu'elle lui demanda de vérifier s'ils avaient un client du nom de Callum Raven. Il voulut bien confirmer que Callum était toujours là, mais elle dut lui faire de la lèche pour qu'il prenne son nom et son numéro dans l'espoir incertain qu'il transmette.

Au moment où elle raccrochait, Macavity se glissa jusqu'à sa cachette diurne sous la table basse sans lui accorder un regard.

— Sérieux ? lui dit-elle. Je me barre deux petites semaines et tu me plaques pour Desmond ?

Le chat s'installa, aligna soigneusement ses pattes devant lui, puis la fixa d'un œil accusateur.

— Oh, et pis merde ! lança Cassie. Je sors.

Elle se balada au hasard, en espérant vaguement ne croiser personne de la morgue alors qu'elle était soi-disant malade. Au bout d'une vingtaine de minutes de marche, elle vit poindre les cheminées victoriennes en brique rouge de Saint Crispin, le lycée de Bradley Appleton, et ressentit une petite piqûre de culpabilité : obnubilée par son père et sa mère, elle avait à peine pensé à Bradley et à ses pauvres parents, Kim et Steve.

Le lycée de Naenia, aussi. Soudain, elle eut envie de faire quelque chose qui pourrait les aider, de découvrir si Naenia cachait bel et bien une information susceptible d'expliquer le suicide de Bradley. Le portail en fer forgé apparut, par où s'engouffrait un flot continu de gamins en uniforme vert sapin en route pour une journée d'incarcération abrutissante. Elle se campa derrière une haie qui la dissimulait sans lui bloquer la vue et fit mine de consulter son portable. Elle ne voulait pas qu'on la prenne pour une espèce de pédophile de cours d'école.

Un bon quart d'heure s'écoula avant que se profile la silhouette solitaire de Naenia parmi les derniers traînards, épaules voûtées, démarche nonchalante, et manifestement insoucieuse d'arriver en retard. Cassie dut la dévisager plusieurs fois pour s'assurer que c'était bien elle . sans son maquillage total goth, elle ressemblait à n'importe quelle ado un peu grassouillette, hormis ses mèches bleues et son éternel foulard à motifs d'insectes autour du cou.

Cassie s'approcha et, quand leurs regards se croisèrent enfin, Naenia tressaillit.

Elle sait quelque chose.

S'élançant au petit trot, la gamine franchit le portail, mais Cassie la suivit et la rattrapa près d'un terrain de netball. En la voyant près d'elle, Naenia eut l'air horrifiée.

— Vous avez pas le droit d'entrer !

De la tête, elle montra une dame occupée à interroger un garçon au pied du bâtiment, cinquante mètres plus loin.

— Mme Spindler va vous foutre dehors !

Cassie lui renvoya un sourire tranquille.

— Je me ferai un plaisir d'expliquer à Mme Spindler pourquoi je suis là, si tu veux.

La fille ouvrit la bouche, la referma.

Cassie désigna une cabane en bois.

— Allons bavarder là-dedans.

— Mais…

L'air paniqué de Naenia lui donna des remords ; elle visualisa Kim Appleton pour endurcir son cœur.

— Ça prendra que quelques minutes.

La cabane abritait un vestiaire, qui sentait la résine de pin, la sueur féminine et les vieilles baskets. Cassie s'assit sur un banc et attendit que Naenia se pose en face.

— Écoute, Naenia, je vais être tout à fait franche avec toi. On n'est pas convaincus par la cause du décès de Bradley. Y a un truc qui colle pas. Alors on va peut-être devoir pousser plus loin les analyses.

Silence. Mais aux mouvements de sa poitrine, la petite avait le souffle court.

— Que ça donne quelque chose ou non, je peux t'assurer que le coroner ira au fond des choses lors de l'enquête publique. Tu as bien conscience qu'il a légalement le droit de t'interroger ?

Les doigts de Naenia fusèrent à la racine de ses cheveux, en arrachèrent un et redescendirent tirer sur son foulard. Cassie accrocha son regard.

— Écoute-moi. Je veux pas que t'aies d'ennuis. Et si tu dis la vérité, je te promets que t'en auras pas. Les parents de Bradley, ils ont vraiment besoin de savoir ce qui s'est passé.

— Je… balbutia l'ado en baissant les yeux.

C'est là que Cassie les remarqua. Naenia avait appliqué un peu de fond de teint, mais il ne couvrait pas complètement les petits points rouges sur ses paupières. *Exactement comme sur celles de Bradley.*

Des pétéchies ? Sur une personne vivante ?

Mais oui !

Elle montra son écharpe.

— Je peux ?

Naenia acquiesça, désarmée.

Sous l'étoffe, une ligne brunâtre auréolée du jaune d'anciennes lésions lui barrait le cou et disparaissait derrière ses oreilles.

— Ça faisait combien de temps que vous jouiez au jeu du foulard, Bradley et toi ?

19

— Je lui avais dit de jamais, *jamais* jouer tout seul ! Je vous jure !

À l'aide du Kleenex que Cassie lui avait tendu, Naenia essuya ses yeux rougis avec une ardeur punitive. La vérité avait émergé entre deux sanglots, accompagnée d'un flot de reproches envers elle-même. Elle avait découvert le « jeu », qu'elle appelait « le Rêve bleu », quelques mois plus tôt, quand une fille du bahut avait partagé une vidéo sur un réseau social alternatif dont Cassie n'avait jamais entendu parler.

Naenia avait supprimé la vidéo après la mort de Bradley, mais elle la décrivit à Cassie : on y voyait un jeune gothique qui s'étranglait avec un sandow dans un parking souterrain, où un pote le filmait en train de s'affaisser, le visage de plus en plus congestionné. Il n'allait pas jusqu'à la perte de connaissance et quelques minutes plus tard, après avoir desserré la pression sur son cou, il s'extasiait sur son « trip ». Cassie dut prendre sur elle pour garder une expression neutre : toute cette histoire lui retournait l'estomac.

— Alors Bradley et toi avez essayé ensemble ?

Naenia hocha la tête, incapable de la regarder.

— Je sais que ça paraît totalement ouf, maintenant. Mais je voulais pas... vous voyez...

Elle rougit.

— Tu te sentais pas prête à coucher avec lui et tu t'es dit que c'était une expérience que vous pouviez tenter à deux.

— Il y en a qui l'avaient fait au bahut, ça avait l'air plus sûr que l'ecsta, quoi…

Cassie garda un ton égal.

— L'euphorie que vous avez ressentie ? C'est le résultat de la privation d'oxygène du cerveau. Ça s'appelle l'hypoxie et ça détruit les cellules cérébrales. Ça peut provoquer des troubles mentaux irréversibles – quand on y survit.

Naenia se remit à pleurer de plus belle.

— Tout est ma faute ! Si je lui avais pas montré cette vidéo, si j'avais pas joué au jeu avec lui…

Cassie repensa à son adolescence. Se serait-elle étranglée pour planer, quand elle avait quinze ans ? Sûrement pas. La weed paraissait bien inoffensive, à côté. Elle prit la main de Naenia, dont les doigts s'enroulèrent avec reconnaissance autour des siens.

— Écoute, si d'autres élèves du lycée y jouent, il en aurait certainement entendu parler de toute façon. Et les garçons ont tendance à prendre davantage de risques que les filles.

Son regard tomba sur ses paupières éclaboussées de points rouges et elle visualisa les capillaires sous-cutanés éclatant sous la pression veineuse. S'avisa soudain que ses pétéchies devraient déjà avoir disparu depuis un bon moment.

— Tu y a joué ces derniers jours, je me trompe ? Malgré ce qui est arrivé à Bradley ?

La gamine baissa les yeux.

— Tu espérais qu'il t'arrive la même chose.

— Je voulais perdre connaissance pour de bon, mais chaque fois que je m'en approchais, je me suis dégonflée – sa voix était chargée de dégoût d'elle-même. Je suis qu'une pauvre trouillarde !

— Écoute-moi.

Cassie lui pressa la main.

— Bradley est mort et rien ne le ramènera. À quoi ça aboutirait, une autre mort gratuite ? Juste à une bonne dose de chagrin et de malheur pour ta famille, tes amis. Et tu sais ce que ça fait, de perdre quelqu'un.

L'adolescente acquiesça à contrecœur.

— Alors dis-toi bien ça : c'est génial que tu sois encore en vie, parce que tu peux tirer du positif de ce drame.

— Du *positif* ?

— Absolument. En disant aux parents de Bradley que ce n'était qu'un stupide accident, qu'il ne s'est pas tué parce qu'il était malheureux. Ça changera tout pour eux, je t'assure. Et tu pourras expliquer à tes camarades que le Rêve bleu est un jeu de cons hyper dangereux.

— Ma mère va me tuer et je vais me faire renvoyer !

La voix comme un cri apeuré.

— Mais non, la rassura Cassie, presque sûre de son coup. Ton seul crime, c'est d'avoir quinze ans et de ne pas croire que tu peux mourir.

Naenia secoua violemment la tête.

— Je peux pas affronter ses parents, je peux pas !

Cassie lui laissa un moment avant de poursuivre.

— C'est pas une obligation. Je connais la flique qui s'occupe d'eux. Tu peux lui parler à elle. Elle sera compréhensive, je te le promets. C'est elle qui expliquera tout à ses parents. Et je suis sûre qu'elle voudra bien t'accompagner quand tu le diras à ta mère.

Naenia se mordit la lèvre, toujours pas convaincue.

— Tu vois comme t'es mal en ce moment ? Si tu dis la vérité, je te jure que ça ira mille fois mieux.

Quelques minutes plus tard, Cassie la regardait repartir vers le lycée. À moins qu'elle ne prenne ses rêves pour des réalités, la posture de l'adolescente paraissait moins voûtée, son terrible fardeau déjà allégé de s'être confiée à quelqu'un sur la mort accidentelle de Bradley Appleton.

20

L'après-midi, Cassie prit le bus pour Hampstead Heath, un bouillonnement de sentiments contradictoires au fond du cœur. Doute et culpabilité, mais aussi une indéniable impatience latente. Quand Callum l'avait rappelée, elle s'était montrée sèche avec lui : qu'il n'aille surtout pas croire que son envie de le voir voulait dire qu'elle ajoutait foi à ses protestations d'innocence.

Le lieu de rendez-vous qu'elle lui avait fixé était mûrement réfléchi : un banc dans un coin tranquille du parc, côté Gospel Oak. Se retrouver en extérieur paraissait moins… intime, quelque part, et un jour de semaine en plein hiver, même si un faible soleil filtrait à travers les nuages, l'endroit serait peu fréquenté, elle aurait moins de risques d'être vue par quelqu'un qu'elle connaissait.

Elle n'avait croisé qu'une poignée de promeneurs de chiens lorsqu'elle déboucha dans l'allée du banc choisi. Callum était déjà là. Un horrible mélange de pitié et de déception assaillit Cassie en voyant le papa grand et fort qui vivait encore dans sa tête se dissoudre dans ce vieux bonhomme maigre et voûté.

Elle s'assit à l'autre bout du banc, perchée sur le bord pour souligner qu'il ne s'agissait pas d'une visite de courtoisie, et alla droit au but :

— Il y a des trucs de mon enfance qui me reviennent, fit-elle d'un ton sérieux. Et je sais que maman a provoqué un feu à l'appart.

Préciser qu'elle le tenait de Maria ne ferait que compliquer les choses.

Il eut l'air sidéré.

— Tu te souviens de l'incendie ?

Il baissa les yeux, serra longuement les dents avant de revenir sur elle.

— Écoute, Chat… Cassie. C'était un accident. Ta mère souffrait des nerfs, elle disait qu'un petit verre l'aidait à tenir le choc, sauf que parfois elle… buvait un coup de trop. C'est comme ça qu'elle s'est chopé ce fameux œil au beurre noir : en tombant dans la salle de bains.

Ce souvenir parut l'affliger. Cassie revit son air fuyant quand il avait nié toute violence envers Kath. En fait, c'était peut-être par réticence compréhensible à lui avouer que sa mère était alcoolique.

Reste sceptique, s'intima-t-elle.

— Parle-moi de l'incendie.

— D'accord. Kath avait bu cet après-midi-là, elle est allée faire un somme en te laissant devant la télé avec une bougie allumée sur le rebord de la fenêtre. La flamme a touché les rideaux.

Il avait le regard perdu dans le lointain, comme s'il revivait la scène.

— Si j'étais rentré rien que dix minutes plus tard…

— T'es revenu par hasard ?

— Pas vraiment. À ce moment-là, j'étais plus très rassuré de te laisser toute seule avec elle. Alors je l'appelais du boulot et si elle répondait pas, je fonçais à la maison. Ça m'a valu de me faire virer plusieurs fois.

Cassie étudia le visage long et maigre de Callum. Il avait l'air de dire la vérité, mais elle se rappela que puisque Maria n'avait fait que relayer ce qu'il avait raconté à Barney il restait la seule source de cette version des événements.

— Pourquoi t'as pas dit tout ça au tribunal ? Son alcoolisme, comment elle s'était fait son œil au beurre noir ?

— Mon avocat me l'a déconseillé. Selon lui, salir la réputation de ma défunte épouse passerait mal auprès du jury. Surtout après que ta mamie m'avait chié dessus à la barre des témoins.

Devant l'expression de Cassie, il ajouta :

— Désolé, ma chérie, dix-sept ans de taule, ça a pas arrangé mes manières. Écoute, ça doit être horrible à entendre pour toi, mais l'alcoolisme, ça rend sournois, et ta mère, eh ben, elle a laissé croire à ta mamie que c'était moi qui lui avais fait ce cocard…

— Mais tu l'*as* salie. T'as prétendu devant la cour qu'elle se tapait un autre mec, sans le moindre début de preuve !

Les épaules de Callum s'affaissèrent.

— Ce jour-là, c'était la toute première fois que j'en parlais, je l'avais même pas dit à mon avocat. Mais vu la tournure que prenait le procès, j'étais *obligé* de balancer la vérité. Pas pour sauver ma peau, comme ils l'ont fait croire, mais pour que les flics se mettent à la recherche de ce type.

Il tapa du poing sur sa cuisse étique.

— C'est forcément lui, le vrai assassin. Tu dois bien t'en rendre compte !

Le regard qu'il lui adressa était si fiévreux qu'elle en fut effrayée.

— Qu'est-ce qui te faisait croire qu'elle te trompait ?

Il pinçota la toile fine de son jean, perdu dans un souvenir.

— Au début, tout était génial. Toi, moi et Kath, on formait une petite famille heureuse. Les Ravenettes. Tu te souviens qu'on s'appelait comme ça ?

Un côté de sa bouche se souleva en un sourire plein d'espoir.

Elle ne se souvenait pas, mais l'expression mélancolique de son père lui fendit le cœur. Elle dut se retenir de le toucher, d'écarter sa frange trop longue de ses yeux.

— Et puis juste après tes quatre ans, les choses ont tourné au vinaigre. Le groupe jouait énormément, et c'était dur pour Kath, que je sois si souvent absent le soir. C'est là qu'elle s'est mise à boire. Quelques semaines avant… le drame, j'ai su qu'il se passait quelque chose. Deux ou trois fois, elle a raccroché le téléphone avec une excuse bidon en me voyant rentrer.

— Et c'est tout ?

— On était mariés depuis assez longtemps pour que je comprenne qu'il y avait un truc, qu'elle cachait quelque chose. C'est pour ça qu'on se prenait la tête, c'est pour ça qu'on s'est engueulés au pub ce soir-là. Je l'ai suppliée : qu'elle me dise la vérité et je lui pardonnerais.

Il la regarda d'un air implorant.

— Cassie, mon cœur. Je me pardonnerai jamais de l'avoir laissée au pub. Si j'avais pu imaginer qu'elle allait rester tard et rentrer seule à la maison...

Il n'acheva pas sa pensée, serrant et resserrant les dents.

— Alors comment ça se fait qu'un témoin t'ait vu sortir de Prowse Place, l'endroit même où...

Il secoua la tête.

— Le mec a dû me confondre avec quelqu'un d'autre. Je suis même pas passé par là pour rentrer, je te jure ! Je le regrette tellement, d'ailleurs... elle serait peut-être encore avec nous.

— Et les flics ? Pourquoi ils étaient tellement convaincus de ta culpabilité ?

— Ils ont cru ta mamie quand elle a dit que je battais Kath, et entre ça et nos engueulades, pour eux, c'était plié. En plus, j'étais irlandais ! À l'époque, il y avait encore des bombes qui pétaient en plein Londres, alors on nous faisait pas de cadeau. À dix-huit ans, je me suis fait embarquer juste parce que la famille de mon coloc à Derry avait des accointances avec l'IRA.

Ses traits se durcirent, paupières mi-closes ; Cassie n'eut aucun mal à se l'imaginer en colère.

— Pour Kath, ces enfoirés m'ont décrété coupable dès le premier jour. Après ça, ils ont pas cherché ailleurs.

Cassie glissa ses mains gelées sous ses aisselles pour les réchauffer. Plus elle écoutait son père, plus elle avait du mal à se défaire du sentiment croissant qu'il disait la vérité.

— Je veux que tu saches que je lui en ai jamais voulu, poursuivit-il. Ni pour l'alcool ni même pour l'autre mec. Elle a toujours été un peu instable, ma Kath.

Il se frappa la poitrine avec une vigueur excessive.

— Mais je l'aimais plus que ma vie.

Cassie fut piquée au vif. *Et moi, alors ?*

— Pourquoi t'as mis aussi longtemps avant de venir me trouver ?

Le ton était glacial.

— Si vraiment tu l'as pas tuée, pourquoi attendre vingt et un ans pour me le dire ? Pourquoi réapparaître maintenant ?

— Eh ben, tu dois pas t'en souvenir, mais je bossais sur un stand de fruits et légumes au marché, et je suis resté en contact avec le patron. Ta grand-mère y va régulièrement, sans savoir qu'on est potes, bien sûr. Quand elle a disparu de la circulation il y a quelques semaines, il a demandé de ses nouvelles à une autre cliente et il a su qu'elle avait fait une attaque. Ça a été le déclic. J'ai pris conscience que si ta grand-mère mourait, tu devrais affronter ça toute seule, sans aucune famille à tes côtés. Alors j'ai compris que je devais venir te voir, te dire en face que j'avais pas tué ta mère – que tu me croies ou non. J'ai emprunté de quoi me payer le voyage, et…

Il haussa ses épaules décharnées.

— Et me voilà.

La lumière faiblissait, et avec elle les derniers vestiges de tiédeur du soleil hivernal. Elle se frictionna les bras à travers son blouson de cuir. Il porta les mains au col de sa veste, visiblement pour la lui tendre. Elle secoua la tête, mais tempéra son refus d'un sourire.

— Ça explique toujours pas pourquoi t'es pas venu plus tôt, reprit-elle, plus gentiment cette fois.

— Ah là là, mille fois j'ai voulu le faire ! Mais je supportais pas l'idée de te voir tant que tu croyais que j'avais tué ta mère. J'ai pas arrêté de prier pour qu'il se passe quelque chose qui prouve mon innocence. Quand j'étais en taule, j'ai suivi toutes ces affaires des années 1980-1990 résolues des années plus tard grâce à l'ADN. J'ai même écrit à mon député pour voir s'il pouvait m'aider à me disculper.

Il émit un son méprisant.

— Il m'a répondu qu'il faudrait « de nouveaux éléments significatifs » pour que je puisse faire appel. Comme si ça risquait d'arriver. Alors j'ai laissé tomber.

Il marqua une pause, lui décocha un regard qu'elle ne put déchiffrer.

— Je sais que j'ai pas le droit de te demander ça, mais... une fois majeure, t'as jamais pensé... Je veux dire, est-ce que t'as envisagé... de me contacter ?

Elle le fixa, un instant désarçonnée. *Mais bien sûr ! Il peut pas savoir.*

— Dès le départ, Babcia m'a raconté que vous étiez tous les deux morts dans un accident de voiture. Elle estimait qu'à quatre ans j'étais « trop petite » pour assister à l'enterrement. Il y a seulement quelques semaines qu'elle m'a expliqué ce qui était vraiment arrivé à maman.

Il la dévisagea un moment.

— Merde alors ! J'étais à mille lieues d'imaginer ça ! Toutes ces années, tu m'as cru mort ?

— Elle a fait ce qu'elle croyait le mieux pour moi.

Elle-même perçut la note défensive dans sa voix.

Il leva une main.

— Quoi qu'il se soit passé entre nous, je reconnais que ta mamie t'a super bien élevée.

Il lui sourit de son sourire de guingois qui lui transperça le cœur.

— Je t'ai cherchée sur Internet, je suis hyper fier de ce que t'as accompli. T'as dû réussir tout un tas d'examens pour décrocher ce poste à la morgue. Mais ça m'a pas étonné. T'as toujours été sacrément éveillée. Toujours au taquet.

Déstabilisée par la vague de chaleur qu'elle ressentit face au regard approbateur de son père, Cassie se leva pour partir. En baissant les yeux vers son visage abattu, cependant, elle lui mit la main sur l'épaule sans réfléchir. Le contact ne dura que quelques secondes, mais à cet instant, ce fut comme si leurs décennies de séparation s'envolaient.

Avant de passer le coin de l'allée, elle se retourna : il la suivait des yeux, la main sur l'épaule qu'elle venait de toucher. Il s'était redressé, plus assuré qu'avant, tel un condamné à mort à qui on vient d'offrir des raisons d'espérer.

21

Cassie eut toutes les peines du monde à s'endormir ce soir-là, enfermée dans un interminable va-et-vient entre culpabilité et espoir. Culpabilité d'avoir accordé du temps de parole à l'homme qu'un jury avait déclaré coupable du meurtre de sa mère. Culpabilité, aussi, que sa naissance ait plongé celle-ci dans une dépression post-partum non diagnostiquée avec sur les bras une gamine que Babcia avait décrite comme difficile – ou, pour reprendre l'euphémisme de son père, « au taquet ».

Était-ce si étonnant que Kath se soit mise à boire ? Ça devait être une torture, pour un esprit aussi libre, de se retrouver coincée entre quatre murs avec une mouflette hyperactive pendant que son mari passait ses journées à bosser et ses soirées en concert. Une situation cocotte-minute qui pouvait facilement mener au conflit, à la violence et, pour finir, au meurtre.

Si c'est bien lui qui l'a tuée.

Le revoir, même aussi diminué physiquement, avait ravivé ses souvenirs du père aimant et patient de sa petite enfance. L'espoir qu'il dise vrai continuait à se frayer un chemin dans sa tête.

Le lendemain matin, au sortir d'un sommeil fragmenté, Cassie finit par se l'avouer : elle avait désespérément envie de trouver la preuve que son père avait été condamné à tort. Si elle y arrivait, son seul parent encore en vie lui serait rendu.

En prenant son téléphone pour regarder l'heure, elle se rappela un autre truc à faire. Après sa journée de « maladie », elle était d'après-midi à la morgue, ce qui lui laissait le temps de joindre Phyllida Flyte pour lui relater ce que Naenia lui avait révélé concernant Bradley Appleton.

— Vous avez une mine de papier mâché.

Les yeux bleu glacier de Flyte inspectaient le visage de Cassie dans l'encadrement de la porte.

— Vous êtes souffrante ?

Du cœur, songea Cassie. Elle revit la silhouette de son père et la question : *Est-il coupable ?* lui traversa l'esprit pour la millième fois.

— Je vais bien. Vous devez parler à Naenia avant que ce putain de jeu à la con fasse une nouvelle victime.

Les paupières de Flyte s'abaissèrent d'un cran face aux jurons.

— Oui, j'ai déjà appelé le lycée, je vais l'entendre, avec sa prof principale comme adulte référent.

— Pas sa mère ?

— Non.

Pincement de lèvres.

— Elle a dit qu'elle ne pouvait pas s'absenter de son travail.

Cassie lui avait déjà fait le topo par téléphone, mais la lieutenante voulait qu'elle lui raconte tout en direct, alors la jeune femme l'avait invitée à passer.

Tandis que la flique parcourait le salon du regard, Cassie regretta son idée : en la reconsidérant sous l'angle de cet examen implacable, elle se rendit compte qu'elle s'était laissée aller. D'accord, il n'y avait pas d'écureuil éviscéré sur le plan de travail de la cuisine comme lors de la toute première visite de Flyte, mais en mettant un peu d'ordre vite fait elle avait laissé un carton à pizza graisseux qui pointait sous le canapé, et quand l'œil de lynx de la lieutenante découvrit la bouteille de vodka vide à côté du cairn de crânes d'animaux sur le rebord de la fenêtre, ses sourcils s'arquèrent d'un demi-centimètre.

— Bon, fit Cassie. Le coroner va forcément nous demander comment on a obtenu l'information sur le jeu du foulard et comment j'en suis venue à parler à Sophie Kerrow. N'oubliez pas, elle se fait appeler Naenia.

— Pourquoi ? C'est très joli, Sophie, comme prénom.

Déjà inquiète de la façon dont Flyte allait gérer l'adolescente, Cassie n'était pas près de lui expliquer que Naenia était son nom gothique, choisi en hommage à la déesse des funérailles.

— Vous savez qu'elle est gothique, comme Bradley ?

— Oui, vous me l'avez déjà dit.

Un regard noir.

— Pourquoi vous en reparlez ?

— C'est juste que... elle se reproche déjà la mort de Bradley. Le prenez pas mal, mais vous la brusquerez pas trop, hein ?

Flyte se hérissa, au sens propre : son dos raide se tendit, ses épaules frémirent.

— Évidemment ! jappa-t-elle. Ce n'est qu'une enfant, et tout autant victime que Bradley de ce soi-disant jeu.

— OK. Je préviens juste qu'elle est fragile.

Cassie hésita : devait-elle en dire plus ou pas ?

— Elle m'a quasiment avoué avoir essayé de se tuer à cause de la mort de Bradley.

Une ombre d'inquiétude adoucit un instant la beauté sévère de Flyte.

— C'est bon à savoir, lâcha-t-elle avant de plisser les yeux. À la morgue, vous paraissiez convaincue que Bradley s'était suicidé. Qu'est-ce qui vous a poussée à vouloir voir Soph... Naenia ?

Il m'a dit que sa dernière pensée avait été : Trippant !

Cassie imagina ce que ça donnerait si elle lui répondait ça.

— Je sais pas. Parfois, j'ai... des genres d'intuitions.

— Des intuitions.

C'était impressionnant la quantité de sens que Flyte pouvait insuffler à un simple lever de sourcil.

— Bien sûr, vos fameuses intuitions... Désolée, mais il va falloir trouver mieux.

Cassie repensa au moment où elle avait entendu Bradley « parler ». Aussi réels que lui aient paru tous ces épisodes, elle savait bien, rationnellement, que les morts ne peuvent pas communiquer avec les vivants. Donc, en supposant qu'elle ait elle-même projeté le mot *Trippant* sur Bradley, d'où était-il sorti ?

Est-ce qu'une partie des pétéchies sur les paupières du garçon lui avaient paru plus foncées, donc plus anciennes, indiquant que son autostrangulation n'était pas une première ? Et puis, elle se rappela avoir demandé au docteur Curzon s'il voulait des échantillons des muscles du cou pour les analyser, ce qu'il avait jugé inutile.

— J'imagine que j'ai remarqué que certaines lésions sous-cutanées de son cou n'étaient pas récentes. Autrement dit, que ce n'était pas la première fois qu'il s'étranglait.

Elle haussa les épaules.

— J'avais lu des articles sur des gamins qui faisaient ça pour planer, alors peut-être que mon subconscient s'est débrouillé pour assembler les morceaux.

Flyte nota quelque chose de son écriture soignée d'écolière.

— Est-ce qu'il existe un moyen objectif de confirmer que Bradley avait déjà pratiqué ce jeu ? Il serait utile d'avoir un élément concret à donner au coroner, au cas où Naenia changerait d'avis.

Cassie acquiesça.

— En se décomposant, les hématomes produisent de l'hémosidérine. Par réaction chimique, on peut faire apparaître les lésions ante-mortem pigmentées en brun au microscope.

Flyte lui fit épeler « hémosidérine » pour l'écrire dans son carnet.

— Dites, reprit Cassie. Quand vous demanderez les analyses complémentaires au bureau du coroner, vous pourriez ne pas me citer ? J'ai pas trop la cote avec le nouveau pathologiste.

La lieutenante dressa la tête.

— Laissez-moi deviner. Il n'apprécie pas que les subalternes aient des idées ?

— Voilà. Surtout les subalternes à piercings et tatouages.

Cassie lui coula un regard ironique, petit rappel de sa propre réaction instinctive à son look. Et vu comment Flyte pinça ses jolies lèvres, elle avait reçu le message.

— Très bien, je ne parlerai pas de vous. Une fois que Naenia m'aura tout raconté, je préviendrai la proviseure que les élèves ont besoin d'une mise au point urgente sur ce prétendu jeu.

Elle referma son calepin.
— Je pourrais leur faire un petit exposé moi-même.
Cassie attendit un bref instant avant de suggérer :
— Pourquoi ne pas inviter Naenia à s'en charger ? Elle se sentirait utile et le message passerait sans doute mieux de la part d'une camarade…
… que d'une flique coincée.
Flyte l'étudia derrière ses yeux plissés, puis eut un microhochement de tête.
— Bien vu.
Elle rangea son carnet dans son sac et dit :
— Vous n'avez vraiment pas l'air en forme, vous savez. Comment vous vous en sortez, avec la mort de votre mère ?
C'est l'inquiétude dans sa voix qui terrassa Cassie. Pas sûre de pouvoir parler, elle se leva et passa dans la cuisine. Elle se remplissait un verre d'eau à l'évier lorsqu'elle entendit Flyte sur le pas de la porte derrière elle.
— Écoutez, pour le dossier d'enquête la concernant…
Le ton était plus maladroit, plus *humain* que son phrasé robocop habituel.
— Je ne vous promets rien, mais je vais voir ce que je peux faire. Ça reste entre nous. D'accord ?
Cassie ne se retourna pas, mais elle parvint à acquiescer.

22

Flyte ne perdait pas de temps, il fallait lui reconnaître ça. Quand Cassie arriva à la morgue, le bureau du coroner avait déjà transmis la demande d'analyses complémentaires sur Bradley. Au moins ne fut-elle pas surprise quand le docteur Curzon déboula comme une furie. En voyant sa tête, même Jason ne se risqua pas à son bonjour blagueur coutumier.

Le docteur fonça droit vers la table où Cassie préparait son matériel pour les autopsies du jour.

— J'apprends que je dois procéder à un examen plus poussé des muscles du cou du jeune suicidé.

Elle feignit la surprise.

— Ah ?

— Ce que vous aviez suggéré lors de son autopsie, je m'en souviens.

Un défi sans équivoque dans le regard.

— Ah oui ? répondit-elle benoîtement, en faisant mine d'être occupée à aligner les instruments dans son ordre préféré : son scalpel PM40, une sélection de bistouris, puis le costotome, l'entérotome et les écarteurs à griffes.

— J'en suis sûr et certain.

Le ton frémissant de fureur contenue.

— Et voilà qu'une espèce de flicaillonne demande la même chose au coroner. Drôle de coïncidence, non ?

Cassie haussa les épaules.

— Je sais pas, j'étais malade. Intoxication alimentaire, ajouta-t-elle, se souvenant *in extremis* de l'excuse qu'elle avait sortie à Doug. Il faut croire que la police suit une nouvelle piste.

Elle fronça les sourcils sur ses instruments et, sans raison aucune, intervertit le décolle dure-mère et le burin à crâne. Elle sentait des vagues de colère frustrée émaner de Curzon, mais ils savaient tous les deux qu'il ne pouvait rien prouver. Au bout d'un moment, il lâcha :

— Quoi qu'il en soit, on va prioriser le *vrai* travail avant que je gaspille mon précieux temps sur la petite théorie personnelle d'une fliquette surexcitée.

Le docteur décrocha à peine quelques mots pendant l'examen externe de son premier patient : Harjinder Singh, l'analyste financier de vingt-huit ans décédé brutalement deux jours plus tôt. Le seul signe discordant était un hématome violacé au sternum, rappel poignant des compressions thoraciques effectuées par son père en attendant les secours. L'hématome n'était pas là à l'arrivée de Harj, mais Cassie revoyait son cher mentor tant regretté, le professeur Arculus, lui disant par-dessus ses besicles : « N'oubliez pas, les bleus continuent à se développer après la mort... »

Elle fut soulagée de sentir son cerveau sortir de sa boucle sans fin (son père avait-il été condamné à tort ou non ?) pour se concentrer sur la question immédiate : qu'est-ce qui avait pu causer la mort soudaine d'un homme jeune et apparemment en bonne santé ?

Une demi-heure plus tard, elle relevait le poids du foie de Harj – un peu moins de un kilo six cents, dans la moyenne pour son âge. Son cœur aussi paraissait normal et sain, Curzon n'y avait trouvé aucune preuve de faiblesse ou de maladie.

Elle le rejoignit à sa table de dissection, où il tirait vers lui les poumons de Harj avant de se mettre à en découper un avec l'enthousiasme du mec qui remplit sa déclaration d'impôts.

— Pas de trace d'embolie pulmonaire, psalmodia-t-il dans son téléphone quelques minutes après, tout en repoussant les poumons sur le côté.

Cassie les rassembla dans un seau et les emporta pour la pesée. Quand elle les déposa sur le plateau de la balance, un détail attira son attention. En se rapprochant, elle vit un caillot rouge foncé pointer de l'un des minuscules vaisseaux périphériques. Rien d'exceptionnel puisque le sang coagule après la mort, sauf que lorsqu'elle l'écrasa entre ses doigts, quelque chose clochait. Dans un corps sans vie, les cellules et le plasma qui composent le sang se séparent, ce qui confère aux caillots post-mortem la consistance de la graisse de poulet. Celui-ci était nettement spongieux, signe qu'il aurait pu se former avant le décès, quand Harj était encore en vie.

L'embolie pulmonaire (l'obstruction de l'artère principale du poumon par un caillot) est une cause de mort subite relativement fréquente, seulement elle venait d'entendre Curzon l'exclure expressément.

Repensant aux contusions sur la poitrine de Harj, Cassie sentit monter dans la sienne l'espèce d'effervescence qui lui venait quand elle était sur une piste. Elle retourna près du corps en position ventrale sur la table d'autopsie, se posta à ses pieds et étudia ses mollets à travers ses paupières mi-closes. Elle attrapa un mètre à ruban. Ses yeux ne l'avaient pas trompée : le diamètre du mollet gauche faisait un centimètre et demi de plus que le droit.

Elle s'empara d'un scalpel, découpa prestement une fenêtre rectangulaire à l'arrière du mollet gauche, puis écarta soigneusement les muscles gastrocnémiens. Après une minute de fouille, *bingo !* La veine tibiale postérieure, normalement souple et mince dans sa membrane crème semi-opaque, était noire et bombée. Elle l'incisa et un gros ver cramoisi s'en échappa. *Thrombose veineuse profonde classique.* Pendant un moment, elle surfa sur les flots de dopamine accompagnant la découverte de la cause probable du décès – jusqu'à ce qu'une prise de conscience l'arrête tout net. Officiellement, elle aurait dû demander l'autorisation de Curzon avant de procéder à tout autre examen.

Elle l'aborda avec une déférence qu'elle ne ressentait pas.

— Euh... docteur Curzon ?

— Hmm ?

— Il y a quelque chose que vous devriez voir.

Curzon observa sans mot dire la veine incriminée, qu'elle avait isolée des muscles du mollet par-dessus le manche de son scalpel.

— Est-ce que je vous avais demandé de procéder à cette dissection ?

Sa politesse formelle était plus glaçante encore que son acrimonie habituelle.

— Je sais que vous n'avez pas trouvé d'EP dans le tronc pulmonaire, mais j'ai remarqué un caillot dans un des vaisseaux périphériques. Et puis je me suis souvenue que le père de Harj lui avait fait un massage cardiaque pendant quinze minutes et j'ai pensé que ça avait pu disperser le caillot principal, quoique trop tard pour le sauver.

Elle savait qu'elle parlait trop vite.

Curzon l'interrompit d'une main levée.

— Alors vous vous êtes dit que vous alliez *farfouiller* dans ce pauvre jeune homme pour chercher l'origine d'une embolie pulmonaire, et ce sans mon ordre exprès ?

— Je suis vraiment navrée, docteur Curzon, c'est ce que j'aurais fait si je travaillais avec le professeur Arculus… J'imagine que les formalités me sont sorties de l'esprit.

— Les *formalités* ?

Il fit les gros yeux.

— Ça ne s'arrêtera pas là, jeune fille.

Et il regagna sa table, avec un nouvel entrain dans le pas.

Connard.

Dès que le docteur fut parti, Jason se glissa jusqu'à Cassie, qui nettoyait au tuyau flexible le sang et les résidus du corps désormais reconstruit de Harj Singh pour les pousser dans la bonde entre ses pieds.

Derrière une expression qui se voulait pleine de commisération, Jason jubilait.

— Pas de bol, avec Curzon.

— J'ai été idiote, reconnut-elle. Il pouvait déjà pas me sacquer, et je viens de lui offrir un PM40 pour me poignarder avec.

— Eh ben, qu'est-ce que je dis toujours ? Chacun son boulot, qu'ils s'occupent du leur et nous du nôtre.

En d'autres termes : *Je te l'avais dit.* Il prenait un tel malin plaisir à voir la gamine effrontée se prendre un retour de bâton qu'elle eut envie de lui claquer sa grosse trogne.

— Ouais, ben au moins, Curzon devra indiquer EP et TVP comme cause du décès, rétorqua-t-elle. Si j'avais pas ouvert la jambe de Harj, ses proches auraient peut-être jamais su pourquoi il était mort.

— Vaut mieux une mort non déterminée qu'une sanction disciplinaire, répondit Jason en haussant les épaules.

Il s'éloigna en sifflotant et Cassie retourna à sa tâche, rinçant au jet la suture ensanglantée mais régulière du mollet de Harj.

— Pardon d'avoir pensé que tu avais pu te droguer, Harj, murmura-t-elle. Enfin, maintenant on peut dire à Ruha et à tes parents que tu n'as pas dû souffrir.

Elle lui tapota l'épaule.

— Et ils vont tous passer des examens pour voir s'ils présentent des troubles de la coagulation. Ça pourrait même éviter un autre décès prématuré dans la famille.

Une fois que Cassie avait découvert la thrombose veineuse profonde dans la jambe de Harj, l'enchaînement qui avait conduit à sa mort inattendue avait été facile à reconstituer. À force de rester assis à son bureau de longues heures d'affilée, sans doute avec en plus une prédisposition à la thrombophilie, son sang s'était accumulé dans la veine jusqu'à former un caillot, ou thrombus. Celui-ci pouvait être là depuis des semaines avant que quelque chose, peut-être la dernière séance de sport de Harj, ne vienne en déloger une bonne partie. Le thrombus en mouvement s'était transformé en embolie potentiellement mortelle – le terme vient du grec « qui s'enfonce dans ». Et en effet, en atteignant le poumon, il avait bouché une artère et entraîné l'arrêt cardiaque fatal.

Harj comptait parmi les rares malchanceux qu'aucun symptôme n'incite à aller consulter. À moins qu'il n'ait eu des douleurs à la jambe mais les ait attribuées à un muscle froissé. Pour les jeunes, la mort est un concept flou et lointain. Sauf, bien sûr, s'ils se trouvent exercer la profession d'agent de service mortuaire.

Après le désastre Harj, Cassie avait scrupuleusement attendu les instructions glaciales de Curzon avant d'aller chercher Bradley pour prélever des échantillons dans les muscles de son cou. Maintenant qu'elle savait qu'il avait joué au jeu du foulard pendant des semaines, les contusions plus sombres sentaient l'ante-mortem à plein nez.

Elle le ramena à sa cellule réfrigérée. Avant de refermer la housse mortuaire sur son visage cireux, elle murmura :

— On fait tous des conneries à quinze ans, Bradley. Moi la première. Au moins, tes parents sauront que ce n'était qu'un stupide accident. Et je suis prête à parier qu'on ne va plus tellement jouer à ce jeu à la con dans ton bahut.

Sans doute n'était-ce que son imagination, mais en remontant la fermeture à glissière elle crut entendre Bradley répondre :

— *Cool.*

Cassie venait de se doucher et de se changer pour rentrer chez elle quand Doug l'intercepta dans le couloir, l'air tourmenté. Après l'avoir invitée à entrer dans son bureau, il lui révéla que Curzon l'avait balancée au sujet de Harj Singh.

— Honnêtement, Doug, j'entends toutes les notes qu'il enregistre. Il avait exclu l'embolie pulmonaire jusqu'à ce que je trouve la TVP.

Doug ouvrit la main - un geste qui acceptait sa version des faits tout en indiquant que ça n'y changeait rien.

— Tu connais le règlement, Cassie. Toute investigation supplémentaire sur le corps doit être explicitement ordonnée par le pathologiste en charge.

— J'avais pas besoin de demander l'autorisation avec le professeur Arculus. Il me faisait confiance.

— Le professeur et toi aviez une relation particulière. Alors qu'avec le docteur Curzon… c'est pas la folle entente depuis le début. Et maintenant, il a trouvé un moyen de te punir.

— Il va faire un rapport à la HTA ?

Un frisson la traversa lorsqu'elle s'aperçut qu'elle risquait sa place. L'Autorité des tissus humains réglemente les chambres mortuaires et édicte les protocoles inviolables régissant la dissection des corps ainsi que la manipulation des échantillons de tissus et d'organes. Une dissection non demandée contreviendrait-elle à ses règles ? Il y avait de fortes chances, si le pathologiste déposait plainte.

— Écoute, je crois que j'ai réussi à l'en dissuader, en grande partie en soulignant la masse de boulot et de paperasse qu'il aurait à remplir s'il voulait intenter une action officielle.

— *Ouf !*

Doug leva à nouveau la main.

— Mais il veut que je te colle un avertissement écrit.

— Quoi ?! Et que je me traîne une tache dans mon dossier toute ma vie ? Alors que c'est *lui* qui a mal fait son boulot ? C'est pas juste, Doug !

Doug paraissait complètement désemparé. De toute évidence, il détestait être tiraillé entre sa loyauté envers sa technicienne en chef et les exigences du pathologiste.

— Pour tout t'avouer, j'ai l'intention de jouer la montre. Peut-être qu'une fois calmé, il reviendra à la raison. Personne n'a envie d'une sale ambiance en salle d'autopsie.

— Pas avec autant d'armes blanches à portée de main... marmonna Cassie d'un air sombre.

— Ça suffit, maintenant !

Ils se dévisagèrent. Doug poussa un soupir.

— Écoute, il te reste plein de congés à solder. Pose donc quelques jours, histoire de le laisser respirer. Je peux prendre un suppléant pour aider Jason.

Cassie serra les lèvres pour s'empêcher de dire des choses qu'elle regretterait.

— Je crois que t'as besoin d'une pause, de toute façon. T'es pas toi-même, ces derniers temps.

La bienveillance sincère de Doug rendit ces mots dix fois pires.

Elle claqua la porte du bureau derrière elle, un torrent de larmes furieuses dans les yeux. Jusqu'ici, Doug l'avait toujours soutenue en cas de contentieux avec les pathologistes – car Curzon n'était pas le premier à avoir été contrarié par une technicienne de vingt-cinq ans qui avait le culot de savoir de quoi elle parlait. Aujourd'hui, sans son vieil allié le professeur Arculus pour la défendre, elle se sentait plus seule que jamais.

FLYTE

Flyte avait passé presque toute sa matinée à chercher comment accéder au dossier du meurtre de Katherine Raven. Le localiser n'était pas un problème ; expliquer pourquoi elle consultait une affaire remontant aux années 1990 si on l'y prenait, ça, c'était une autre paire de manches. Mettant de côté son enquête du moment – un détournement de fonds sans envergure dans un pressing de Kentish Town –, elle se connecta au fichier national recensant toutes les arrestations et condamnations au Royaume-Uni.

Ses doigts hésitèrent au-dessus du clavier. Ce qu'elle s'apprêtait à faire était une infraction passible de licenciement. Pas plus tard que la semaine précédente, elle avait lu qu'un policier s'était fait renvoyer parce qu'il avait interrogé le fichier illégalement à plusieurs reprises pour vérifier les antécédents judiciaires de ses relations amoureuses, amis et parents.

Ce qui la rassurait, c'était que la plupart du temps les flics repérés par la DPS, la Direction des normes professionnelles, étaient des récidivistes : l'ampleur de leurs recherches devait déclencher une alerte quelque part. Néanmoins, elle avait pris la précaution de consulter le fichier des affaires en cours et y avait découvert un arnaqueur du nom de Craven. Si jamais on lui demandait des comptes, elle arguerait d'une simple faute de frappe.

La page de synthèse indiquait les dates, lieu et verdict du procès de Callum Raven pour le meurtre de sa femme, ainsi que sa condamnation à perpétuité. Elle scrolla pour trouver l'emplacement du dossier et vit l'acronyme MIRSAP – Major Incident Room Standard Administrative Procedures –, autrement dit, le service des archives. *Hourra !* Comme elle l'espérait, l'affaire était suffisamment ancienne pour qu'il s'agisse d'un dossier papier, donc stocké dans la salle des archives et non sous forme électronique. Car si elle pouvait toujours prétendre être tombée accidentellement sur le dossier Raven dans le fichier national, elle aurait bien du mal à justifier pourquoi elle l'avait téléchargé…

— Un thé ?

Flyte sursauta littéralement dans son siège.

— Ça va, lieutenante ? fit Josh en la zyeutant avec un demi-sourire étonné.

Elle se retint de fermer précipitamment la fenêtre de son écran.

— Volontiers.

— Earl Grey, sans lait, une sucrette, laisser le sachet dedans, et une rondelle de citron de votre petite boîte plastique ?

Il sourit de toutes ses dents. Apparemment, les spécificités de son thé l'amusaient toujours autant.

Incapable de trouver une réplique spirituelle, Flyte se contenta de sourire. C'était le seul aspect du boulot qu'elle doutait de maîtriser un jour. *La vanne.* Ou pire, *la déconne.* Même le mot l'irritait.

Quand Josh s'éloigna, elle sentait encore son cœur battre à triple allure. Ce n'était pas la simple angoisse parfaitement logique de se faire attraper, s'aperçut-elle : c'était de l'excitation. L'excitation de transgresser les règles, celles-là mêmes qu'elle avait toujours si scrupuleusement respectées.

Sauf à une occasion. Quand elle avait fermé les yeux sur l'indubitable effraction de Cassie Raven au domicile de sa défunte prof. Et voilà qu'à nouveau elle risquait la sanction disciplinaire pour elle.

Elle avait beau essayer de comprendre pourquoi elle était prête à se mouiller pour cette fille horripilante, impossible d'aboutir à une raison convaincante. Certes, malgré son look Camden assommant, elle s'était parfois sentie presque… attirée par elle. Mais puisque Phyllida Flyte n'était assurément ni lesbienne ni bi, ni aucune des multiples orientations sexuelles qui avaient le vent en poupe ces temps-ci, ça n'expliquait pas grand-chose.

Et Eleanor ? Le prénom avait surgi comme ça.

Eleanor était une camarade d'internat pour laquelle Flyte craquait un peu à quatorze ans - mais bon, c'est une phase bien connue que traversent beaucoup d'adolescentes. Le souvenir de sa déclaration d'amour éructée un soir lors d'une virée aux cuisines qu'elle avait organisée juste pour elles deux - et de la réaction d'Eleanor - l'avait poursuivie pendant des années. Si encore Eleanor s'était moquée ou lui avait sorti une vacherie ! Mais non, elle avait agi exactement comme si Flyte n'avait rien dit. Le seul indice qu'elle l'avait bien entendue, ce fut le graffiti apparu quelques jours plus tard dans les toilettes des filles.

Phyllida est une GOUINE

Au départ, l'ambition de Flyte était de suivre son père dans l'armée, mais après avoir supporté les déménagements à répétition auxquels le contraignait son travail - pour finir par l'affectation à Chypre qui l'avait condamnée à quatre ans d'internat -, elle s'était rabattue sur la police. À dix-huit ans, elle avait ajouté trois objectifs personnels à son projet de vie : un mariage en blanc à l'église avant trente ans, un mari plus grand qu'elle d'au moins cinq centimètres et, une fois que sa carrière le permettrait, deux enfants, idéalement un garçon et une fille, à distance raisonnable l'un de l'autre.

Cinq semaines avant son trente et unième anniversaire, elle descendait l'allée d'une petite église normande du Hampshire au bras de son cher Pops en uniforme de cérémonie, pour épouser Matt (un mètre quatre-vingts). En prononçant ses vœux, la rebuffade d'Eleanor lui était revenue en mémoire, et pour la première fois elle avait pu sourire de son trouble d'adolescente. Et elle avait sincèrement aimé Matt, aucun doute là-dessus, même si l'amour physique entre eux relevait davantage, du moins pour elle, du rapport confortable que de la passion irréaliste mise en avant au cinéma et dans la musique pop.

Quant à sa complaisance envers Cassie, elle s'expliquait on

ne peut plus facilement : Flyte s'identifiait à son besoin désespéré d'en savoir plus sur le meurtre de sa mère, exactement comme elle-même avait besoin de comprendre pourquoi elle avait perdu Poppy.

À la pause-déjeuner, elle se rendit aux archives, à deux rues du commissariat. L'agent d'accueil était un quadra plutôt pas mal, même s'il commençait déjà à s'empâter au niveau du cou et du torse. Il boulottait un friand en regardant ce qui avait l'air d'être un dessin animé américain sur un smartphone calé devant lui.

Flyte avait mis du rouge à lèvres – d'une teinte plus rouge, plus profonde que son rose habituel – et s'était entraînée à sourire avant d'entrer.

— Marcus, c'est ça ?

Il leva la tête vers elle et eut ce léger mouvement de surprise qu'elle provoquait parfois chez les hommes. *Imbéciles.*

— Lieutenante Flyte, de la PJ. Je cherche des infos sur une affaire de fraude des années 1997-1998. Une vraie plaie. Comment ça marche, déjà ?

S'essuyant les lèvres tout en rentrant le ventre, Marcus montra d'un geste de propriétaire les rangées d'étagères métalliques qui s'étendaient dans la pénombre derrière lui.

— Les dossiers sont classés par mois et par année à partir de la gauche. Les années 97 et 98 doivent se trouver rang 17, vers le fond.

Il lui sourit.

— Je serais ravi de vous aider, mais je peux pas quitter mon bureau, les coupes budgétaires ont supprimé un poste.

Ils échangèrent un regard pour déplorer un système qui décimait leurs effectifs alors que des catégories entières de délits « mineurs » n'étaient pas traitées et leurs auteurs laissés impunis.

— Je dois signer un registre ?

Il lui tendit un vieux classeur à anneaux rempli de tableaux où les visiteurs devaient inscrire leurs nom, heure d'arrivée et heure de départ. *Misère !* Enfin, au moins ce système archaïque devrait-il limiter les risques de se faire repérer.

— Vous n'avez pas besoin du NRU ? demanda-t-elle sans lever les yeux.

Avec le numéro de référence unique, quiconque se renseignerait sur elle serait renvoyé à l'affaire Raven.

— Nan, seulement pour les emprunts à l'extérieur.

Ouf.

Dans le labyrinthe de hauts rayonnages métalliques, les plafonniers s'allumaient automatiquement chaque fois qu'elle pénétrait dans une rangée. L'odeur familière de vieux papier lui rappela la bibliothèque du pensionnat où elle avait passé tant d'heures enfermée, évitant ses camarades et leurs cancans superficiels. Pendant que les autres débattaient à n'en plus finir de la coupe de cheveux de Rachel dans *Friends* ou de laquelle des Spice Girls elles préféreraient être, Phyllida se perdait dans les Agatha Christie et les Ngaio Marsh que son père lui envoyait de Chypre. Pourtant, certains jours, elle s'interrogeait : si elle avait été un peu plus frivole lorsqu'elle était ado, ou qu'au moins elle avait joué le jeu des bavardages sans intérêt, est-ce qu'elle se sentirait plus à l'aise avec les gens aujourd'hui ?

La rangée 17 était bourrée jusqu'au plafond de boîtes de classement portant chacune un numéro de référence unique et un nom d'affaire. Elle pria pour que l'affaire Raven ne soit pas perchée trop haut : elle ne pouvait pas solliciter l'aide de Marcus. Chaque contact augmentait le risque de discuter, et donc d'avoir à mentir, ce qui n'était pas son fort.

Au bout de quelques minutes à loucher sur les étagères bondées, elle vit un grand carton marqué *RAVEN* rangé à hauteur d'épaule. Et déprima en comptant neuf boîtes enregistrées sous le même NRU.

Scrogneugneu !

Elle aurait dû anticiper le volume de paperasse généré par un homicide. Elle tira un des cartons et l'ouvrit : il accueillait une série de classeurs à anneaux qui semblaient consacrés aux formalités administratives. Même chose dans le suivant. Le troisième renfermait ce qui devaient être les effets personnels de Katherine Raven : des sachets de scellés avec les vêtements qu'elle portait, plus, au fond, une demi-brique maculée de sang séché, de toute évidence l'arme du crime.

Enfin, elle trouva le carton qu'elle cherchait : celui qui contenait l'exposé de l'affaire et les dépositions des témoins. Dans une chemise, elle tomba sur la photo d'identité judiciaire de Callum Raven. C'était un bel homme dans le style brut de décoffrage, même si sa tête transpirait l'embrouille. Cassie devait tenir ses traits délicats de sa mère. Dans une autre chemise, elle trouva le rapport d'autopsie de Katherine Raven et les photos du corps.

Après un rapide coup d'œil autour d'elle, Flyte tira son iPhone et photographia la première page du rapport d'autopsie. Un éclair illumina l'allée. *Zut de flûte !* Elle désactiva le flash, feuilleta rapidement la suite du document avant de passer aux suivants, index et pouce à plein régime. Elle avançait en grommelant, maudissant ce qui la poussait à faire ces folies pour une espèce de gothique tatouée aux yeux bleus les plus sombres qu'elle ait jamais vus.

Lorsqu'elle atteignit les images de l'autopsie, elle hésita, sachant qu'elle devrait utiliser le flash pour donner à Cassie le niveau de détail voulu. À ce moment-là, les plafonniers s'allumèrent dans la rangée voisine, accompagnés du pas régulier des gros souliers de Marcus. Ni une ni deux, elle prit une décision. Fourra le paquet de photos médico-légales dans le dos de sa jupe en comptant sur l'élastique de sa culotte pour les maintenir en place. Remit la boîte sur l'étagère à l'instant même où une ombre apparaissait au bout de l'allée. Et pivota pour éplucher le rayonnage d'en face.

— Vous avez pas vu un flash ? Il y a quelques minutes ? s'enquit Marcus.

— Si, en effet. Je crois que ça venait de la rangée d'à côté.

Ce n'était pas le moment de le chapitrer pour s'être adressé à elle sans l'appeler « lieutenante ».

Il loucha vers le néon au plafond.

— Sûrement un des tubes qui fait des siennes.

Il hocha la tête vers l'étagère qu'elle explorait.

— Vous avez trouvé votre bonheur ?

— Eh non. Je crois que je n'ai pas le bon numéro.

— Vous voulez un coup de main ? Deux paires d'yeux valent mieux qu'une…

Sa paire à lui dériva, apparemment de soi-même, jusqu'à la poitrine de Flyte, avant de remonter, pleine d'espoir, sur son visage.

— Oh, c'est trop gentil ! Mais vous savez, ça ira sûrement plus vite si je retourne chercher le bon numéro.

Il acquiesça, se racla la gorge. *Seigneur, il ne s'apprête pas à m'inviter à sortir, hein ?* Elle lui coupa l'herbe sous le pied :

— Mince, vous avez vu l'heure ? J'ai un briefing avec mon capitaine dans dix minutes.

La mention d'un officier supérieur rappelant subtilement son propre grade eut l'effet escompté.

— Bon, ben revenez quand vous voulez ! lança-t-il. Lieutenante.

Il la précéda dans l'allée – heureusement, car elle sentit les photos pointer à sa ceinture et dut glisser une main dans son dos pour les renfoncer plus fermement.

Une fois dehors, elle s'adossa au mur le temps de se remettre, avant de repartir à grands pas vers le commissariat.

Elle n'entendit pas la porte du bâtiment s'ouvrir derrière elle.

Marcus en sortit, un paquet de cigarettes à la main. Il en cala une entre ses lèvres et l'alluma, en la regardant s'éloigner d'un air pensif.

23

— *Carpe vinum !*

Archie posa les verres sur la table d'un geste théâtral. Une pinte de bière artisanale horriblement trouble pour lui, une Sol et une grande vodka pour Cassie. Il n'avait émis aucun commentaire sur son choix, ce dont elle lui était reconnaissante. En même temps, elle devait bien savoir, maintenant, que malgré son écharpe de rugbyman et son accent chicos Archie était un mec plutôt cool. Quand elle l'avait appelé après le naufrage Curzon/Harj, il avait aussitôt accepté de débarquer depuis Walthamstow, où il témoignait dans le cadre d'une enquête publique du coroner.

Cassie l'étudia d'un œil discret mais appréciateur : ça devait faire deux ans qu'elle n'avait pas envisagé de sortir avec un garçon. Le problème avec les mecs, c'est qu'ils ne pensent pas comme les nanas. Mais c'est aussi ce qui fait leur attrait.

Elle avala une gorgée de sa Sol.

— Si Curzon fait un rapport à la HTA, je peux me faire virer.

— Mince, fit Archie avec une grimace. J'ai jamais eu affaire à la redoutable HTA, mais il paraît que ça peut être de vraies gorgones.

Rien que ça !

C'est le scandale de l'hôpital pédiatrique Alder Hey, à la fin des années 1990, qui a suscité la création de la HTA. On avait alors découvert qu'un pathologiste dévoyé avait conservé des centaines d'organes de bébés – et même des fœtus entiers – pour ses recherches, sans demander l'autorisation des parents. De là l'édiction de règles extrêmement strictes régissant le traitement de tous les restes humains dans les morgues, jusqu'au plus petit fragment tissulaire.

— À ce que j'ai cru comprendre, il y avait matière à serrer la vis, dit Cassie en se rappelant certaines anecdotes horribles de Jason sur cette époque opaque. Certains pathologistes stockaient même des échantillons d'organes à étudier dans leur congélateur personnel !

— J'ai entendu ça aussi, gloussa Archie. T'imagines, tu veux un pot de glace et tu tombes sur une vésicule biliaire !

— J'ai toujours traité nos patients avec le plus grand respect. Curzon le sait pertinemment. C'est juste… qu'il me déteste.

Archie hocha la tête d'un air compatissant.

— L'histoire de sa femme n'a pas dû arranger les choses.

Elle le dévisagea.

— De quoi tu parles ?

Elle se rappela que Curzon se pointait régulièrement dans les mêmes fringues que la veille et empestant l'alcool.

— Elle l'a plaqué ?

L'expression d'Archie se fit sérieuse.

— Si on veut. Elle s'est suicidée.

— Tu rigoles !

Cassie porta la main à sa bouche.

— Eh non. Apparemment, elle souffrait de dépression chronique, s'était débattue avec toute sa vie. Un soir, en rentrant du boulot en voiture, il a ouvert la porte du garage…

Il mima la pression du pouce sur une télécommande.

— … et il l'a trouvée pendue au plafond.

Cassie revit l'alliance trop serrée que Curzon portait encore à son doigt. La colère tapie au fond de ses yeux tel un fauve prêt à bondir.

— Merde… Ça fait combien de temps ?

— Moins d'un an, je crois. Triste histoire.

Elle avait trouvé Curzon méprisant et cruel lors de l'autopsie de Bradley Appleton ; maintenant, une vague de compassion l'envahit. Évidemment qu'un suicidé le mettrait hors de lui, enfant ou pas ! Malheureusement, ça voulait dire qu'il risquait d'autant plus de mettre sa menace à exécution. Elle avait vu comment les endeuillés peuvent se déchaîner pour détourner une partie de leur peine sur les autres.

Malgré tout, une soirée en compagnie de la bonhomie tranquille d'Archie eut sur elle un effet relaxant – avec l'aide de l'alcool en sus. Quand vint l'heure de la fermeture, elle s'aperçut en se levant qu'elle était à moitié soûle, le pied mal assuré.

Cette fois, elle accepta qu'il la raccompagne chez elle. Mais lorsqu'elle tendit les lèvres à l'arrivée, elle n'obtint qu'une bise sur la joue et une accolade fraternelle. Elle fronça les sourcils dans la chaleur de son cou et murmura :

— Tu veux entrer ?

Le sens était sans équivoque.

Il desserra son étreinte et lui sourit, plein de regret.

— Je me lève hyper tôt demain.

— Oh, fais pas ton rabat-joie !

Elle essaya de le tirer vers elle, mais il posa ses deux mains sur ses épaules.

— Écoute, Cassie, t'es un peu pompette et je voudrais pas que tu fasses un truc que tu pourrais regretter. Une autre fois ?

La gentillesse dans ses yeux bruns était pire que tout. Furieuse après lui – *non*, après elle-même –, elle tourna les talons.

— OK. Eh ben, salut !

En poussant sa porte, elle visualisait déjà sa bouteille de vodka polonaise dans le congélateur lorsqu'elle découvrit une enveloppe kraft sur le paillasson. Pas d'adresse, juste son nom et les mots : *Relevez vos mails avant d'ouvrir ! PF.*

Le courriel, envoyé de l'adresse perso de Flyte, disait : *Le pli que je vous ai déposé contient des photocopies de certaines photos dérangeantes de l'autopsie de votre mère. Je sais que vous voudrez les voir, mais JE VOUS EN PRIE, réfléchissez bien à l'opportunité ou non de les regarder.*

Après avoir donné à manger à Macavity, dont l'attitude commençait à se dégeler un peu, elle s'installa à sa table de cuisine. Elle fixa longuement l'enveloppe, soudain beaucoup moins ivre.

Elle avait déjà vu des dizaines de victimes de meurtre sur sa table d'autopsie. Elle pourrait le supporter, non ?

Elle rapprocha l'enveloppe, en tira les photos imprimées en couleur.

Deux secondes plus tard, elle était voûtée au-dessus de l'évier et vomissait la bière, la vodka et le sachet de cacahuètes qui lui avaient servi de dîner. En s'efforçant d'oublier l'image qu'elle venait d'apercevoir.

Une tête difforme, enfoncée, barbouillée de sang. Un seul trait reconnaissable · les beaux cheveux auburn de sa mère.

Il lui fallut un bon moment avant de pouvoir remettre la photo dans l'enveloppe et se servir un verre pour se calmer. C'était au-dessus de ses forces. Face à sa propre mère, sa capacité de distanciation, affermie pourtant par des milliers d'éviscérations, l'avait abandonnée.

24

— T'as une tête de déterrée, lança joyeusement Kieran. Soirée arrosée ?

Cassie confirma d'un haussement d'épaules dépité.

La vodka avait contribué à brouiller l'image de sa mère gravée sur sa rétine, mais elle ne l'aidait plus à dormir. Après une nouvelle nuit d'insomnie, le visage renfrogné qu'elle avait vu dans le miroir ce matin avait le teint hâve et les yeux cernés, contrebalancés par un bouton volcanique au menton.

Ils se trouvaient dans l'une des toutes dernières gargotes de Camden, restée dans son jus jusqu'au méchant éclairage au néon et aux tables en formica bleu où trônaient des bouteilles de ketchup et de sauce brune, mais désormais tenue, comme tant de vieux troquets du nord de Londres, par des Chypriotes turcs. La serveuse en hidjab venait d'apporter le *fry-up* de Kieran et le sandwich-œufs au plat de Cassie.

— Depuis que je suis clean, je dors comme un bébé.

Kieran leva sa tasse.

— Tu devrais essayer, Cass.

C'est vrai qu'il affichait une bonne mine agaçante : ses traits s'étaient repulpés et sa peau avait perdu l'aspect perpétuellement grêlé du SDF camé.

— Ça va, saint Kieran. Épargne-moi le laïus sur les bienfaits de la vie saine.

Pourtant, elle devait bien reconnaître qu'elle y allait un peu fort sur la picole, ces derniers temps. Au souvenir de la veille - et de la manière dont elle s'était ridiculisée avec Archie –, elle était mortifiée. Évidemment qu'il n'allait pas se taper une nana à moitié bourrée, ça faisait même partie de son charme ! Ils avaient échangé des messages sympa ce matin, mais elle restait persuadée d'avoir tout gâché en le suppliant pratiquement de la baiser. Pas qu'elle soit vraiment dispo pour une histoire sentimentale en ce moment, mais bon…

Kieran tira une pile de photocopies d'un sac plastique, en préleva une et la poussa vers elle.

— Mate ça, fit-il avec un grand sourire.

UN CONTRAT D'ENREGISTREMENT POUR POITÍN ?

Elle lut le titre puis loucha sur les photos grenées illustrant l'article pleine page : une image du groupe en concert avec Maria au micro, Callum à côté à la guitare et Barney au fond à la batterie. Un second cliché montrait un portrait de Barney seul, vêtu d'un costume, coiffé dans le plus pur style Liam Gallagher années 1990.

— C'est tiré du *NME* ! lança Kieran, la bouche pleine.

— Ça me dit quelque chose, murmura Cassie.

— T'es sérieuse ?

Il écarquilla les yeux.

— Le *New Musical Express* était LE magazine musical avant que le monde devienne numérique.

— Et il dit quoi, ce papier ?

Elle saisit son sandwich et se força à mordre dedans.

— C'est une interview de Barney Cotter. Tu te rappelles qu'il a pris le rôle de manager en plus de celui de batteur du groupe ? Alors, jusque-là, Poitín avait un son un peu psyché. Tu connais My Bloody Valentine ?

Elle tira une tête en forme de point d'interrogation.

— Bon, en tout cas, Poitín, c'était le même genre de son. Et ils avaient des groupies, mais ça restait un peu confidentiel.

Kieran ramena l'article vers lui.

— Et donc, là, Barney explique que le groupe « aborde un virage créatif ».

Il traça des guillemets ironiques dans l'air.

— Comme le journaliste insiste, il avoue qu'ils prennent un tournant plus populaire, qu'ils veulent élargir leur public.

L'estomac de Cassie lui ordonna de poser le sandwich.

— Alors… ils partaient à l'assaut du pognon ?

— Exactement. T'as entendu parler des Cranberries, pas vrai ?

Elle fit la grimace.

— Folk rock irlandais, c'est ça ?

— Ouais. Ils cartonnaient de ouf dans les années 1990. Le journaliste compare la voix de Maria à celle de leur chanteuse, Dolores O'Riordan. Enfin bref, Barney raconte qu'ils ont écrit de nouveaux titres et laisse entendre qu'un grand label s'intéresse à eux.

— Ça dit ce qu'en pensaient Callum et Maria ?

— Han-han.

Kieran rassembla un tas de haricots blancs sur un carré de pain frit et le souleva.

— Mais ils étaient forcément dans le coup pour le contrat, le groupe existait pas sans eux.

La tête de Cassie s'était mise à l'élancer. Elle pressa les doigts sur ses tempes et les massa.

— Si Poitín était un groupe culte, ses fans auraient considéré un tournant mainstream comme une trahison, non ?

— Ouais, faut que je secoue le collectionneur de zines, voir comment ils ont réagi.

Renonçant à son sandwich, Cassie repoussa son assiette et reprit l'article pour le parcourir.

— Je vois vraiment pas en quoi un contrat d'enregistrement pourrait expliquer l'assassinat de ma mère.

Kieran montra le sandwich abandonné, demanda :

— Je peux ?

Et mordit dedans à pleines dents.

Puis il tendit la main pour tapoter du doigt les petits caractères en bas de page et reprit, la bouche pleine :

— T'as vu la date ?

— 3 octobre 1997.

Cassie le regarda.

— C'est... trois jours avant la mort de maman. Mais ça peut être une simple coïncidence.

— Possible. Ou bien le contrat a foutu la merde entre ton père et ta mère. Signer avec un grand label, ça voulait dire que Callum allait tourner beaucoup plus, donc la laisser toute seule avec une loupiote pendant des semaines entières.

Son père n'avait parlé d'aucun contrat, et leurs querelles semblaient porter uniquement sur la liaison supposée de Kath, que flics comme jury avaient tenue pour une affabulation - une manœuvre de la dernière chance d'un homme acculé pour tenter de faire porter le chapeau à un amant fictif.

— Il est allé où, après s'être fait jeter du pub ? demanda Kieran d'un ton entendu.

Elle haussa les épaules.

— Chez Barney. À quoi tu penses ?

— Je sais pas trop. Je me dis juste que le meurtre de ta mère juste après cette histoire de contrat... c'est peut-être plus qu'une simple coïncidence.

Piochant un tube de Nurofen dans son sac, Cassie en avala deux avec le reste de son café et essaya de considérer les choses avec objectivité. Si Kath avait sommé Callum de choisir entre le groupe et elle, est-ce que ça aurait pu faire basculer un tempérament violent dans une rage meurtrière ?

Elle se renfonça les doigts dans les tempes.

— Il l'aurait tuée pendant une engueulade à cause du contrat, et pas d'un amant imaginaire ? De toute façon, ça fait que lui donner un mobile de plus, non ?

— J'en sais rien. Je vais continuer à creuser. Et toi ? T'as trouvé des choses intéressantes ?

— J'ai localisé l'officier chargé de l'enquête, Gerry Hobbs. Il est d'accord pour me voir.

— Cool !

Elle n'avait eu aucun mal à pister Hobbs jusqu'à l'association caritative où il travaillait, et il l'avait immédiatement remise - presque comme s'il attendait son appel depuis tout ce temps.

Le problème, c'était que la seule question qui lui importait était plus ou moins impossible à poser sans balancer Flyte.

Cassie n'avait pas pu se résoudre à replonger dans les photos de l'autopsie, mais elle avait lu le rapport du médecin légiste – et y avait relevé un truc bizarre. Parmi les nombreux échantillons pris sur le corps de sa mère pour analyses, il y avait un prélèvement vaginal, destiné à détecter la présence de sperme en cas de rapport sexuel récent. Si le labo en avait trouvé, et si le test ADN avait renvoyé à un autre homme que Callum, ça aurait confirmé ses dires concernant l'adultère. Et logiquement, la police aurait voulu retrouver le type pour l'éliminer de la liste des suspects.

Les résultats de toutes les analyses figuraient en annexe du rapport. Ils indiquaient une alcoolémie trois fois supérieure à la limite autorisée au volant ainsi que des traces de tranquillisants délivrables sur ordonnance.

Mais ils ne mentionnaient ni le prélèvement vaginal ni s'il s'était révélé négatif ou positif. C'était comme s'il n'avait jamais existé.

25

Une lune brumeuse flottait au-dessus de la morgue, bâtiment de plain-pied tapi derrière un écran de cyprès comme s'il s'excusait d'exister. L'air de minuit faisait à Cassie l'effet d'une bouteille de vodka glacée pressée contre ses joues. Le seul bruit était le grognement distant des voitures sur le circulaire nord.

La jeune femme glissa son passe à l'entrée et entendit le *clic* d'ouverture. Les techniciens bénéficiaient d'un accès vingt-quatre heures sur vingt-quatre afin de pouvoir enregistrer tout décès survenu en dehors des heures de travail.

Elle enfila une combinaison propre, ses bottes et un tablier en plastique, exactement comme elle l'aurait fait pour une éviscération, et sentit chaque nouvelle couche l'envelopper dans un cocon de professionnalisme. Jamais auparavant la dénomination « équipement de protection individuelle » ne lui avait paru si appropriée.

En salle d'autopsie, elle alluma les lumières et se dirigea vers sa table en inox. Après avoir enfilé une paire de gants en nitrile, elle tira de l'enveloppe les photos médico-légales de sa mère en se répétant : *C'est un corps parmi d'autres, rien qu'un corps parmi d'autres* façon mantra. Elle attendit de les avoir toutes étalées sur la surface de la table avant de laisser ses yeux se poser sur l'une d'elles.

Rien qu'un corps parmi d'autres.

Jusqu'ici, tout allait bien. Comme elle l'avait espéré, étudier les clichés dans un cadre professionnel lui donnait le recul émotionnel qui lui avait fait défaut chez elle. Elle ne voyait plus sa mère, mais une dépouille anonyme à analyser, une énigme anatomique à résoudre.

Le dossier photographique commençait par une image de la victime tout habillée étendue sur une bâche de plastique blanc afin de détecter les moindres fibres ou indices, prise du haut d'un escabeau comme on le faisait encore de nos jours.

Les photos suivantes montraient le corps sur la table d'autopsie, en décubitus dorsal et ventral (autrement dit sur le dos et sur le ventre) et aux différentes étapes du déshabillage : d'abord la veste, puis la longue robe style Laura Ashley, et enfin les sous-vêtements – le sinistre effeuillage médico-légal destiné à recueillir toute indication sur les événements ayant précédé la mort.

Une fois le soutien-gorge et la culotte enlevés, le contraste entre la figure défoncée et ensanglantée et le corps jeune et pâle était saisissant.

Rien qu'un corps parmi d'autres.

Cassie passa aux gros plans du visage qui cadraient individuellement chacune des blessures infligées par l'arme du crime. Pour cette série, on avait nettoyé le sang, et les photos étaient prises de si près qu'elles paraissaient impersonnelles, comme les détails d'une région géographique. De toute façon, avec des lésions pareilles, il était déjà difficile de déterminer le sexe de la victime, alors la reconnaître…

Un jeu de clichés de l'arrière du crâne, cheveux rasés, montrait encore d'autres contusions, ainsi qu'une grande dépression juste au-dessus de la protubérance occipitale. Le rapport d'autopsie avait déjà appris à Cassie que c'était ce coup, porté par-derrière, qui avait entraîné l'hématome sous-dural aigu inscrit comme cause du décès. Selon le légiste, les nombreux impacts sur la face étaient intervenus après, alors que la victime gisait déjà inconsciente sur le dos. On avait également pris sous tous les angles la brique cassée employée comme arme du crime – la partie meurtrière nettement visible à la quantité de sang imprégnée dans sa surface rugueuse.

Des plans serrés des avant-bras révélaient les contusions bleuâtres évoquées au procès de Callum, et dont il avait nié avoir connaissance. C'étaient des marques de contrainte en forme de doigts qui commençaient à jaunir sur les bords, ce qui collait avec la conclusion du pathologiste les datant de trois à quatre jours. Était-il crédible qu'un mari ne remarque pas des bleus pareils sur sa femme, au lit ou pendant qu'elle se déshabille ?

Ce ne fut qu'en fin d'examen qu'un incident faillit crever la bulle de distance de Cassie – et il arriva d'une source inattendue. Un jeu de photos présentait les bijoux que sa mère portait ce soir-là : des boucles d'oreilles en argent en forme de coquilles Saint-Jacques, son alliance en or tressé, et un tour de cou cassé en cuir noir entortillé façon fil de fer barbelé – le genre de choses qui se vendait encore au marché.

Elle eut une vision vibrante de sa mère en train de se préparer pour sa soirée en amoureux avec son mari, se maquillant en fredonnant, se réjouissant d'avance de cette rare soirée au pub, priant pour qu'il n'y ait plus de crises de jalousie.

Soudain, la vue de Cassie s'assombrit, se réduisit à un tunnel étroit, et l'air crépita si fort qu'elle dut s'agripper à la table. Des photos étalées devant elle, elle entendit s'élever la voix de sa mère en un murmure distinct :

— *Pas mon style.*

26

Le lendemain, Cassie alla chez sa grand-mère pour le déjeuner dominical. Au début, Weronika sembla avoir accédé à sa demande de repas léger : elle lui servit des rollmops polonais, de la salade et de la *mizeria* – en annonçant fièrement avoir remplacé la crème fraîche par de la crème aigre entière pour cette dernière. Sauf qu'elle bousilla tout avec le dessert.

Cassie venait de terminer sa deuxième tranche de *kremówka* maison.

— Encore une petite part ? cajola Weronika. Tu as les joues toutes creuses !

— Tu rigoles ?

Cassie repoussa son assiette.

— Et au fait, depuis quand des couches et des couches de pâte, de crème au beurre *et* de crème entière, c'est « léger » ?

— Une petite gourmandise fait du bien à l'âme.

Cassie réprima un sourire à cet échange, usé jusqu'à la corde par mille répétitions. Quel plaisir de voir sa grand-mère redevenue pleinement elle-même !

L'effervescence qui l'avait envahie à la morgue la veille après avoir entendu – ou imaginé entendre – la voix de sa mère s'était envolée, la laissant déprimée et abattue.

Pas mon style. De quoi ? D'être victime d'un meurtre atroce ? Ou d'avoir une liaison ?

Pas très utile, tout ça. Elle comprit ce qui lui avait traîné plus ou moins consciemment dans le crâne durant l'autopsie photographique de sa mère : l'idée idiote qu'elle allait découvrir un bon gros indice pour innocenter son père.

Après déjeuner, sa grand-mère et elle partagèrent un silence plaisant, bercées par les sifflements et les crépitements du poêle à gaz. Cassie n'était pas loin de s'assoupir sur le canapé quand Weronika demanda :

— Comment tu vas, *tygrysek ?* Je sais combien ça a dû être difficile pour toi d'apprendre ce qui est arrivé à ta maman.

Prise par surprise, elle répondit franchement :

— Le plus dur, c'est de découvrir que mon père était en vie depuis tout ce temps.

Elle cligna des yeux.

— Pardon, Babcia…

Weronika leva une main.

— Non, c'est à moi de m'excuser. J'ai beaucoup réfléchi et je me rends compte que je n'aurais jamais dû faire ça. Je n'avais pas le droit de te cacher que tu avais encore un père.

— T'avais de bonnes raisons, après ce qu'il a fait.

Si c'est bien lui qui l'a fait.

— Non.

La vieille dame secoua fermement la tête.

— Peu importe, tu avais le droit de savoir qu'un de tes parents était encore en vie dès que tu as été assez grande pour ça. Ça aurait dû être à toi de choisir ce que tu en faisais.

Ces mots soulagèrent un peu la culpabilité de Cassie de l'avoir vu – même si ce n'était pas elle qui lui avait demandé de débarquer comme ça, à l'improviste, après vingt et un ans d'absence.

— Mais t'as sans doute bien fait, vu qu'il a montré zéro intérêt pour moi depuis tout ce temps.

Weronika s'appuya sur les bras de son fauteuil pour se lever et alla chercher quelque chose dans le vieux secrétaire en acajou où elle rangeait son courrier. Elle posa un paquet d'enveloppes dans les mains de Cassie, toutes adressées à Weronika Janek ici, à son domicile.

— Vas-y, regarde.

En ouvrant une, Cassie y trouva une unique feuille de carnet où s'inscrivait, en écriture cursive : *Pour Cassandra.* Rien que ces deux mots.

— Je comprends pas.

— Après la mort de ta maman, j'en ai reçu une chaque année pour ton anniversaire, avec un mandat postal à mon nom.

Devant l'air perdu de Cassie, la vieille dame expliqua :

— Le mandat postal permet d'envoyer de l'argent de manière anonyme, contrairement au chèque. Au début, c'était 50 livres, mais petit à petit, ça a grimpé à 200, 300 livres par envoi.

Cassie se mit à ouvrir d'autres enveloppes. Chaque fois les deux mêmes mots, de la même écriture.

— Il n'y a jamais eu autre chose que ça, dit Babcia. Juste *Pour Cassandra.*

— Ça s'est arrêté quand ?

Weronika baissa les yeux.

— Jamais. Le dernier est arrivé juste avant ton anniversaire l'année dernière.

— Les 500 que tu m'as passés, qui provenaient soi-disant d'une assurance à capital différé ?

Babcia eut un sourire de petite gredine de cinq ans.

— Chaque fois, je te donnais la moitié et j'investissais le reste.

— Dans quoi ?

— Principalement des valeurs technologiques, répondit-elle vivement. Ça fait une coquette somme, maintenant. À ta disposition quand tu en auras besoin.

— T'as investi en bourse ?!

Évidemment, Cassie avait remarqué les numéros de l'*Investors Chronicle* que sa grand-mère recevait au fil des ans, mais elle n'y avait vu qu'un autre de ses penchants excentriques, comme son amour des westerns.

— Je ne suis peut-être qu'une vieille idiote à tes yeux, mais avant que le régime soviétique n'interrompe mes études en m'envoyant en prison, j'étais en licence d'économie. Je voulais travailler dans une banque d'investissement.

— Tu n'aurais pas pu le faire quand même ? Après avoir réussi à fuir ici ?

Weronika haussa les épaules.

— Je n'avais pas de quoi me payer l'université, et dans les années 1960 ce n'était pas facile pour une femme, surtout débarquée du ferry de la mer du Nord, de trouver un poste à la City.

Cassie compta rapidement les enveloppes. Vingt et une.

— Donc, il y en a eu une par an depuis l'incarcération de Callum ?

Elle regarda les cachets de la poste. Kentish Town, Camden, King's Cross…

— Elles ont toutes été postées dans le coin ou à guère plus de quelques stations de métro d'ici.

— Au début, j'ai pensé que ça devait venir d'un bienfaiteur.

— Un *bienfaiteur ?* Comme qui ?

— Après la mort de ta maman, on a reçu plein de cartes, et même des fleurs, de tas de gens qui avaient appris son malheur par la presse. On nous a même envoyé des bonbons et un jouet pour toi, comme ce charmant policier.

Cassie eut un petit sursaut d'espoir : Callum avait-il trouvé un moyen de lui faire parvenir des sous incognito ? Par l'intermédiaire de son ancien patron au marché, peut-être ?

— Est-ce que ça pourrait venir de mon père ?

Weronika haussa les épaules.

— Je ne sais pas, ma chérie. Je n'ai jamais voulu le croire, on n'avait pas besoin de l'argent de ce…

Elle ferma les lèvres sur l'insulte.

— Mais je suppose que c'est possible.

Si les mandats d'anniversaire étaient de Callum, d'où lui venait le fric ? De ses économies ? Des royalties de l'unique album de Poitín ?

Cassie prit la pile de feuilles.

— Je peux les garder ?

— Bien sûr. Je n'ai jamais pu les jeter, ça me paraissait mal.

— Je voulais te poser une question, Babcia. Tu savais que

Callum était peut-être sur le point de signer un contrat d'enregistrement juste avant la mort de maman ?

Fronçant les sourcils, Weronika eut une moue dubitative.

— Tu ne te souviens pas qu'elle ait été contrariée ? Il aurait été souvent absent, même si ça aurait rapporté beaucoup.

— *Pfff...* souffla la vieille dame. Ma Katerina n'était pas intéressée par l'argent.

Elle sourit.

— Tu sais de quoi elle rêvait ? D'avoir une petite ferme avec un potager et quelques poules.

Cassie ne put chasser une pensée incommodante : encore un rêve que sa mère n'avait jamais pu réaliser. Un rêve qui aurait pu advenir si avoir un enfant ne l'avait pas plongée dans la dépression et la boisson.

27

Cassie tira sur le col de sa veste. On était lundi matin et elle portait le tailleur Next qu'elle avait acheté pour son entretien d'embauche à la morgue. Il lui allait toujours très bien au niveau de la taille et de la poitrine, mais était devenu un peu étriqué aux épaules : cinq ans à manipuler des corps, ça vous muscle une carrure mieux que n'importe quels exercices en salle de sport.

L'association dont l'ex-lieutenant Gerry Hobbs était maintenant le chef de la sécurité occupait deux étages dans un immeuble élégant de Farringdon. Cassie donna son nom à l'accueil, et quelques minutes plus tard un homme d'une cinquantaine d'années, donc à peu près le bon âge, émergea de l'ascenseur. Port droit, manteau de laine noir à simple boutonnage et richelieus bien cirés, tout dégageait l'aura caractéristique du flic de carrière. Quand il la repéra, elle eut droit au « regard », celui que lui lançaient parfois les gens de plus de quarante ans : les yeux qui s'écarquillent en passant de sa chevelure noir corbeau à ses piercings d'arcade, puis à son anneau labial. Heureusement qu'elle s'était détaché les cheveux pour couvrir la partie rasée de son crâne.

— Cassie ? se ressaisit-il avec un sourire hésitant.

Il s'était attendu à quoi, à ce qu'elle ait encore les petites nattes et la robe chasuble en tartan dont sa grand-mère l'habillait à quatre ans ?

— Je me suis dit qu'on pourrait aller boire un café, proposa-t-il.

Ça évite toute la paperasse qu'on nous demande pour obtenir un passe, de nos jours.

Pendant qu'il discutait avec la dame de l'accueil, Cassie l'examina discrètement. Il était costaud sans être gros, le visage ouvert, le même teint ambré et criblé de taches de rousseur qu'elle avait déjà vu chez les Camdeniens d'origine irlandaise – comme un fermier de Sligo qui viendrait de descendre de son tracteur. Il avait clairement été bel homme dans sa jeunesse, et il restait encore présentable à, quoi, quarante-cinq ans ? Cinquante ?

Ils échangèrent des banalités le temps d'arriver au café, un joli petit troquet indépendant près du marché de Smithfield. Sitôt assis, en revanche, il se racla la gorge et prit la mine attristée de ceux qui s'apprêtent à présenter leurs condoléances.

— C'est le genre d'affaire qu'on n'oublie jamais, déclara-t-il en secouant la tête. Kath était jolie comme un cœur, et si jeune… Et toi, un tout petit bout de chou.

Ses yeux dérivèrent à nouveau vers sa lèvre percée.

— Vous m'avez offert une poupée Barbie, fit-elle. En robe de princesse rose.

Elle revit le regard vide, le sourire idiot, et, surtout, la taille de guêpe de Barbie qui, déjà à l'époque, lui avait paru irréaliste par rapport à une vraie femme.

— Ah, tu te souviens de ça ?

Il avait l'air ravi.

— Oh, j'adorais cette poupée ! mentit-elle.

Après les résultats décevants de l'autopsie de Barbie, elle avait planqué ses restes démembrés sous son lit pour cacher les preuves de son crime.

— Ça a dû être terrible pour toi, de perdre ta mère comme ça, mais au moins tu as eu Weronika pour t'élever. Quelle femme remarquable ! Tu dis qu'elle est toujours dans le coup ?

Kath, Weronika… Soit l'affaire l'avait profondément marqué, soit il s'était rafraîchi la mémoire avant leur rendez-vous.

— Elle a fait un mini-AVC, mais elle est quasiment rétablie.

Cassie but une gorgée de son expresso.

— Mais bon, je ne veux pas la bouleverser en remuant des souvenirs éprouvants. Et je ne trouve rien sur le net, l'affaire est trop ancienne.

— Je comprends parfaitement. Eh bien, demande-moi ce que tu veux. J'ai une excellente mémoire.

— Je crois que vous étiez le premier arrivé sur les lieux ? Vous pourriez me dire… comment ça s'est passé ? C'est un promeneur de chiens qui vous a appelés, c'est ça ?

Hochement de tête.

— Oui, d'une cabine téléphonique vers 6 heures du matin. On a foncé là-bas. Il y avait du brouillard, je me rappelle, tu vois comment ça peut être aux alentours du canal.

— « On » ?

— Un agent et moi. En arrivant, on l'a trouvée étendue sur les pavés dans le passage souterrain.

Cassie se souvenait d'avoir vu – ou imaginé – les pavés tachés de sang.

— Et le promeneur de chiens ?

— Il montait la garde près du corps.

C'était sympa d'apprendre qu'un inconnu avait fait ça, n'avait pas voulu laisser le corps de sa mère tout seul.

— On a tout de suite établi un périmètre de sécurité et monté une tente pour protéger sa dignité. Le médecin légiste est arrivé assez vite et a constaté la mort réelle et constante – pardon pour le jargon.

— Pas de problème. Ensuite, vous l'avez emmenée à la morgue, je suppose ?

Elle n'avait pas mentionné sa profession, estimant qu'il se méfierait moins s'il la prenait pour une simple civile.

— Oui, c'était l'ancienne morgue municipale de King's Cross, à l'époque.

Pas sa morgue à elle. *Dieu merci.* Elle préférait nettement ne pas se représenter le corps meurtri de sa mère à chaque heure de sa journée de travail.

Elle hésita, se mordilla l'ongle du pouce – une mimique destinée à Hobbs.

— Qu'est-ce qu'il y a ? Je t'en prie, pose-moi toutes les questions que tu veux.

— Euh… Vous allez peut-être trouver ça bizarre, mais… est-ce qu'il y avait des traces de… enfin, d'agression sexuelle ?

— Je…

Il cligna des yeux à deux reprises. *Intéressant.* Puis il baissa la tête, pensif.

— Pas dans mon souvenir. La pauvre était entièrement habillée. Dès que je l'ai vue, j'ai su qu'elle avait été tuée par quelqu'un de proche.

— Comment ça ?

— Il y avait… des blessures faciales importantes, qui indiquent généralement un mobile personnel – que son agresseur la connaissait intimement. Ce n'était pas un meurtre d'inconnu.

— Intimement, d'accord.

Baissant les yeux comme si elle était gênée, elle reprit :

— En fait, je me demandais… s'il y avait eu des prélèvements pour, euh, vous savez, pour exclure… un rapport sexuel récent ?

Nouveau double clignement d'yeux.

— Honnêtement, je ne me rappelle pas, fit-il en secouant lentement la tête.

Alors, ton excellente mémoire a des ratés ? eut-elle envie de sortir. Elle préféra :

— C'est bien loin, tout ça.

— En tout cas, le suspect principal ne faisait pas un pli. On avait déjà été appelés pour une scène de ménage chez eux, ta grand-mère nous a dit que Callum avait fait un œil au beurre noir à ta mère, elle avait des ecchymoses aux bras, et en plus ils avaient eu une violente dispute le soir même. Et puis on a trouvé le témoin qui l'avait vu s'enfuir de Prowse Place cette nuit-là.

— D'accord. Et le meilleur ami de Callum, celui qui avait dit qu'ils regardaient le foot au moment où Kath a été tuée, qu'est-ce qui vous a fait douter de son témoignage ?

— Barney Cotter ?

Hobbs se pencha en avant, le regard brûlant de conviction.

— J'ai tout de suite senti qu'il cachait quelque chose. C'était clair comme…

Il tapota le pot de confiture où trempait un bouquet de pensées d'hiver sur la table.

— Clair comme de l'eau de roche qu'il couvrait son pote. Au procès, l'accusation n'a eu qu'à donner une pichenette pour que son histoire s'effondre.

Dans le bus qui la ramenait à Camden, elle ferma les paupières et se repassa sa rencontre avec Hobbs, analysant son langage corporel, les moments où il s'était tu ou avait détourné les yeux, exactement comme elle aurait examiné un corps sur sa table d'autopsie. Pourquoi avait-elle un doute à son égard ? Sûrement parce qu'elle avait en partie accepté l'argument de son père : que les flics l'avaient décrété coupable dès le premier jour.

Quand elle l'avait interrogé sur une éventuelle agression sexuelle, l'ex-flic lui avait paru fuyant. Simple gêne ? Ou y avait-il autre chose ? Est-ce que ça pouvait avoir un rapport avec le prélèvement vaginal qui avait apparemment disparu sans laisser de trace ?

Un autre détail lui revint. Gerry Hobbs avait dit que Kath était « jolie comme un cœur », alors que la seule fois où il l'avait vue en chair et en os, elle avait le crâne défoncé à coups de brique.

FLYTE

— Phyllida Flyte ?

Cette seule voix, une voix de baryton relax mais impérieuse qui trahissait sans doute possible un grade supérieur, déclencha l'alerte dans la tête de Flyte.

— Elle-même.

— Commandant Capaldi. Vous vous êtes connectée au fichier national pour rechercher… un dénommé Callum Raven ?

— Pardon, commandant ?

Elle trouva sa propre voix étonnamment posée malgré le sang qui bouillonnait dans ses oreilles.

— Une affaire de meurtre, la victime était sa femme. Excusez-moi, j'aurais dû préciser, j'appelle de la DPS.

Zut de flûte !

C'était comme si un blizzard venait de lui tomber dessus. La Direction des normes professionnelles est l'organisme qui enquête non seulement sur les policiers corrompus, mais aussi sur les fautes professionnelles – comme la consultation du fichier central pour raison personnelle, par exemple.

— Je me demande juste : en quoi cette affaire vous intéresse ?

Le ton velouté.

— Callum Raven ? Je ne… fit-elle d'un air songeur. Oh, attendez ! Ça me revient !

Elle injecta du sourire dans son intonation, comme elle s'y était entraînée.

— Je cherchais un escroc sur lequel on enquête, un nommé Craven.

Un instant de silence inquiétant, puis la voix grave revint :

— Vous voulez dire que… quoi, vous avez tapé *Raven* par erreur ?

Pas une once de suspicion dans ces mots, ce qui n'en était que plus alarmant. Elle-même avait employé cette technique en interrogatoire.

— Voilà. Une bête faute de frappe !

— D'accord.

Il paraissait déçu.

— Vous n'êtes à la PJ de Camden que depuis quelques mois, je me trompe ? En provenance du Hampshire ?

Elle confirma prudemment. Comment savait-il tout ça ?

— J'ai une question à vous poser… en toute confidentialité, lieutenante. Vous comprenez ?

— Bien sûr, commandant.

— Est-ce que vous auriez entendu des rumeurs sur un commandant Stanley Neville, surnommé Spud, décédé il y a quelques années ? Ou un lieutenant Gerald, alias Gerry, Hobbs, retraité depuis peu ?

Qu'est-ce que c'est que ce bortsch ?!

Elle reconnut aussitôt les noms des enquêteurs de l'affaire Katherine Raven. Dieu merci, elle avait réussi à remettre les photos d'autopsie aux archives ce matin en allant au bureau, en s'étant préalablement assurée que Marcus n'était pas de service - inutile de tenter le diable avec une deuxième rencontre.

— Je ne crois pas avoir entendu des collègues parler d'eux. Puis-je savoir de quoi il s'agit ?

Il hésita, se demandant manifestement s'il pouvait lui faire confiance.

— Ça reste entre nous, mais j'enquête sur certaines… irrégularités dans une autre affaire survenue à Camden, un homicide dont ils ont été saisis en 1995. Il y a des chances pour que ça finisse à la CCRC.

La Criminal Cases Review Commission, la commission d'examen des affaires criminelles, l'autorité indépendante chargée de réétudier d'éventuelles erreurs judiciaires.

— Vous n'avez jamais entendu le moindre… écho sur Neville ou Hobbs ? poursuivit-il. Je ne sous-entends absolument pas qu'ils soient soupçonnés de quoi que ce soit. C'est la procédure habituelle de s'assurer que tout est nickel chrome de notre côté quand la Commission reprend une affaire.

Elle s'autorisa à se détendre un brin. L'appel de Capaldi ne semblait pas motivé par sa consultation du dossier Raven, mais par l'implication de Neville et Hobbs dans une autre affaire. À l'évidence, il avait estimé qu'il ne craignait rien à sonder une transfuge sur les bruits qui auraient pu courir au poste.

— Non, rien du tout, répondit-elle. Hobbs a pris sa retraite avant mon arrivée.

Oups.

— C'est vrai, en y repensant, j'ai entendu son nom, ajouta-t-elle aussi naturellement que possible, soulagée que Capaldi ne puisse pas voir sa tête.

Il n'eut pas l'air de tiquer.

— OK. Eh bien, gardez les oreilles ouvertes, vous voulez bien ? Vous pouvez m'appeler n'importe quand, en toute confidentialité.

28

Bien qu'elle n'ait pas à aller au travail, et qu'elle s'enfile tous les soirs une dose de vodka qui aurait donné une leçon d'humilité à un mineur de sel soviétique, Cassie continuait à se réveiller à 6 heures du matin comme d'habitude. Le lendemain de son entrevue avec Gerry Hobbs, elle se tournait et se retournait dans son lit, essayant de se rendormir, mais ses pensées vrombissaient sans relâche.

Elle n'arrivait pas à se défaire de l'impression que Hobbs avait quelque chose à cacher – quelque chose en lien avec le prélèvement disparu. La preuve d'un rapport sexuel entre Kath et un autre homme aurait étayé les allégations d'adultère de Callum. Ça aurait sans doute aussi renforcé son mobile pour la tuer, n'empêche que la police aurait dû rechercher l'autre en tant que suspect potentiel.

Sauf qu'aucun des chroniqueurs judiciaires du procès n'évoquait ce résultat manquant, ce qui tendait à indiquer que soit l'avocat de Callum n'avait pas relevé sa disparition, soit il n'avait pas pris la mesure de son importance.

Elle se traîna hors du lit et trouva Macavity assis, silencieux mais éloquent, à côté du frigo. Sa bouderie homérique s'était un peu calmée pendant la semaine, et il alla même jusqu'à frotter son corps velu contre les jambes nues de sa maîtresse quand elle versa le reste du sachet de pâtée dans sa gamelle.

— Mouais. Je sais que c'est purement intéressé, hein !

Elle caressa sa tête soyeuse, l'entendit ronronner comme une tondeuse à gazon.

— Mais je prends quand même, vilain matou.

Après avoir avalé quelques Nurofen Max avec une grande tasse d'eau, elle passa au salon et fit la moue : sur la table basse, il y avait deux barquettes de curry à moitié vides, deux canettes de bière et une demi-bouteille de vodka.

Prise d'une impulsion irrésistible, elle embarqua le tout dans la cuisine, dévissa le bouchon de la bouteille et, sans se donner le temps de se raviser, la vida dans l'évier.

En humant les derniers effluves du délicieux breuvage, elle sentit autre chose. Une odeur qu'elle n'identifia pas tout de suite.

Pastèque. Le parfum que portait sa mère. Qu'un jour elle avait tamponné derrière les oreilles de la petite Cassie de quatre ans.

L'odeur disparut en quelques secondes, mais Cassie en garda une étrange sensation de chaleur. Elle s'aperçut qu'il y avait une question qu'elle ne s'était pas posée : que penserait Kath de voir sa fille fureter dans ce passé déchirant ?

En plus du parfum, elle se rappela avoir entendu sa mère à la morgue – même si elle ne savait pas trop comment interpréter ses paroles – et alors, une certitude l'envahit : Kath soutenait son entreprise.

Elle enfila le corsage fleuri, passa une écharpe et un blouson en cuir par-dessus, et sortit se promener au bord du canal. Le ciel pesait tel un plafond gris et bas, et dans le froid glacial elle regretta de ne pas avoir opté pour un vrai manteau. Elle décida de remonter du quai pour s'acheter des gants dans la rue principale. En voyant affiché *50 % DE REMISE SUPPLÉMENTAIRE !* dans la vitrine de Sports Direct, elle se souvint qu'ils en vendaient avec des bouts de doigts tactiles.

D'un seul coup, elle se retrouva quelque part du côté droit du magasin, devant un étal de baskets pour hommes. Elle resta un moment à s'interroger. Ce n'était pas son genre d'avoir des absences.

Pfuit ! Le sol dallé de moquette tangua dangereusement et elle dut se raccrocher à la gondole. Une décharge d'électricité statique la frappa et les baskets disparurent pour céder la place à un fatras de couleurs vives.

Des bonbons. Lacets de réglisse rouges, bananes jaune citron, dentiers roses, pastel criard des soucoupes volantes remplies de poudre acidulée. Un présentoir de sucreries en vrac.

Mais bien sûr ! Avant d'être un Sports Direct, le magasin était un Woolworths, et l'endroit où elle se tenait, le paradis de son enfance.

Cassie était retombée dans sa peau de fillette de quatre ans, goûtait à nouveau l'avalanche sensorielle de couleurs bariolées, l'odeur pâteuse du chocolat, l'anis écœurant, la poudre acidulée qui fait éternuer. L'incapacité de choisir, écartelée entre bouteilles de cola, fraises tagada et rouleaux de petits cœurs à partager avec papa quand il rentrerait à la maison…

Où est maman ?! Un vent de panique. Elle fouille le supermarché des yeux.

Il y a un monsieur qui danse avec elle. Le sachet de bonbons qu'elle s'est composé tombe par terre.

Maman ! La Cassie adulte s'entend l'appeler dans un murmure éraillé. Sent l'astringence brûlante de larmes sur ses joues.

Reprenant ses esprits, elle se découvrit toujours agrippée à la gondole, une étagère de Nike Air Max à la place du présentoir à sucreries.

Un jeune Noir à proximité lui envoya un regard inquiet.

— Ça va ?

Elle hocha la tête et déguerpit.

Une fois calée dans un café avec un grand expresso pour se calmer, elle réfléchit à ce qui venait de se passer. Était-il réel, ce souvenir ? Avait-elle vraiment vu, à quatre ans, un mec « danser » avec sa mère ? Au Woolworths ?

Et puis, un éclair : dans le regard d'une enfant de quatre ans, un homme tenant une femme par les bras, ou dans ses bras, pouvait évoquer un couple en train de danser.

Cassie connaissait bien la théorie selon laquelle un adulte peut retrouver des souvenirs d'enfance longtemps oubliés, et elle savait pertinemment que la « mémoire retrouvée » de traumatismes infantiles est à prendre avec de grosses pincettes. Le cerveau a besoin d'ordre et de structure. Quand il tombe sur des vides, il lui arrive d'inventer des choses uniquement pour les combler.

Sauf que. Le souvenir viscéral d'un profond malaise ne la quittait pas. *D'accord, appliquons un peu de logique à tout ça.* En temps normal, sa mère ne l'aurait jamais lâchée toute seule au milieu des bonbons – les mômes de quatre ans ont zéro retenue. Pourtant, ce jour-là, elle l'avait livrée à elle-même et s'était éloignée un peu – tout en la gardant dans son champ de vision. Au bout d'un moment, Cassie l'avait cherchée et l'avait vue dans les bras d'un drôle d'individu.

L'interprétation de ce souvenir – si c'en était bien un – coulait de source. Katherine avait pris rendez-vous avec un homme dans un lieu apparemment banal. En revanche, ce qui s'était passé entre eux n'était pas très clair. Est-ce qu'il essayait de l'embrasser ? La suppliait de quitter Callum ? Est-ce qu'elle disait non ?

Si le drôle d'individu n'était pas un mirage tout droit sorti de son imagination, il n'y avait qu'une explication possible : ce devait être l'amant de Kath. L'homme avec qui Callum disait qu'elle le trompait. L'homme qu'il croyait coupable de son meurtre.

FLYTE

Le lendemain de sa conversation avec Capaldi, Flyte briefait une de ses agentes en vue de l'interrogatoire d'un escroc du web quand Josh la héla à travers l'open space :

— J'ai Cassie Raven au téléphone pour vous, lieutenante !

Sans permettre à un seul muscle de son visage de ciller, elle lui fit signe de lui transférer l'appel et s'excusa auprès de l'agente :

— Accordez-moi cinq minutes, s'il vous plaît, Rosie.

Elle prit le combiné et, se tournant vers le mur, murmura à Cassie :

— Vous ne pouvez pas m'appeler ici.

— Je vais bien, merci, et vous-même ?

Ton sarcastique.

Depuis le coup de fil du commandant Capaldi de la DPS, Flyte n'était pas tranquille. Si jamais il découvrait qu'elle connaissait la fille de Callum Raven, il comprendrait aussitôt qu'elle n'avait pas accédé au dossier par erreur mais pour mener sa petite enquête personnelle.

— Il faut que je vous parle, reprit Cassie.

Les lèvres de Flyte commencèrent à former un *non*. Elle était déjà allée tellement loin pour cette fille exaspérante que ça pouvait lui coûter sa carrière. D'un autre côté, mieux valait découvrir ce qu'elle fabriquait autour du meurtre de sa mère : avec Capaldi qui mettait son nez dans une autre enquête de Hobbs et Neville des années 1990, il existait un réel risque que leurs chemins se croisent.

— D'accord, fit-elle. Mais pas en public. Passez chez moi, je suis de matin aujourd'hui, je serai rentrée avant 15 heures. Et soyez discrète.

— Merci. J'apporterai des mignardises.

Petite insolente.

Flyte n'avait pas encore raccroché qu'une autre raison de vouloir voir Cassie lui vint à l'esprit. Matt lui avait enfin envoyé le compte rendu sur la mortinatalité de Poppy, seulement le paquet de ronces de termes médicaux (*insertion vélamenteuse du cordon, vasa prævia, placenta succenturiate*) s'était révélé impénétrable. Après plusieurs heures au téléphone avec l'hôpital, elle avait fini par retrouver l'obstétricien, qui exerçait dorénavant dans une clinique privée, mais elle ne l'avait pas encore contacté. Si lui ou la sage-femme avaient manqué de faire quelque chose qui aurait pu sauver Poppy, il n'allait sûrement pas le reconnaître. Elle avait besoin que Cassie lui traduise le rapport en langage commun avant de décider de l'étape suivante.

Constatant que Josh ne lui demandait pas ce que voulait Cassie, la lieutenante se permit d'espérer que ça ne l'avait pas spécialement intrigué. Son optimisme ne dura pas.

À midi il la rejoignit dans la queue à la cantine, dressa la tête pour voir ce qu'il y avait au menu.

— Il y a des lasagnes aujourd'hui, lieutenante ?

— Je ne crois pas. Un genre de ragoût, j'ai l'impression.

— Alors, Cassie Raven, hein ?

Josh arqua un sourcil.

— Qu'est-ce qu'elle voulait, notre petite Miss Marple de la morgue ? Elle a une autre mort mystérieuse sur laquelle elle veut qu'on enquête ?

Ce n'était que taquinerie inoffensive mais Flyte sentit le sang lui monter aux joues – la malédiction des teints de porcelaine. Évidemment que Josh s'interrogeait sur l'appel de Cassie, il avait participé à l'enquête sur la mort de son ancienne prof, quand même.

Se sentir piquer un fard la mit encore plus mal à l'aise.

— Oh… c'était au sujet de l'affaire Appleton. Je suis l'agente de liaison avec la famille de Bradley Appleton, tu sais, l'ado qui s'est suicidé ?

Son rôle vis-à-vis des Appleton rendait l'excuse parfaitement plausible, mais à en juger par la manière dont Josh la dévisageait, sa gêne devait se voir comme le nez au milieu de la figure. Elle enchaîna :

— Une de ses camarades de classe a confirmé qu'il jouait au jeu du foulard, alors on a demandé des examens complémentaires. Avec un peu de chance, ça apportera du concret pour l'enquête du coroner. Ce qui serait génial pour les parents.

Tais-toi ! Ce n'était pas du tout son style de blablater comme ça.

Diplomatiquement, Josh se tourna vers le comptoir.

— Oh, cool, du fish and chips ! Vous allez prendre la salade, comme d'hab, lieutenante ?

— Ça va pas, de m'appeler au bureau ?

Elle balança ces mots avant même que Cassie ait passé la porte. Celle-ci la fusilla du regard en retour.

— Du calme. J'avais pas le choix, vous répondiez pas sur le portable.

— Je ne suis pas une espèce de… *détective privée* à votre service ! Je suis lieutenante de police et j'ai du travail par-dessus la tête !

— D'accord, désolée ! lança Cassie en haussant les épaules.

Son air pas du tout désolé, associé à la ferraille faciale et à l'exhibition de la partie rasée de son crâne, fit sortir Flyte de ses gonds.

— Vous vous rendez compte du risque que j'ai pris pour vous récupérer ce rapport d'autopsie ? Si jamais ça s'apprend, je suis virée. Fichue. Carrière terminée. C'est toute ma vie ! Tout ce que j'ai !

La fin était sortie presque comme un cri. Cassie cligna des yeux, sidérée par son emportement.

Pas autant que moi, songea Flyte.

Un long moment, le seul bruit fut le ronflement d'un bus passant sous sa fenêtre.

— Écoutez, Phyllida, je suis vraiment navrée.

La mine contrite.

— Je ne sais pas comment vous remercier de ce que vous avez fait pour m'obtenir le rapport d'autopsie. Je n'aurais pas dû vous appeler au bureau.

Elle tripota un de ses piercings labiaux.

— Cette histoire avec ma mère… Pour être honnête, ça m'a rendue un peu dingo.

Haussement d'épaules en forme de concession.

— *Complètement* dingo, en fait.

La colère de Flyte se dissipa : cette capacité qu'avait Cassie de passer de l'insolence au repentir sans la moindre transition la prenait toujours au dépourvu.

Elle leur prépara un vrai café dans sa machine italienne, qui avait même un accessoire à faire mousser le lait, et le servit dans ses tasses en porcelaine préférées, ornées d'un ravissant oiseau. À Winchester, Matt et elle avaient installé une mangeoire dans le jardin, et si on restait assis assez calmement, les oiseaux affluaient. À Camden, la seule faune aviaire que l'on rencontrait étaient les sempiternels pigeons et un rare corbeau picorant les carcasses d'animaux écrasés par les voitures.

Elles emportèrent leur café dans le séjour.

— C'est beau, chez vous, fit Cassie en embrassant du regard les moulures et le parquet ciré. J'adorerais vivre dans un appart victorien, un jour.

Elle caressa la cheminée en marbre.

— Ça vous arrive de sentir les gens qui ont habité ici avant vous ? Comme s'ils étaient toujours là ?

— Dieu merci, non ! Je n'ai jamais été très douée pour la cohabitation.

Elles se sourirent prudemment, puis s'assirent.

— J'avais des questions au sujet du rapport d'autopsie de ma mère, dit Cassie d'un ton professionnel. Vous avez vu les photos, les nombreux coups au visage. Selon le pathologiste, ils ont été infligés alors qu'elle était à terre, *après* le coup de brique qui lui a défoncé l'arrière du crâne et qui est la cause du décès.

Incapable de trouver de réponse idoine, Flyte émit un borborygme compassionnel.

— Donc, l'assassin lui serait tombé dessus, lui aurait fracassé le crâne avec la brique et, pendant qu'elle gisait là, il se serait acharné sur son visage. Ma question est : comment on peut faire ça à quelqu'un qu'on aime ou qu'on a aimé – *a fortiori* à la mère de son enfant ?

— Il y a eu des recherches d'ADN sur la brique, je suppose ?

Cassie hocha la tête.

— Plein de sang de la victime, mais pas assez de matériel génétique pour établir un profil de l'agresseur.

Flyte acquiesça : à la fin des années 1990, il fallait une tache de sang de la taille d'une pièce de 10 pence pour constituer un profil ADN complet.

La victime. Elle comprenait pourquoi Cassie se distanciait ainsi. N'avait-elle pas elle-même passé deux ans à essayer de se distancier de la mort de Poppy ? Tout ça pour découvrir aujourd'hui que ça n'avait fait que retarder l'assimilation. Elle étudia l'expression de la jeune femme et décida qu'elle pouvait parler franchement.

— Malheureusement, ce type de blessures faciales n'est pas atypique quand un homme perd le contrôle parce que sa femme a été infidèle – ou du moins qu'il le croit.

Elle avait vu un cas tout à fait identique quand elle travaillait à la Crim de Winchester.

— C'est une réaction extrême à ce qui est perçu comme un rejet : si je ne peux pas t'avoir, personne d'autre ne t'aura, quitte à effacer le visage que j'ai aimé.

— Mais, et si le rejet n'était pas seulement *perçu* ? Si le meurtrier était quelqu'un qu'elle avait bel et bien repoussé ? Autrement dit, un amant ?

— Écoutez, Cassie, j'imagine à quel point ça doit être dur d'accepter ce que votre père a fait. Mais la police n'a jamais trouvé aucune trace de cet amant présumé, non ?

— Elle l'a peut-être pas beaucoup cherché.

Lever de menton provocateur.

— Il y a eu prélèvement vaginal, mais le résultat ne figure pas dans le rapport.

Juste avant que Cassie pose sa tasse sur la table basse en bois verni, Flyte poussa ostensiblement un sous-verre vers elle.

— On a suspecté une agression sexuelle ?

— J'ai rien vu qui aille dans ce sens dans le rapport d'autopsie. Certains pathologistes prennent d'office des échantillons intimes dans des cas comme ça.

Flyte fronça les sourcils.

— Écoutez, il me semble que les enquêteurs avaient de bonnes raisons de faire de votre père le suspect principal. Il avait un mobile, un témoin oculaire, un alibi discutable et des antécédents de violences conjugales.

Toutefois, elle se rappelait avoir lu le rapport d'enquête avec le sentiment croissant que les éléments contre Callum Raven n'étaient pas très solides.

— Le truc, c'est que je crois qu'ils ont même pas cherché ailleurs.

Cassie se pencha par-dessus la table basse.

— Et si le prélèvement vaginal avait révélé un profil ADN qui n'était pas celui de mon père ? Prouvant qu'elle avait récemment eu des rapports sexuels avec un autre homme ? Est-ce qu'ils auraient pu, je sais pas, le perdre volontairement ?

— Le *perdre* ?

Cassie leva de nouveau le menton.

— C'est si extravagant que ça ? À ce que j'ai lu, la corruption allait bon train, dans les années 1990.

— Bon, c'est vrai qu'à l'époque, les analyses étaient réalisées par les labos de la police, mais de là à soudoyer un technicien pour détruire des preuves… C'est grave, comme corruption.

L'inviolabilité de la chaîne de conservation était un principe absolu martelé à Flyte pendant sa formation. Chaque indice, qu'il provienne d'une scène de crime, d'un disque dur ou d'un corps, devait être dûment enregistré, identifié et conservé intact jusqu'au procès. Elle avait toutefois entendu des histoires révoltantes sur la gestion souvent négligente des scellés jusque dans les années

2000. Et maintenant qu'elle y pensait, il y avait aussi les « irrégularités » dont Capaldi avait parlé à propos d'une autre enquête de Hobbs et Neville.

— Est-ce que vous avez vérifié auprès du légiste qui a pratiqué l'autopsie ? Il y a peut-être une explication tout à fait innocente.

— Apparemment, il est mort en 2005. Et le commandant Neville n'est plus de ce monde non plus. Il ne reste plus que le lieutenant, Gerry Hobbs.

— Mais pour quelle raison est-ce qu'on aurait voulu escamoter ce résultat ?

Cassie haussa les épaules.

— Peut-être pour protéger quelqu'un ? Ou bien Hobbs et Neville s'étaient tellement persuadés que mon père était l'assassin qu'ils ont décidé d'enterrer une nouvelle piste embarrassante. Leur promesse à ma grand-mère de le coincer… j'ai l'impression qu'ils en faisaient une affaire personnelle.

Flyte eut une moue sceptique.

— Le scénario le plus probable, c'est quand même que le prélèvement ait donné un résultat négatif et qu'un technicien ait oublié de remplir la case du formulaire.

Cassie posa sa tasse vide sur le sous-verre, l'ajusta pour la placer pile au centre, puis regarda Flyte.

— Je suis allée voir Gerry Hobbs.

— Pardon ?

— Je pense qu'il cache quelque chose. Quand j'ai parlé du prélèvement, il a été carrément fuyant.

Scrogneugneu de scrogneugneu !

Donc, la petite enquête perso de Cassie avait déjà percuté celle du commandant Capaldi. Comme un skateboard faisant une queue de poisson à un trente-huit tonnes. Flyte allait lui ordonner de se retirer quand elle vit son air buté et se rappela que donner des ordres à Cassie pouvait se révéler contre-productif.

— D'accord. Et comment s'est manifestée cette… « fuyance », si je puis me permettre ?

— Difficile à expliquer.

Cassie prit un air frustré.

— Des fois, je perçois des choses.

— Vraiment ?

Flyte arqua un sourcil.

— Écoutez, c'est mon taf de repérer des trucs, d'accord ?

La jeune femme eut un mouvement d'impatience.

— Comme… cette photo, tiens.

Elle désigna le cadre posé au milieu de la cheminée.

— Visiblement, c'est votre père.

— Bien sûr, qui voulez-vous que ce soit ?

— J'allais ajouter que de toute évidence, vous vous entendiez bien mieux avec lui qu'avec votre mère.

— Quoi, juste parce que je n'ai pas affiché de photo d'elle ?

Cette vieille bique.

Cassie étudiait l'image, la tête penchée.

— Non… parce que vous l'avez découpée de celle-ci.

Flyte en resta comme deux ronds de flan. C'était une de ses photos préférées : elle avait dix-huit ans, en visite à Akrotiri pour les vacances de Pâques. Elle avait photographié Pops dans son potager, un pied sur sa bêche militaire, une main serrée sur le manche, le regard tourné vers l'objectif. Elle avait complètement oublié que sa mère figurait dans le cliché original.

— Comment… ?

Cassie plissa les yeux.

— La composition est décentrée, comme si au départ elle était cadrée plus large. Mais c'est surtout le chien.

Monty, le golden retriever, se tenait à l'extrême gauche de l'image, tout au bord.

— La tête levée, gueule ouverte… comme si quelqu'un lui tendait une friandise.

Crénom de nom ! Pas une friandise, un anneau en caoutchouc. Comme elle tenait à avoir Monty sur la photo, Flyte avait fini par inclure sa mère aussi. Un petit découpage judicieux après tirage avait résolu le problème.

— C'est vous qui tenez l'appareil.

Cassie sourit.

— Votre père a beau essayer de prendre une mine sévère, son amour pour vous rayonne à travers l'image.

Flyte remisa à plus tard le sentiment que ces mots lui inspirèrent.

Même en tenue de jardinage – « en mufti », comme il aurait dit –, Pops irradiait toujours un air de commandant de l'armée. Pourtant, il avait beau essayer de conserver la posture militaire à la maison, elle fondait face à sa fille unique. *Philly*. Le petit nom qu'il lui donnait. Elle entendait encore sa mère rouspéter : « Je la baptise d'un prénom tout à fait charmant, et toi, tu l'appelles par ce sobriquet ridicule ! » Et revoyait le clin d'œil fugace de Pops à sa fille. *Motus.*

— C'est la dernière photo que j'ai de lui, expliqua Flyte. Il est mort l'année suivante, quand j'avais dix-neuf ans.

— Oh. Vous étiez bien trop jeune.

Flyte se rappela que Cassie avait perdu ses deux parents, et bien plus jeune encore.

— Et votre mère, elle est toujours là ? continua Cassie.

Flyte dut se retenir de répliquer : *Mêlez-vous de vos fraises.*

— Elle vit toujours à Chypre, remariée depuis des lustres.

Aujourd'hui, elles ne se parlaient qu'à l'occasion des appels de rigueur pour Noël et les anniversaires, que Sylvia achevait invariablement par : « Il faut que tu viennes passer quelques jours avec nous, chérie ».

Toujours avec ce *quelques jours* assassin.

Tout espoir de voir changer l'attitude de sa mère envers elle – une froideur gênée mais polie – s'était envolé avec la mort de Poppy. Flyte n'avait jamais pu oublier ni pardonner ses paroles : « Tu peux toujours en avoir un autre, n'est-ce pas, chérie ? » Comme on prend un nouveau chat.

Elle visualisa le compte rendu médical inintelligible de Poppy sur son ordinateur portable. Si elle voulait que Cassie l'aide à le déchiffrer, elle devait trouver un moyen de la garder de son côté tout en l'éloignant de l'enquête de Capaldi.

— Écoutez, Cassie, je ne peux pas vous expliquer pourquoi, mais vous devez absolument cesser tout contact avec Hobbs. En fait, évitez tout ce qui touche au commissariat de Camden.

— Pourquoi ?

— Il y a une enquête interne concernant certaines activités de la PJ dans les années 1990, sans rapport avec votre mère. Je l'ai appris après avoir accédé à son dossier. Quelqu'un pourrait faire le rapprochement et comprendre que j'agissais pour votre compte. Fouiller dans la base de données sans raison légitime est une infraction passible de licenciement.

Cassie la fixait froidement.

— OK. À une condition.

— Condition ?

Vraiment, cette fille est infernale.

— Que vous essayiez de vous renseigner sur ce résultat d'analyses disparu.

— Et comment voulez-vous que je découvre quoi que ce soit sur un résultat qui a peut-être ou peut-être pas été perdu il y a plus de vingt ans ?

Cassie se mordit la lèvre et réfléchit, les yeux mi-clos.

— OK. Je vais vous dire ce que j'ai besoin de savoir : si on avait dit au jury du procès de Callum qu'un élément capital du rapport d'autopsie avait disparu, est-ce que ça aurait suffi à les faire changer de verdict, à ce qu'ils le déclarent non coupable ?

29

Cassie commençait à s'y entendre pour lire en Phyllida Flyte, et vu sa réaction au nom de Gerry Hobbs – sa soudaine immobilité, la contraction de ses muscles orbiculaires – il était clair comme de l'eau de roche que l'ex-lieutenant faisait partie des flics de Camden visés par l'enquête interne, vraisemblablement pour des pratiques malhonnêtes à l'époque. Ce qui serait une bonne nouvelle, du moins si les enquêteurs étaient assez malins pour repérer qu'il manquait un résultat d'analyse.

Seulement Cassie ne pouvait pas rester là à espérer, en se tournant les pouces. Le mirage étrange au rayon confiserie de l'ancien Woolworths n'avait fait qu'accroître son besoin de connaître la vérité sur la mort de sa mère.

Au moment du meurtre, les gens que Callum voyait le plus étaient les autres membres de Poitín, Barney Cotter et Maria Maguire. Si vraiment il croyait que Kath le trompait, si ce n'était pas qu'une pauvre manœuvre pour détourner la culpabilité vers un autre, il avait bien dû se confier à l'un des deux, non ?

En colère après elle-même de ne pas avoir pris le numéro de Maria, elle chercha Barney sur Google, pensant qu'avec sa boîte il serait plus facile à retrouver. Elle suivit donc une piste qui la conduisit de Twitter à LinkedIn, et enfin au registre du commerce. Là, elle obtint la fiche de son agence de management d'artistes musicaux, Parallel Music, ainsi que l'adresse du domicile de Maria et lui, les deux codirecteurs. Cassie connaissait la rue, qui ne devait pas être à plus de dix minutes de marche de Prowse Place, remarqua-t-elle.

Elle débarqua là-bas en milieu de matinée. L'adresse correspondait à un petit pavillon à un étage dans une rue transversale, le genre de maisonnette victorienne qu'on pouvait sans doute acheter pour 150 000 livres à l'époque mais qui en coûterait plus de 1 million aujourd'hui.

En sonnant, elle éprouva un frisson d'anxiété à l'idée de se pointer à l'improviste, mais lorsque la porte s'ouvrit ses craintes s'évaporèrent.

— Cassie ! Ce que je suis contente de te voir !

Maria lui fit signe d'entrer.

— Entre donc ! J'ai bêtement oublié de prendre ton numéro, j'espérais que tu me retrouverais.

En tenue décontractée, on aurait dit une cousine moins glamour de la chanteuse du Dublin Castle, quoique toujours belle, même quasiment pas maquillée et dans un sweat flottant qui écrasait sa longue silhouette élancée.

La maison était comme le TARDIS de Doctor Who : plus grande à l'intérieur qu'à l'extérieur. Les deux pièces du rez-de-chaussée avaient été rassemblées en une seule et prolongées à l'arrière pour créer un vaste salon-salle à manger, dominé par une grosse horloge murale dont le cadran était la pochette du *London Calling* des Clash, avec le manche de la guitare de Joe Strummer au-dessus du chiffre 5.

Une baie vitrée donnait sur le jardin, équipé d'une cabane en bois aménagée en bureau, la dernière mode du moment. Cassie y vit Barney à son ordinateur et le salua de la main. En l'apercevant, il marqua un arrêt avant de lui faire signe en retour.

— Il bosse sur un contrat pour un artiste du quartier. Hip hop, fit Maria en mettant la bouilloire en route.

Elle lui adressa un sourire de connivence.

— Pas mon truc, mais ça paie les factures.

Dans la lumière crue de l'hiver qui déferlait par les lucarnes, elle paraissait plus âgée, plus… ordinaire que son personnage de chanteuse de blues. Ses pattes-d'oie et sa mâchoire relâchée trahissaient une vulnérabilité cachée.

Maria posa les tasses sur la table, puis étudia intensément le visage de Cassie.

— T'es vraiment le portrait craché de Kath.

— Ah bon ? J'ai toujours cru que j'avais les yeux de mon père.

Maria pencha la tête d'un air évaluateur.

— Ils sont du même bleu profond, c'est vrai. Tu sais, de t'avoir vue l'autre jour, ça nous a fait remonter plein de souvenirs. Et donc, tu disais que t'avais pas de nouvelles de Callum ?

Cassie secoua la tête.

— Tout ce que je sais, c'est que depuis sa libération il vit en Irlande du Nord, près de sa famille.

Ce qui était la vérité.

— Bien sûr, ce serait totalement compréhensible que tu veuilles plus jamais avoir affaire à lui, vu les circonstances. Mais c'est normal aussi que tu sois curieuse.

Maria se mordit la lèvre.

— C'est quand même ton papa. Et tu l'as perdu.

Cassie fut surprise par l'émotion dans sa voix.

— Alors, t'avais une question en particulier ?

— Oui. Vous pensez qu'il y avait quoi que ce soit de vrai dans ce que Callum a dit au procès ?

Cassie hésita, réticente à accuser sa pauvre défunte mère d'infidélité.

— Par rapport à quoi ?

Maria avait l'air de ne pas comprendre.

— Quand il a dit que Kath voyait un autre homme.

— Oh, j'avais oublié ça. Je tombais des nues, mais c'est pas à moi que Callum aurait confié ce genre de chose, de toute façon.

— Pourquoi ?

La chanteuse eut un sourire en coin.

— Tu peux pas savoir, mais ton père et moi, on était ensemble aux débuts du groupe, avant Kath. C'est moi qui ai rompu. En fait, Callum était un peu trop à fond à mon goût.

Elle fit une moue affectueuse et agacée à la fois.

Cassie se les imagina ensemble sur scène ; ils auraient fait un super couple de rock stars.

— Comment il l'a pris ?

— Honnêtement, pas très bien.

Elle grimaça.

— C'était un vrai coup de bol qu'il rencontre Kath si vite après notre séparation. Et moi, je me suis mise avec Barney, alors tout s'est très bien arrangé. Mais ça devait lui paraître déplacé de me parler de leur relation.

Cassie acquiesça. Quand on a été amoureux de quelqu'un, parler de votre nouvel amour avec lui peut faire l'effet d'une trahison, dans les deux sens.

Maria jeta un coup d'œil vers la cabane-bureau.

— Tu devrais poser la question à Barney. Callum et lui s'entendaient comme larrons en foire.

Cassie trouva l'expression bizarrement choisie. Une fois encore elle se demanda si Barney n'avait pas fourni un faux alibi pour tenter de tirer son pote d'affaire.

— Est-ce que Barney se sent… coupable ? hasarda-t-elle.

— De quoi ?

Au ton soudain cassant de la chanteuse, Cassie comprit qu'elle protégerait farouchement son mari si nécessaire.

— Vous savez, quand l'avocat de l'accusation a démonté son alibi pour Callum.

— Ce mec était un salopard en or massif !

La colère faisait ressortir l'accent irlandais de Maria.

— Il a fait exprès de l'embrouiller sur les horaires !

Un soupir agacé.

— Excuse-moi.

Nouveau coup d'œil vers la cabane du jardin.

— Cela dit, t'as pas tort. Entre nous, Barney s'est complètement effondré après le procès. Je crois qu'il a fait une petite dépression. Il refusait d'en parler, mais je voyais bien qu'il se reprochait la condamnation.

En regardant par la fenêtre, Cassie vit Barney les observer avant de retourner à son écran.

— La défense ne vous a pas appelée pour confirmer les horaires où Barney disait que Callum était chez vous. Vous étiez sortie, ce soir-là ?

Maria secoua la tête.

— J'avais un cours de yoga tôt le lendemain matin, alors j'étais montée me coucher en laissant Barney devant le foot. J'ai expliqué aux flics que j'avais même pas entendu Callum arriver ni repartir.

Elle fronça les sourcils.

— C'est bizarre, mais tout ça remonte à tellement loin que j'ai parfois l'impression que c'est arrivé à quelqu'un d'autre, comme si c'était juste… un truc que j'ai lu dans la presse.

— Écoutez, ne le prenez surtout pas mal… avança prudemment Cassie. Quand Barney a dit que Callum était encore ici avec lui au moment du meurtre, vous croyez qu'il disait la vérité ?

Le regard de Maria voleta vers le jardin.

— Je veux dire, ce serait on ne peut plus naturel qu'il veuille aider son meilleur ami s'il était convaincu de son innocence.

Différents sentiments s'affrontèrent sur la figure de la chanteuse tandis qu'elle se repassait les événements de vingt et un ans plus tôt. Angoisse, doute… et loyauté. Quand elle finit par répondre, sa voix était rauque d'émotion.

— Je pense que Barney *croit* que ton père était toujours avec lui. Mais c'est peut-être parce qu'il a jamais pu accepter l'idée que Callum soit capable d'une telle violence.

— Et vous ? Vous l'en croyez capable ?

Maria accrocha son regard.

— Sincèrement, Cassie… je me le suis demandé des milliers de fois. Et j'en sais rien du tout.

30

Cassie sentit son estomac se nouer. Elle avait espéré que Maria se précipiterait à la défense de son père, dirait qu'il était impossible que Callum ait commis un meurtre. Et vu son regard compatissant, la chanteuse le savait très bien.

Elle lui tapota le dos de la main.

— Écoute. Je comprends ce que tu ressens. Moi aussi, j'ai perdu mon père. Quand j'avais sept ans, il nous a abandonnées, ma mère et moi, pour partir aux États-Unis avec une greluche.

Voilà pourquoi elle était aussi émue que Cassie ait perdu le contact avec Callum !

— Oh, je suis désolée.

— Les gens avaient toujours dit que j'étais la prunelle de ses yeux, reprit Maria en souriant à cette évocation. Le soir de son départ, il est venu me voir dans ma chambre et il m'a dit qu'il reviendrait me chercher quand je serais un peu plus grande. J'ai passé des heures assise à ma fenêtre à attendre de voir sa voiture se garer dehors. J'avais même une petite valise préparée sous mon lit, prête à partir. Mais je l'ai jamais revu.

— Vous avez su ce qu'il était devenu ?

Elle secoua tristement la tête.

— Il a dû mourir peu de temps après. Tu vois, je crois pas qu'il m'aurait laissée tomber, pas de son plein gré.

Cassie acquiesça, tout en songeant qu'il avait plutôt dû se

remarier, avoir un autre enfant et passer à autre chose. Il y a des mecs comme ça.

Maria agita la main.

— Assez parlé de moi et de mes histoires. Tu as d'autres questions ?

Cassie se souvint de l'interview que Kieran lui avait montrée, où Barney esquissait ses projets pour le groupe.

— J'ai cru comprendre qu'un contrat avec un label était dans l'air juste avant le drame ? Kath était partante ?

Maria hocha la tête.

— Après des années de vaches maigres, on l'était tous. On a ouvert une bouteille de mousseux, tous les quatre, quand Barney nous a annoncé la nouvelle.

Elle haussa les épaules d'un air triste.

— Après la mort de Kath et l'arrestation de Callum, ça nous a paru tellement futile…

— Évidemment. N'empêche, ça a dû vous manquer, quand Callum a été emprisonné. Le groupe, je veux dire.

Un sourire nostalgique retroussa un côté de la bouche de Maria.

— Ah là là, on a eu de grands moments, tous les trois ! Mais bon, si on avait signé, on aurait passé notre vie sur les routes. Et j'ai le mal des transports – pas très glamour, pour une rock star.

Grimace embarrassée.

— Après le drame, puis l'incarcération de Callum, je crois que ça nous a rapprochés, Barney et moi. On s'est mariés quelques mois plus tard. Ça fera vingt et un ans cet été.

Un air de se demander où était passé tout ce temps lui traversa le visage.

— On gagne notre vie, et j'ai eu une carrière honorable. J'ai chanté avec Paul Brady au Fleadh en 1998.

Cassie se composa une expression impressionnée. *Paul qui ? Et c'est quoi, ce « flââ » ?*

— Ah ah, voilà que je raconte des histoires d'ancienne combattante ! lança Maria. Tu devais encore être en primaire, à l'époque !

Cassie lui sourit par-dessus le rebord de son mug.

— À votre avis, Barney accepterait que je lui pose quelques questions ?

— Quand on parle du loup… fit Maria.

La porte qui s'ouvrit fit sursauter Cassie - concentrée sur Maria, elle n'avait pas vu Barney arriver. Il la salua avec une chaleur maladroite avant de se diriger vers la bouilloire. Son pantalon fuselé et son col roulé années 1960 soulignaient sa minceur qui, associée à une coupe mod, lui donnait de faux airs de Paul Weller.

— Je vous ressers, les filles ?

Son accent londonien sonnait plat comme une crêpe après les inflexions irlandaises réconfortantes de Maria.

— Cassie voulait te poser des questions sur Callum, chéri.

Le ton prudent mais encourageant.

Barney se tourna vers Cassie.

— Bien sûr, vas-y. Mais je peux te le dire direct : c'est pas lui.

Cassie éprouva une légère poussée d'espoir à cet énoncé catégorique.

— Parce que vous êtes sûr à cent pour cent qu'il était avec vous au moment du meurtre ?

Se détournant pour verser du Nescafé dans une tasse, il soupira.

— Je me suis repassé cette soirée tellement de fois que je suis plus sûr de rien au niveau des horaires. Mais je *sais* qu'il était incapable de faire du mal à Kath. Comme je l'ai dit aux flics, ça devait être un psychopathe qui passait par là.

Au regard qu'il échangea avec Maria, Cassie devina que la question de la culpabilité ou de l'innocence de Callum était depuis longtemps un sujet de tension entre eux. Barney croyait-il sincèrement à l'innocence de son meilleur ami ? Ou cherchait-il à se convaincre lui-même ?

— Callum et vous étiez très proches. Il vous avait parlé de ses soupçons à propos d'un autre homme ? Avant le procès, je veux dire.

Les yeux de Barney se voilèrent.

— Callum n'aurait jamais dit de mal de Kath, même s'il en pensait. Il la vénérait.

Il regarda Cassie.

— Elle était belle, ta mère, à l'intérieur comme à l'extérieur. Et dévouée à Callum – et à toi.

Elle sentit ces derniers mots comme le rattrapage d'un oubli. Soudain, une question lui brûla les lèvres : *C'est vous qu'elle a vu au Woolworths ?*

Dans le silence, Maria demanda :

— Sûr, tu veux pas un autre café ?

Cassie refusa poliment et demanda à passer aux toilettes. L'étage était minuscule par rapport au rez-de-chaussée – c'était l'agencement d'origine de la maison, avec seulement deux portes et un placard. Pourquoi avait-elle ressenti le besoin pressant de demander à Barney si c'était lui qu'elle avait vu avec sa mère au supermarché ? Elle ne se souvenait pas du tout de la tête de l'inconnu – elle n'avait que quatre ans, après tout. Pendant qu'elle se lavait les mains, la radio s'alluma en bas. Au son de « Back to Black », elle se mit à mimer les paroles devant la glace.

Lorsqu'elle regagna la cuisine pour prendre congé, elle eut l'impression que Maria et Barney venaient de se taire, laissant planer une atmosphère gênée entre eux. Avait-elle interrompu quelque chose ? Un désaccord, peut-être ?

Elle fut surprise que ce soit Barney qui se lève pour la raccompagner à la porte.

— J'espère que tu vas trouver la paix, dit-il.

Le côté new age de la formule s'accordait mal avec son accent rugueux.

— Tu sais, pendant un paquet de temps après le procès, j'ai vraiment eu le sentiment d'avoir lâché ton père.

— Je suis sûr que vous avez fait tout ce que vous pouviez pour lui.

Un spasme, peut-être de regret, passa sur les traits de Barney.

— Enfin, bon… il a purgé sa peine, maintenant. On peut plus revenir en arrière.

Quelle tristesse, songea-t-elle, que trois personnes qui avaient tant partagé soient maintenant aussi éloignées.

— Si jamais j'avais de ses nouvelles, je lui dis qu'il peut vous contacter ?

— Non, non. Vaut mieux pas remuer le passé.

En s'éloignant, elle tenta de déchiffrer la réaction de Barney à l'idée de retrouver l'homme qui avait été son meilleur ami. Et conclut que l'écarquillement soudain de ses yeux ne pouvait signifier qu'une chose : l'inquiétude.

FLYTE

Flyte n'avait aucune intention de farfouiller dans l'affaire Katherine Raven, pas avec la DPS qui fourrait son nez dans l'historique des enquêtes de Hobbs et Neville. Malgré tout, cette histoire l'intriguait, et bien qu'elle se soit prétendue débordée auprès de Cassie, le travail était plutôt calme en ce moment - quand le mercure chute en janvier, même les méchants préfèrent rester au chaud devant Netflix. Actuellement, son affaire la plus excitante était une arnaque aux fausses réservations sur Airbnb.

Depuis sa dernière conversation avec Cassie, elle avait cogité sur ce résultat d'analyse manquant et la question soulevée par la jeune femme : si avoir eu connaissance de sa disparition aurait suffi pour que le jury prononce l'acquittement.

— Geoff Gough, s'il vous plaît.

Elle avait décidé que le plus sûr était d'appeler un de ses contacts au bureau du procureur. En tant qu'ancien avocat de la défense passé au ministère public depuis une vingtaine d'années, Geoff Gough était le choix qui s'imposait.

— Hé, bonjour !

Les inflexions mordorées de Geoff, aussi onctueuses qu'un sherry oloroso, résonnèrent sur la ligne.

— Comment va mon enquêtrice préférée ?

Si sa galanterie chaleureuse hérissait certaines personnes, Flyte la trouvait étrangement réconfortante. Il y a peu, Geoff l'avait aidée à s'y retrouver dans une affaire de trafic de drogue d'une redoutable complexité qui reposait sur une série de textos cryptiques. C'était grâce à ses conseils qu'elle avait pu inculper le suspect principal pour intention de revendre des stupéfiants.

— Je te consulte uniquement pour satisfaire ma curiosité personnelle, d'accord, Geoff ? Ça n'a rien à voir avec une affaire en particulier.

Elle avait pris la précaution de s'isoler dans le couloir pour l'appeler depuis son portable.

— Une expérience par la pensée ? Splendide !

La pointe d'ironie indiquait qu'il n'était pas dupe, mais qu'il voulait bien jouer le jeu.

Elle exposa le cas théorique d'un accusé qui nierait avoir assassiné sauvagement sa femme et affirmerait lors de son procès qu'elle le trompait avec un autre - autre que, s'il existait bel et bien, la police aurait dû retrouver et interroger.

— Supposons qu'un prélèvement vaginal pour recherche de sperme ait été effectué, dont le résultat aurait pu confirmer les assertions du mari, mais que ce prélèvement se soit volatilisé. Si l'existence de cette preuve disparue avait été signalée au procès, est-ce que ça aurait pu suffire à modifier le verdict ?

— À quand remonte cette condamnation ? Pardon, *remonterait* cette hypothétique condamnation ?

— 1997.

— À l'époque où c'étaient encore les labos de la police qui réalisaient les analyses... Insinuerais-tu - à Dieu ne plaise ! - qu'un de nos hommes en bleu aurait barboté des preuves post-mortem ?

Au point où j'en suis...

— Partons du principe que oui.

— Eh bien, ce n'était pas rare dans ces années-là. Tu sais, un jour, après quelques pintes, un lieutenant m'a expliqué la distinction fondamentale qu'ils établissaient vis-à-vis des écarts de ce genre.

Geoff gloussa, manifestement ravi de cette pause nostalgique dans son travail.

— Un flic qui égarait des scellés en échange d'un pot-de-vin était « pourri pour lui-même », tandis que celui qui introduisait des preuves pour faire tomber quelqu'un dont il était convaincu de la culpabilité était « pourri pour la cause » – sous-entendu, le second se situait du côté des gentils. Quels autres éléments ont été avancés contre ton accusé fictif ?

— Il avait le mobile et l'occasion, des soupçons de violences conjugales, et un témoin oculaire le plaçait sur la scène de crime, mais aucune preuve concrète. Pas assez d'ADN de l'agresseur sur l'arme du crime pour établir un profil.

— Ça paraît plutôt mince. Mais, comme on disait quand j'étais de l'autre côté de la barrière, plus le crime est odieux, moins les preuves nécessaires à la condamnation ont besoin d'être solides. Néanmoins, je doute qu'un juge aurait permis à la défense de tirer profit de ton prélèvement disparu. Il s'agissait sûrement d'une simple erreur administrative, et absence de preuve n'est pas preuve, que je sache.

— Mais la défense aurait au moins dû remarquer que le résultat ne figurait pas dans le rapport d'autopsie, non ?

— Si l'avocat était dégourdi, oui. Mais si le pathologiste ne l'a pas signalé, il a pu supposer que l'absence de résultat valait résultat négatif. Tu dis que ton prévenu n'a évoqué l'infidélité de sa femme qu'à la barre des témoins ?

— C'est ça.

Un soupir se fit entendre.

— Trop tard pour que son avocat puisse travailler dessus et tenter de s'en faire une ligne de défense. Je suppose que l'individu est aujourd'hui en liberté conditionnelle ?

— Oui, mais il voudrait bien prouver son innocence. En théorie.

Flyte se surprit à imaginer la torture quotidienne d'un père dont l'enfant est convaincu qu'il a assassiné sa mère. Enfin, s'il ne l'a pas fait, bien sûr.

— Selon toi, s'il arguait de la disparition du prélèvement, est-ce qu'il pourrait faire une demande de révision ?

— Non. Pas sans un élément nouveau et substantiel permettant de démontrer que sa condamnation était infondée.

Nouveau gloussement.

— Je dois dire, Phyllida, que je trouve cette expérience des plus originales.

— Vraiment ? Et pourquoi diable ?

— C'est bien la première fois qu'un officier de police me consulte pour savoir comment un meurtrier condamné pourrait être disculpé.

Elle ne dit rien.

— Voilà ce que je te conseille. Le meilleur moyen de prouver l'erreur judiciaire serait d'identifier le véritable assassin de cette malheureuse et d'apporter des preuves irréfutables pour l'inculper.

31

Cassie avait des tonnes de raisons pour ne surtout pas contacter son père. En premier lieu, ça lui donnait toujours le sentiment nauséeux de trahir sa mère et sa grand-mère. Et elle avait un tel besoin de le croire qu'elle avait peur que ses protestations d'innocence s'entortillent autour d'elle tels des fils de soie jusqu'à l'encoconner tout entière.

Cependant, elle restait turlupinée par la mine inquiète de Barney à l'idée de retrouver son ancien meilleur ami, et sa conversation avec Maria et lui avait soulevé de nouvelles questions qui exigeaient des réponses.

Dans la soirée, la culpabilité le disputant à l'excitation au fond de ses tripes, elle composa le numéro de portable que Callum lui avait donné.

— Cassie ?

Elle garda un ton froid.

— Je voulais juste te demander deux-trois trucs sur maman. Je veux pas parler de… l'affaire, du procès, rien de tout ça, d'accord ?

— Bien sûr, ma chérie, tout ce que tu voudras. Je comprends.

Elle tenta de ne pas relever la nuance d'empressement dans sa voix.

— Bon, tu peux m'en dire plus sur elle, sa personnalité ? Et d'abord, comment vous vous êtes connus ?

Callum lui répéta ce qu'elle savait déjà : Poitín s'était déplacé à High Wycombe pour le concert que Kath avait contribué à organiser au profit d'Oakwood Common.

— Je me souviens, ce soir-là, quand je l'ai vue danser devant la scène, je pouvais pas la quitter des yeux. Après le spectacle, je suis allé la trouver et je l'ai invitée au pub où on logeait. On est restés à picoler jusqu'à pas d'heure avec Barney, Maria et le pote qui était notre roadie. Ils sont montés se coucher les uns après les autres et on s'est retrouvés juste tous les deux.

Cassie l'entendit sourire à ce souvenir.

— Elle est pas rentrée au camp cette nuit-là. Et le lendemain, quand le groupe est reparti pour Camden, moi, je suis resté.

— Ça les a pas contrariés ?

Grand éclat de rire.

— À fond ! Barney m'a bombardé de messages au pub me disant de ramener mon cul pour qu'on puisse recommencer à jouer. Je m'en foutais. Ta mère et moi, on créchait sous une tente fabriquée en sacs-poubelle, t'imagines ?

Un silence.

— Pour elle, j'aurais dormi sur la route en plein orage.

L'amour qui vibrait dans sa voix n'était ni forcé ni feint, mais Cassie savait bien que la passion dévorante est précisément le genre d'amour qui peut virer au possessif, au despotique - voire au violent.

Il est temps de le secouer.

— Je me suis laissé dire qu'elle avait un mec à Oakwood avant toi.

— Oh, t'es au courant ?

Callum s'altéra.

— C'était un connard de première. Kath était mille fois trop bien pour lui. Ils avaient rompu quelques semaines avant mon arrivée. Kath le soupçonnait de se taper une nana qu'elle prenait pour une copine, une des autres organisatrices. Quand elle lui est tombée dessus, il lui a sorti qu'avec l'autre, c'était « l'amour avec un grand A ».

Il prononça ces mots d'un ton emphatique et haut perché.

— Le fumier.

La colère semblait encore toute fraîche plus de deux décennies après.

— Ça a foutu la merde dans l'équipe, mais de toute façon, Kath en avait déjà ras-le-bol, elle avait lâché le comité d'organisation avant mon arrivée.

— Elle t'a dit pourquoi ?

Il réfléchit.

— Ta mère était un drôle de mélange : à la fois douce, déterminée et un peu déjantée. Elle était pas vraiment taillée pour la politique, toutes ces chamailleries internes sur les tactiques d'action, mais aussi sur les tours de cuisine, de vaisselle, de vidage des toilettes chimiques… Au bout de quelques semaines, on a fait nos valises et on est rentrés à Camden.

Chamailleries politiques et toilettes chimiques ? Cassie corrigea sa vision fleur bleue de la contestation écolo dans les années 1990.

Elle rassembla ses forces pour poser la grande question :

— À ton avis, qu'est-ce qui a poussé maman à se mettre à boire ? C'est… après ma naissance ?

— Ah non, Seigneur, pas du tout ! s'exclama-t-il, son accent irlandais soudain plus fort. Bien sûr, l'accouchement a été stressant, surtout que t'es arrivée avec un peu d'avance, mais une fois remise, elle t'a adorée.

— Hmm. Et plus tard, quand j'avais trois ou quatre ans ? Apparemment, j'étais pas facile.

— Cassie, écoute-moi. Ta mère avait toujours un peu fait des montagnes russes avec ses nerfs. On l'avait même mise sous antidépresseurs à l'adolescence, sauf qu'elle supportait pas l'état dans lequel ça la mettait. Elle disait que c'était un peu comme vivre sous l'eau.

Cassie fut prise de vertige. Quelques conversations avec Callum, Barney et Maria lui avaient offert un aperçu plus fidèle de la personnalité de sa mère que vingt et un ans avec sa grand-mère.

— Elle devait être… difficile à vivre. Mais tu dis que tu l'as jamais frappée…

— Jamais ! lança-t-il avec fermeté.

Elle revit les contusions en forme de doigts sur les photos de l'autopsie.

— D'accord... mais dans les derniers jours avant sa mort, est-ce qu'il t'est arrivé de la serrer par les avant-bras ?

— On s'engueulait copieusement à ce moment-là, concéda-t-il, mais je l'ai jamais touchée. Je me souviens que le procureur a dit qu'elle avait des bleus ; je peux t'assurer que c'est pas moi qui les lui ai faits.

Une pause.

— Elle voulait même plus que je la voie nue. Je pensais que c'était à cause de son amant. Je l'ai dit aux flics, après : c'est peut-être lui qui lui avait fait ces bleus.

Woolworths. Un inconnu qui danse avec maman. Qui la retient par les bras, l'empêche de se libérer.

Une illumination. Le rendez-vous clandestin au supermarché avait eu lieu quelques jours avant le meurtre. Les bleus sur les bras de sa mère n'étaient pas l'œuvre de son père, mais de l'inconnu – de cet homme qu'elle voyait en secret.

Une vague de bonheur submergea Cassie. Callum disait la vérité, Kath avait bien une liaison. Cependant, elle n'était pas prête à lui faire part de sa conclusion, pas avant d'avoir davantage de billes que le souvenir ressurgi d'une gamine de quatre ans.

— Quand tu étais en prison, tu as envoyé de l'argent à grand-mère pour moi ?

Elle revit la pile d'enveloppes arrivées chaque année à la date de son anniversaire depuis la mort de sa mère.

Un silence. Quand il reprit la parole, sa voix était teintée de honte.

— Si seulement j'avais pu ! Mais j'étais fauché, ma chérie. Le max que j'aie jamais gagné, c'est 5 livres par semaine à la blanchisserie de la maison d'arrêt – et on m'en retenait toujours une partie pour « mauvaise conduite ».

— C'est pour ça que t'as pas été libéré sous condition plus tôt ?

— Non, c'est parce que j'ai jamais avoué avoir tué Kath. Apparemment, nier le meurtre « m'empêchait d'explorer les causes et les déclencheurs de mon geste ».

Il pouffa de dérision.

— La commission de libération conditionnelle, c'est un peu comme le confessionnal catholique : la durée de ta pénitence dépend de l'aveu complet et sincère de tes péchés.

— Mais t'as pas touché des royalties pour l'album de Poitín ?

— Ah ah, pas un rond ! De toute façon, Barney était prem's sur les bénéfices.

— Ah bon ?

— Rien de plus normal !

Callum parut se cabrer, monter au créneau pour son ancien meilleur ami.

— C'est lui qui a mis la main à la poche pour financer l'album, et il a encore claqué un sacré paquet pour la promo. J'ose pas imaginer toutes les dettes que je lui ai laissées sur les bras en me retrouvant en taule pile à ce moment-là.

Intéressant. Donc, Barney était celui qui avait le plus investi pour signer avec un label.

— Quand je pense que ta mamie m'a prétendu mort et enterré pendant toutes ces années !

Un rire caustique fusa sur la ligne.

— Comment elle expliquait que j'aie pas de tombe ?

— T'étais enterré en Irlande, auprès de ta famille. T'es retourné là-bas pour être près d'eux, c'est ça ?

Il répondit d'une voix enrouée :

— Oui. Mon père est mort pendant que j'étais au trou, mais à ma sortie, Ma s'est occupée de moi, Dieu la bénisse. Je suis tombé dans la bouteille pendant deux ans. Quand elle est décédée, l'année dernière, ça a empiré jusqu'à ce que je touche le fond.

Cassie se tut, le cœur lourd à l'idée qu'elle ne connaîtrait jamais ses grands-parents paternels.

Devinant peut-être ses pensées, Callum dit :

— T'as deux tantes, tu sais : Ciara et Siobhan. Et deux cousines et trois cousins. Tu les rencontreras un jour, quand j'aurai prouvé que j'ai pas tué Kath.

Cassie s'imagina dans une joyeuse réunion de famille avec des mouflets courant dans tous les sens – le genre de chose qu'elle n'avait jamais connu enfant.

— Et côté alcool, t'en es où, maintenant ?

Elle se demanda si son propre penchant n'était pas héréditaire.

— Ça va faire cinq mois que j'ai pas bu une goutte. Je suis un membre actif des Automobilistes Associés.

— Des quoi… ? Ah, des Alcooliques Anonymes.

— Je savais que si j'arrêtais pas, j'aurais jamais le cran de venir te voir pour te dire la vérité. Je viens d'atteindre la quatrième des douze étapes du programme, fit-il avec une pointe de fierté teintée d'autodérision. Mais je bloque encore sur la cinquième.

— Elle consiste en quoi ?

— Reconnaître mes torts devant quelqu'un d'autre et devant une entité supérieure.

— Genre Dieu ?

— Ils aiment pas le mot en D, mais ouais, l'être ou la chose qui pilote tout ce merdier. Tu comprends, je peux pas avouer avoir tué ta mère. Mais savoir que tout le monde *croit* que je l'ai fait, c'est comme un barrage mental qui retient tous mes vrais torts. Je peux même pas aller sur sa tombe, pas tant que j'ai pas été innocenté.

Le regard de Cassie se posa sur les feuilles d'anniversaire posées à côté d'elle sur le canapé, couvertes des seuls mots *Pour Cassandra*, avec une fioriture dans la boucle du *P*. Si les mandats ne venaient pas de son père, alors de qui ? Elle décida de lui en parler.

Il resta si longtemps sans répondre qu'elle crut la communication coupée.

— T'es toujours là ?

— Je suis là, ma puce.

— Alors, t'as une idée ? Qui est-ce qui peut m'envoyer de l'argent depuis tant d'années ?

— Quelqu'un qui a mauvaise conscience.

La voix endurcie par la colère.

— Mauvaise conscience ?

— Ah, mon petit cœur. C'est pourtant évident. Ça peut être que le mec que voyait ta mère. Le salaud qui nous l'a prise.

32

Après ses quelques jours de congés forcés, Cassie n'était pas pressée de reprendre le boulot – et d'affronter le docteur Curzon – mais à son arrivée, elle découvrit qu'aucune autopsie n'était programmée. Même Jason était de repos, ce qui voulait dire qu'elle bénéficierait d'une rare journée tranquille, avec ses hôtes décédés pour seule compagnie. *Parfait.*

Elle devenait marteau à rester toute seule chez elle avec ses questions – la dernière en date étant : qui pouvait bien lui avoir envoyé des sous pendant toutes ces années ? Si vraiment ils venaient de l'assassin de sa mère, ça excluait forcément le « psychopathe qui passait par là » que Barney avait accusé du crime. Pour autant, son père avait-il raison de supposer que cet argent était une sorte d'indemnité compensatoire de la part de l'amant de sa mère, cet homme qu'il pensait être son meurtrier ? Aurait-il pu venir du lieutenant chargé de l'enquête, Gerry Hobbs ? Pas par compassion, mais parce qu'il se serait senti coupable d'avoir jeté un innocent en prison ?

Au moins, le rêve récurrent dans lequel sa mère pleurait avait été remplacé par d'autres où elle était à nouveau pleine de vie. Dans celui de la nuit précédente, Cassie se noyait dans une immense trémie de fraises tagada quand Kath apparaissait au-dessus d'elle, souriante, et l'en extrayait sans effort. En ouvrant les yeux juste après, un nouveau souvenir lui était revenu : emmitouflée dans une grande serviette moelleuse après le bain, elle était lovée dans les bras de sa mère, qui la câlinait en lui chantant une chanson non identifiée.

Dans la salle de conservation des corps, elle commença l'inventaire des patients, ouvrant chaque cellule réfrigérée pour en croiser l'occupant avec sa liste. Pas un bruit hormis le ronronnement de la chambre froide et le bruissement de la VMC. Pour elle, cependant, ce n'était pas le silence d'un lieu désert ; c'était un silence amical, partagé avec quinze compagnons qui reposaient derrière le mur d'inox brossé.

Elle était soulagée d'être seule pour une fois, de ne pas avoir à chuchoter pour s'adresser à ses protégés.

— Bonjour, monsieur Iqbal. Les pompes funèbres vont venir vous prendre aujourd'hui pour vos obsèques. Bientôt, vous serez au Janna avec vos parents.

Elle avait toujours trouvé séduisante la représentation du paradis comme un jardin de félicité dans la religion islamique.

— Les médecins ont dû vous examiner pour voir comment vous étiez mort, mais on a réussi à accélérer le processus pour Saira et votre famille.

Les musulmans doivent être enterrés dans les vingt-quatre heures suivant le décès. Une règle impossible à respecter lorsqu'une autopsie est nécessaire, mais Cassie réussissait généralement à les faire passer en priorité pour qu'ils soient rendus à leur famille dans les deux ou trois jours.

L'inventaire était une opération de routine, ce qui lui laissait l'espace mental nécessaire pour récapituler ses découvertes des derniers jours. Bien sûr, elle n'avait toujours aucune preuve matérielle de l'innocence de son père, mais elle était convaincue qu'une part cruciale de ses dires était vraie : Kath avait bel et bien des rendez-vous secrets avec un autre homme. Cet homme était-il aussi son assassin ?

Un *toc, toc, toc* interrompit le fil de ses pensées. À travers la porte vitrée, elle reconnut la silhouette de Doug et, derrière son épaule, un grand type d'une cinquantaine d'années à l'allure athlétique qui avait déjà passé une combi par-dessus son costume.

Un visiteur. *Chiotte.* Sa matinée peinarde était foutue.

Elle crut entendre Doug le présenter comme « le commandant Baldy », mais ça ne devait pas être ça. Le type avait de beaux cheveux, presque noirs, coiffés en arrière sur un front haut, et un teint mat qui évoquait des origines d'Europe du Sud. Apparemment, il était « passé au cas où » il pourrait visiter la morgue, ce qui échauffa la bile de Cassie, mais la mine de Doug lui apprit qu'il n'était pas question d'envoyer paître un commandant de police.

Quand Doug les eut laissés, elle dit :

— Désolée, je n'ai pas saisi votre nom.

— Appelez-moi Tony.

Il lui sourit, son regard s'attarda un peu plus que nécessaire, mais elle était habituée à ce que les gens arrondissent les yeux devant son look. Toujours des personnes d'un certain âge, d'ailleurs ; l'idée que les jeunes ont le monopole de la grossièreté la faisait doucement rigoler.

— Alors, Tony, reprit-elle. Vous avez dû connaître pas mal de morgues, dans votre carrière.

Elle ajouta un sourire pour dissimuler son agacement de devoir perdre du temps à baby-sitter un flic.

— En effet. De nos jours, les policiers sont trop souvent derrière un bureau. Donc, comme je le disais à votre patron, je suis en croisade pour modifier la formation de nos jeunes recrues.

Lorsqu'il laissa à nouveau son regard s'appesantir sur elle, elle remarqua ses yeux bleu foncé, une association saisissante avec son teint méditerranéen et ses cheveux bruns.

— Je veux que nos stagiaires aillent tout de suite à la morgue, pour se familiariser avec les procédures judiciaires et observer une autopsie. Je veux qu'ils soient à l'aise avec les cadavres et aient quelques notions pour les déchiffrer, comme c'est votre cas.

Il avait l'air passionné, comme si c'était un projet qu'il nourrissait depuis longtemps.

— Alors là, je dis amen.

Le type lui devenait sympathique.

— On ne voit quasiment plus d'enquêteurs, de nos jours, poursuivit-elle. Même pour les autopsies médico-légales, on n'a parfois que des gens de l'équipe scientifique.

Les gestionnaires et les techniciens de scène de crime sont peut-être spécialistes en sciences forensiques, mais comment un enquêteur digne de ce nom pouvait-il préférer se dérober à une autopsie médico-légale ? Ne pas voir le corps, interroger le pathologiste, comprendre les blessures ? Que Flyte soit passée voir Bradley Appleton était une exception – et Bradley n'était qu'une catégorie 2, c'est-à-dire une mort inattendue, même pas suspecte.

— Exactement, répondit Tony en hochant la tête. Quand j'étais stagiaire, fraîchement émoulu de Hendon, c'était un des premiers passages obligés. Le lieutenant nous envoyait assister à une autopsie…

Un grand sourire.

— … *avant* le déjeuner si on avait de la chance. Aujourd'hui, certains des plus jeunes officiers ne mettent même jamais les pieds dans une morgue.

Ayant établi que le commandant n'était pas qu'un bureaucrate curieux qui avait décidé de s'offrir une petite balade aux heures de bureau, elle lui fit visiter les lieux avec davantage d'enthousiasme.

Quand ils pénétrèrent dans la salle d'autopsie, il poussa un sifflement.

— Eh ben, ça s'est drôlement modernisé depuis la dernière fois que je suis venu.

— C'était quand ?

— Oh, bien avant votre arrivée. Je suis brièvement passé par le commissariat de Camden au début des années 2000. Je venais aux autopsies médico-légales même quand je n'étais pas sur l'affaire.

Il prit un air gêné.

— Je sais que ça paraît… pas très net, mais j'ai énormément appris auprès des pathologistes, tous les indices qu'un tueur peut laisser sur un corps ! « Chaque contact laisse une trace », pas vrai ?

— Exact. Le principe d'échange de Locard.

Edmond Locard, le père de la médecine légale moderne.

Elle faillit lui demander s'il avait connu Gerry Hobbs ou Spud Neville à l'époque. Mais ça la conduirait où ? Elle ne pouvait tout de même pas lui demander s'ils étaient du genre à accepter un dessous-de-table pour faire disparaître un prélèvement de première importance.

Le commandant Baldy, alias Tony, scruta l'inox rutilant de la table de dissection la plus proche avant d'indiquer le réseau de perforations sur le pourtour.

— Ça sert à quoi ?

— C'est le système de ventilation par extraction. Ça aspire les saletés dans l'air pendant les éviscérations.

Il reposa les yeux sur elle.

— J'imagine qu'on finit par s'habituer, au bout d'un moment. À découper des corps ?

Depuis longtemps lassée de ce type de questions, Cassie se contenta de hausser les épaules, évasive.

— Excusez-moi, question idiote.

Il lui décocha un regard admiratif.

— Vous savez, j'ai toujours considéré les techniciens en anatomopathologie comme les héros méconnus de la mort subite.

Il me drague ou quoi ? Il était pas mal, mais, sérieux ? Il avait au moins cinquante balais !

— Écoutez, Cassie, je veux mettre en place un programme d'initiation à la morgue pour nos jeunes recrues. Je me demandais si vous accepteriez de le chapeauter. Ils vous écouteraient plus qu'un vieux schnock comme moi. Et, bien sûr, vous seriez payée pour le temps que vous y consacreriez.

Sans être tout à fait aristocratique, son élocution était élégante. Les officiers supérieurs devaient avoir droit à des séances de coaching vocal, de nos jours.

— Avec joie, lui dit-elle. Mais je ne veux pas être payée.

Il rayonna, la regarda une fois de plus juste un peu trop longtemps.

Lorsqu'il fut parti enlever sa combinaison, elle essaya de décrypter la façon bizarre dont il l'avait matée. Elle n'avait ressenti aucune vibration sexuelle de sa part. La meilleure description qu'elle put trouver fut *perplexe* – comme si elle était une énigme qu'il essayait de résoudre. Peut-être qu'il était simplement un peu excentrique et content de rencontrer une autre férue d'autopsies.

Dix minutes plus tard, elle entendit frapper à la vitre.

— Réfléchissez à ma proposition.

Il lui tendit une carte par la porte ouverte.

— Je dois prendre ma retraite d'ici quelques mois et j'aimerais que tout soit en place avant mon départ. Si ça vous intéresse, dites-le-moi et je ferai une demande officielle par l'intermédiaire de Doug. Je vous ai noté mon numéro de portable au verso.

Alors que sa grande carrure disparaissait dans le couloir, elle lut la carte et sourit. Il ne s'appelait pas du tout Baldy.

Son nom était Capaldi. Le commandant Antony Capaldi.

33

Kieran était d'accord pour la retrouver après le boulot et lorsqu'il lui suggéra le café Costa situé sur les quais à l'est du marché, Cassie accepta sans hésiter. Au bout de trois jours d'abstinence (hormis un petit joint quotidien), elle n'avait pas davantage besoin que lui des tentations d'un pub, et même si d'habitude elle boycottait les établissements franchisés, celui-ci offrait une vue imprenable sur le canal.

Il était 16 heures, et déjà le soleil s'éclipsait derrière les toits des maisons victoriennes de Camden, mais le ciel bleu pâle si typique de l'hiver transformait le canal en un ruban onduleux d'argent et d'aigue-marine.

— T'as carrément meilleure mine que la dernière fois, Cassie Raven. Tu t'es mise au régime sec ?

Son sourire radieux était proprement désarmant.

Cassie lui relata ses dernières conversations avec son père - ainsi que ses doutes croissants sur sa culpabilité.

Kieran hocha la tête avec excitation.

— Je te l'avais pas dit, que ça faisait pas très franc du collier, tout ça ?

Elle lui rapporta aussi le reste : les mandats postaux d'anniversaire et la théorie de son père selon laquelle ils venaient de l'assassin de Kath, le souvenir d'enfance qui lui était revenu au Sports Direct.

— Y a pas trente-six interprétations possibles. Maman avait rendez-vous avec un drôle d'individu au Woolworths et m'a plantée au rayon confiserie pour pouvoir lui parler.

— La vache !

Kieran se trémoussa sur sa chaise.

— Et il était comment, ce mec ?

— C'est ça le problème. J'en ai aucune idée. J'ai qu'une image floue d'un type qui la tient par les bras. C'est qu'une supposition, mais si ça m'a fait flipper, c'est peut-être parce qu'elle avait l'air de lui résister ?

Elle ferma les paupières pour tâcher de revoir la scène.

— Avec un regard d'adulte, je dirais qu'il essayait de la persuader ou de l'intimider.

Kieran fronça les sourcils.

— Qu'est-ce qui te fait dire qu'ils avaient rendez-vous ? C'était peut-être un harceleur qui l'avait suivie dans le magasin.

— Dans ce cas, pourquoi elle en a parlé à personne ? En plus, papa dit qu'il l'a surprise plusieurs fois à raccrocher précipitamment le téléphone quand il arrivait.

Cassie eut un choc en s'apercevant qu'elle venait de l'appeler « papa » au lieu de « Callum » ou « mon père ».

— À mon avis, le mec lui mettait tellement la pression qu'elle a fini par être obligée de le voir, poursuivit-elle.

— Alors qu'est-ce qui se passait, selon toi ?

— Je pense qu'elle avait une liaison. Je me souviens qu'il lui arrivait de me déposer chez ma grand-mère en journée, donc elle avait des plages de dispo. Quand mon père a commencé à avoir des soupçons et que ça a tourné au vinaigre à la maison, peut-être qu'elle a décidé de larguer son amant. Elle lui donne rendez-vous au supermarché, mais il le prend mal et essaie de la convaincre de quitter Callum.

Kieran but une gorgée de son chocolat chaud et acquiesça lentement.

— Peut-être qu'elle a fait exprès de le retrouver dans un lieu public parce qu'elle craignait sa réaction. Ce qui pourrait vouloir dire qu'elle avait peur de lui.

— En tout cas, les marques de compression sur ses bras situeraient cet épisode peu de temps avant le meurtre.

— Et du coup, la soirée fatidique se serait déroulée comment ?

Il ne parvint pas à réprimer un air d'intrigue.

— J'imagine que l'amant éconduit traquait Kath, incapable de laisser tomber. Il les suit, Callum et elle, jusqu'au pub. Peut-être qu'il reste planqué devant ? On n'est que début octobre, il fait pas encore trop froid. Ou bien il entre et les espionne, tapi dans un coin ? Si ça se trouve, il est même témoin de leur méga-engueulade et il se dit qu'il a encore une chance.

— Là-dessus, enchaîna Kieran, Callum se fait virer, Kath traîne encore un peu... et quand elle s'en va, le mec la suit.

— Arrivés à Prowse Place, ça dégénère.

Cassie ferma les yeux, essayant de se représenter la scène.

— Elle lui dit qu'elle quittera jamais Callum ; il pète les plombs et attrape le premier truc qui lui tombe sous la main.

— OK, ça tient debout. Mais je comprends pas pourquoi cette ordure enverrait du fric à la fille de sa victime.

— Peut-être que quand il reprend ses esprits, il est horrifié par ce qu'il a fait ? Après, il voit le mari trompé jeté en prison pour un crime qu'il a pas commis. Rongé par la culpabilité, il tente de se racheter en faisant parvenir de l'argent à la gamine qu'il a privée de ses deux parents.

Kieran s'adossa à sa chaise et se frotta la lèvre supérieure.

— Si sa conscience le travaille tant que ça, pourquoi laisser condamner un innocent au lieu d'aller se livrer ?

Cassie haussa une épaule.

— Entre donner de la thune pour expier et assumer une peine de perpète, y a un gouffre.

Kieran pencha la tête, moyennement convaincu.

— Tu dis que le pognon continue d'arriver et que les sommes ont augmenté ? Est-ce que l'assassin s'en voudrait toujours, plus de vingt ans après ?

L'objection avait également traversé l'esprit de Cassie ; avec le temps, les gens ont tendance à réécrire les faits pour excuser leurs actes, voire s'en absoudre purement et simplement.

— Je sais pas, fit-elle. Peut-être qu'il a trouvé Dieu ?

Piquée par la moue sceptique de Kieran, elle lança :

— D'accord, Sherlock, alors qu'est-ce que t'as, toi ? T'as

déniché des aveux dans un des vieux fanzines dont tu m'as parlé ?

— Eh ben, Pete, le collectionneur, m'a envoyé un texto hier. Il m'en a déposé un paquet chez Honest Bob.

Réjoui, il ajouta :

— Je serais déjà passé les récupérer, mais j'ai été un peu occupé à monter ma petite affaire de canards.

— Oh, pardon, Kieran, j'aurais dû te demander ! Ça prend tournure ?

Il sortit son portable pour lui montrer quelque chose.

— J'ai lancé une campagne de financement participatif pour rassembler un capital de départ qui me permette de commander du stock en Chine.

Elle lui sourit.

— J'aurais jamais imaginé t'entendre dire un truc pareil, à l'époque.

— Et j'ai un stand partagé au Stables Market pour tester le marché.

Il ponctua ces mots d'une grimace d'autodérision.

— Va falloir que je passe par ton assistante pour pouvoir te voir ? demanda Cassie.

— Elle trouvera toujours une place dans mon agenda pour les vieux amis.

Il lui montra le clip du site de crowdfunding, tourné avec son téléphone. On le voyait slalomer à travers un marché de Camden grouillant de monde jusqu'à rejoindre le canal, sur lequel il lançait deux canards : l'un à l'image de Monsieur Spock, l'autre portant la cape et le casque de Dark Vador. Il terminait par un petit speech face caméra qui parodiait gentiment les appels à participation typiques de ces campagnes.

Elle le regarda, toute contente.

— C'est trop bien, Kieran ! Je vais investir quelques livres, c'est clair.

Il haussa les épaules avec modestie.

— Je vais pas gagner des mille et des cents, mais ce sera déjà bien si ça me permet de quitter le foyer. Les bonnes rigolades qu'on se tapait au squat me manquent vachement, tu sais.

— Oh là là, à moi aussi !

Et c'était vrai. Elle qui s'était toujours considérée comme une solitaire, vivre seule commençait à lui peser, dernièrement.

— Écoute, tu sais que je vais bientôt devoir dégager de mon appart ? La Ville est obligée de me proposer un autre logement, mais ça risque d'être à Pétaouchnok, genre Enfield.

Elle leva les yeux au ciel.

— Putain… lâcha-t-il.

— Je me disais, ça te tenterait pas qu'on prenne un truc ensemble ? Je paierais plus de loyer que toi, évidemment, et on pourrait s'offrir qu'un clapier au-dessus d'un magasin ou d'un resto, mais ça pourrait être sympa…

Kieran ne réagit pas, si ce n'est en baissant les yeux sur la table. Soudain gênée de sa proposition, elle ajouta précipitamment :

— Enfin, si t'as d'autres projets, oublie…

Il leva la tête, la bouche déformée par l'émotion.

— Non, c'est pas ça. J'aurais jamais cru qu'un jour quelqu'un puisse avoir envie d'une vraie coloc avec un mec comme moi.

Il faisait nuit quand Cassie arriva chez elle. Ouvrant la porte sur son entrée plongée dans le noir, elle imagina comment ce serait de rentrer dans un appart allumé, d'y retrouver la présence joviale de Kieran. Après qu'elle l'avait convaincu qu'il était le premier sur sa liste de colocs, ils étaient tombés d'accord pour se mettre à chercher un logement bon marché.

— Macavity ?

Ces derniers jours, le chat avait repris sa vieille habitude de l'attendre devant la porte ; ce soir, pourtant, aucune trace.

Rien non plus dans la cuisine. Elle commençait à s'inquiéter quand elle finit par le débusquer, tassé sous le canapé. Comme l'espace n'était pas vraiment assez grand pour lui, il avait dû s'y glisser à plat ventre.

— Qu'est-ce que tu fais là, gros bêta ?

Il la fusilla du regard, comme quand elle l'avait récupéré après son séjour chez le voisin. Malgré ses cajoleries, plus une assiette de Sheba qu'elle lui agita sous le nez, il refusa de bouger. Elle finit par lâcher l'affaire et alla frapper chez Desmond.

— Peut-être qu'il me fait une rechute, avança-t-elle pendant qu'ils revenaient chez elle, et qu'il se dit qu'il ne peut avoir confiance qu'en toi ?

Sauf que quand Desmond s'agenouilla sur le tapis, avec une certaine difficulté à cause de sa patte folle, Macavity le fixa avec la même hostilité.

— T'as rien entendu de particulier, aujourd'hui ? demanda Cassie. Un orage ? Ou un nouveau bang supersonique ?

Quelques semaines plus tôt, tout le monde avait cru à un attentat à la bombe quand un avion militaire qu'on avait fait décoller d'urgence depuis un aérodrome à l'est de Londres avait franchi le mur du son.

Desmond secoua la tête.

— Rien du tout.

Il se releva avec précaution.

— Ce que t'as de mieux à faire, c'est de le laisser tranquille. Il sortira quand il sera prêt.

Desmond accepta de rester prendre un thé et des petits gâteaux. Mais quand Cassie alla chercher son mug préféré sur la paillasse de la cuisine, il n'y était pas. Elle inspecta le plan de travail, fouilla même dans les placards, en vain. C'était bizarre : après son café du matin, elle laissait toujours le mug sale à côté de l'évier, ne le lavant que lorsqu'elle en avait à nouveau besoin. Bon, elle le retrouverait sans doute à un endroit saugrenu, style la poubelle de recyclage, balancé là dans un moment de folie.

Quand elle alla se coucher, Macavity n'était toujours pas ressorti, quoiqu'il ait au moins mangé un peu de la pâtée qu'elle lui avait laissée sous le canapé. Elle mit des heures à s'endormir, sa cervelle râlant et rouspétant – non pas, pour une fois, à s'interroger sur la culpabilité ou l'innocence de son père, mais à tenter de calmer ses nerfs à vif qui lui hurlaient que quelque chose clochait. Peu après 2 heures du matin, elle retourna à la cuisine et se mit en quête de son mug disparu. C'était un mug quelconque en céramique bleue, mais il s'adaptait à merveille à sa main et le bord était parfait, ni trop épais ni trop fin.

Très bien, Boucle d'or, se dit-elle. Il est forcément quelque part.

Une demi-heure plus tard, elle avait ratissé chaque surface, poubelle et placard, et même vérifié sous le canapé et le lit. *Nada.*

Elle se souvint que Desmond avait parlé d'un cambriolage à l'étage en dessous, deux mois plus tôt. Si quelqu'un s'était introduit chez elle dans la journée, ça pourrait expliquer le pétage de plombs de Macavity.

Mais quel genre de cambrioleur ne vole qu'un mug ?

34

Le lendemain, Cassie se réveilla en sursaut avec une sensation d'écrasement sur la poitrine. Paniquée, elle se souleva péniblement sur les coudes… et le bruit de scie mécanique du ronron la ramena à la réalité.

— Coucou, toi ! lança-t-elle dans les yeux vert doré de Macavity. Alors, on a eu de la visite hier ? C'est ça qui t'a rendu chat braque ?

Tout en caressant sa tête soyeuse, elle réfléchit longuement. Des cambrioleurs n'auraient pas eu beaucoup de mal à forcer la vieille serrure Yale de sa porte, mais pourquoi n'auraient-ils rien pris d'autre ?

Après avoir donné à manger au chat, elle refit le tour de l'appart. Le seul objet potentiellement intéressant était son ordinateur portable, qui reposait sur la table de la cuisine, là où elle l'avait laissé. En l'observant de plus près, elle éprouva un picotement, du genre qu'elle ressentait quand elle repérait un truc bizarre pendant qu'elle examinait un corps. La souris se trouvait à gauche de l'ordi, alors qu'elle la mettait toujours de l'autre côté puisqu'elle était droitière.

Les intrus avaient-ils fait tomber le mug sans le vouloir et emporté les morceaux pour dissimuler l'effraction ? Comptaient-ils revenir dans l'espoir de ramasser un meilleur butin ?

— Essayez voir, murmura-t-elle.

Pour la première fois depuis cinq ans qu'elle habitait là, elle ne se sentait pas en sécurité : maintenant que la Ville ne remettait plus les appartements vides en location, Desmond et elle étaient les deux derniers occupants de l'étage. Elle décida de passer dans une agence immobilière dès le lendemain, voir s'il y avait quelque chose que Kieran et elle pourraient se payer.

Après avoir pris rendez-vous avec un serrurier pour faire poser un nouveau verrou le soir même, elle appela Flyte – sur son portable, cette fois, se remémorant le savon qu'elle lui avait passé pour lui avoir téléphoné au commissariat.

— Quelqu'un s'est introduit chez moi hier pendant que j'étais au boulot, lui dit-elle. Mais on ne m'a rien pris.

— Vous appelez pour signaler une effraction ? fit la lieutenante d'un ton pince-sans-rire.

— Non. Mais sérieusement, Phyllida, j'y ai pas mal réfléchi. Le ou les intrus se sont donné beaucoup de mal pour ne laisser aucune trace. Et je crois qu'ils ont fouillé dans mon ordi…

— Une minute, coupa Flyte.

Un bruit de porte qui s'ouvre, suivi d'un changement d'ambiance sonore, indiqua qu'elle avait dû passer dans le couloir.

— Il est bien protégé par mot de passe ?

— Ouais. Littéralement.

— C'est-à-dire ?

— Que le mot de passe est « motdepasse ».

Cassie l'entendit pratiquement lever les yeux au ciel.

— Écoutez, c'est forcément lié à mes recherches sur le meurtre de ma mère.

— Ah bon ? Et comment est-ce que vous arrivez à cette conclusion ?

Cassie visualisa ses sourcils parfaits levés en deux arcs jumeaux.

— Croyez-moi, les cambrioleurs qui sévissent par ici, c'est soit des gosses, soit des junkies. Ils retournent tout et se foutent royalement qu'on sache qu'ils sont passés.

— Alors vous voulez me donner un nom ?

— Un nom ?

— Oui, pour le mandat d'amener.

Son petit numéro de flique cynique commençait sérieusement à agacer Cassie.

— Vous pourriez commencer par interroger Gerry Hobbs sur le prélèvement disparu.

— Eh bien, j'ai consulté un expert juridique à ce sujet. Selon lui, même si l'absence de ce résultat avait été révélée au tribunal, ça n'aurait rien changé au verdict.

Cassie digéra l'info.

— D'accord, mais si Hobbs avait escamoté le résultat pour protéger quelqu'un ? Ça lui donnerait une raison de pénétrer chez moi, non ? Peut-être que ma visite l'a rendu nerveux et qu'il a pas vu d'autre alternative pour vérifier si j'avais des preuves ?

— D'autre solution.

— Hein ?

— Une alternative, c'est un choix entre deux solutions.

Non mais j'hallucine ! Ce qu'elle pouvait être rigoriste, cette nana !

— Enfin, bref. Vous croyez sérieusement qu'un lieutenant à la retraite s'amuserait à s'introduire par effraction chez les gens ? Hormis dans les séries policières, s'entend.

Ce sarcasme fut la goutte d'eau.

— Très bien, vous occupez pas de moi ! aboya Cassie. Vous êtes pas mon seul contact chez les flics, vous savez. J'ai sympathisé avec un commandant qui est venu visiter la morgue hier.

Ça cloua le bec à Flyte. Après un silence, elle demanda :

— Quelqu'un que je connais ?

Le ton nettement moins hostile.

— Le commandant Antony Capaldi.

Cassie prit la carte qu'il lui avait donnée.

— Apparemment, il bosse à la Direction des normes professionnelles. C'est eux qui enquêtent sur les ripoux, c'est ça ?

Elle se sourit à elle-même.

— Pourquoi est-ce qu'il voulait visiter la morgue ? demanda Flyte en s'efforçant - sans succès - d'avoir l'air de rien.

— Il veut mettre sur pied un programme d'initiation pour les flics stagiaires.

Un blanc, puis la lieutenante dit :

— Écoutez, je me charge de cette histoire de résultat disparu. Je vais tâcher de trouver un moyen de creuser. Officieusement.

— Top.

— À une condition.

— Condition ? lâcha Cassie, imitant avec insolence la réaction de Flyte quand les rôles étaient inversés.

— Promettez-moi de ne pas souffler mot du prélèvement au commandant Capaldi – et de ne pas citer Gerry Hobbs.

Après avoir raccroché, Cassie laissa s'écouler dix bonnes minutes avant de composer un autre numéro.

Une voix grave répondit :

— Commandant Capaldi.

FLYTE

Flyte sélectionna une demi-douzaine de fois le nom de sa mère dans ses contacts téléphoniques avant de se décider à taper sur « Appeler ».

— Bonjour, comment ça va ? lança-t-elle gaiement en entendant la voix de Sylvia.

Il y eut un silence humiliant.

— C'est Phyllida, maman.

— Ah, Phyllida. Quelle charmante surprise… Tu sais que mon anniversaire n'est pas avant le mois prochain, n'est-ce pas ?

Flyte serra les dents, bien décidée à faire un effort.

— Est-ce que je te dérange ?

Elle se retrouva à adopter la diction sèche et raffinée de sa mère. Sylvia était « de bonne famille », comme elle aurait dit, et au fil des ans elle avait clairement exprimé, par maints détours subtils, qu'en épousant Pops elle s'était mariée « en dessous de sa condition ».

— Non, non, j'ai une dizaine de minutes avant l'arrivée du jardinier.

Un silence gêné.

— Alors… quelles nouvelles du divorce ?

Sa tentative d'empathie était presque drôle.

— Oh, il progresse dans les rouages du système.

— Quel dommage. Matt était un garçon fort… agréable, quoique j'aurais pu te dire dès le départ qu'il était du style à prendre de l'embonpoint.

— Mmm.

— Enfin, au moins, vous êtes toujours en bons termes. C'est une bonne chose, n'est-ce pas ?

— Oui, je suppose.

— Et tout de même, c'est une bénédiction que vous n'ayez pas d'enfant à vous disputer.

— Une *bénédiction…* ?

Flyte reçut ce mot comme un coup de poing. Éloignant le téléphone, elle ferma les yeux pour mieux visualiser le visage de Poppy. Quand elle le remit à son oreille, sa mère disait :

— Je veux simplement dire que les enfants peuvent poser des problèmes quand on divorce, n'est-ce pas ? Tous ces pauvres papas obligés d'emmener leurs petits au fast-food…

Elle avait dit fast-food comme d'autres auraient pu dire Auschwitz.

— Je m'estime *bénie* d'avoir eu une enfant, maman. Même si elle n'a pas survécu. Et dernièrement, je m'interroge… Pourquoi est-ce que tu ne m'as pas soutenue quand je voulais qu'on célèbre ses obsèques ? Au lieu de prendre le parti de Matt ?

— J'ai pensé que ce serait encore pire pour toi, chérie.

— Pire ? Comment ç'aurait pu être pire, putain ? Ma petite fille est *morte* !

L'écho de la bombe du mot en P résonna dans le silence.

— Écoute, Phyllida…

— Tu sais ce que j'espère, maman ? Qu'humainement parlant, je ressemble à Pops, et surtout pas à toi, merde !

Après avoir raccroché, Flyte fixa son écran avec stupéfaction. Elle n'avait jamais juré ni raccroché au nez de sa mère. En fait, elle avait toujours esquivé la confrontation, exactement comme Pops.

Ça faisait plutôt du bien.

Elle fêta ça avec une tasse d'Earl Grey et un sablé au chocolat de sa boîte à gâteaux. Qu'est-ce qui l'avait poussée à appeler Sylvia, en fait ?

Ce devait être parce qu'elle se sentait désolée pour Cassie, se dit-elle. Privée de ses deux parents à un âge aussi précoce, il était bien naturel que la jeune fille veuille désespérément sauver son père de la réclusion parentale à perpétuité que lui imposait son crime. Face à cette quête impérieuse, Flyte avait réalisé avec culpabilité qu'elle-même avait une mère bien vivante avec laquelle elle parlait à peine.

Ma foi, elle avait fait de son mieux, et le résultat était sans surprise.

Pendant qu'elle lavait sa tasse, elle réfléchit à nouveau à la rencontre de Cassie Raven avec le commandant Capaldi. Sur le papier, il était concevable qu'un officier supérieur sous-employé de la Direction des normes professionnelles se mette martel en tête parce qu'une nouvelle génération de policiers ne mettait jamais les pieds à une autopsie ; n'empêche, elle avait du mal à croire que tomber sur Cassie soit une pure coïncidence.

Il y avait plus de chances que Capaldi ait eu vent de la petite enquête indépendante de la jeune femme au cours de ses investigations sur Gerry Hobbs et Spud Neville, et qu'il ait décidé de se pencher sur leur gestion de l'affaire Kath Raven. Mais dans ce cas, pourquoi inventer une excuse pour se rendre à la morgue au lieu d'approcher Cassie par les voies officielles ? Décidément, elle trouvait le comportement de Capaldi un peu étrange.

Quelles que soient les motivations du commandant, Flyte ne pouvait que prier pour qu'il ne découvre pas ses liens avec Cassie et son mensonge sur la consultation « accidentelle » du dossier Raven.

En tout cas, comme aurait dit Pops, ça taillait des croupières à toute velléité d'interroger Gerry Hobbs au sujet du prélèvement disparu.

35

Si son vaste bureau à King's Cross et la secrétaire sexy plantée devant voulaient dire quelque chose, Capaldi devait être un assez gros poisson à la DPS.

En voyant Cassie, il se fendit d'un sourire jusqu'aux oreilles qui fit resurgir une pointe du malaise qu'elle avait ressenti à la morgue. Devrait-elle se méfier davantage ? Cette histoire de programme d'initiation n'était-elle qu'une ruse pour la draguer ?

Après qu'elle eut refusé le café qu'il lui proposait, il l'invita à s'installer dans un coin salon qui offrait une vue imprenable vers le sud-est et le lointain bouquet de gratte-ciel de la City. Il suivit son regard par la fenêtre.

— Chaque année ou presque, ils en construisent un nouveau encore plus haut que le précédent. *Ad astra.*

— Jusqu'aux étoiles.

Devant son sourire surpris, elle dit :

— J'ai fait un peu de latin. Très utile pour les termes anatomiques.

Il saisit une mandarine dans la coupe de fruits en fil de fer sur la table basse.

— Alors, vous avez pris votre décision concernant mon projet ?

— Ah ! Oui, je serais ravie de vous apporter ma contribution.

— Mais vous n'êtes pas venue pour ça ?

Elle avait préparé son speech pendant le trajet en métro

jusqu'ici : comment l'intéresser au meurtre de sa mère sans impliquer Phyllida Flyte. Elle répéta à sa conscience chagrine qu'elle n'avait jamais promis de ne pas contacter Capaldi, seulement de ne pas parler de Hobbs ni du prélèvement disparu.

Tu joues sur les mots, lui répondit sa conscience.

— Mon père a été emprisonné pour le meurtre de ma mère à la fin des années 1990 et je pense que c'était une erreur judiciaire.

Ça faisait du bien de le dire tout haut pour la première fois.

— Poursuivez.

Il fronça les sourcils sur sa mandarine, qu'il s'efforçait de peler en une seule bande ininterrompue.

— Je me demandais si vous aviez eu connaissance de cette affaire quand vous travailliez au poste de Camden ? Ma mère s'appelait Katherine Raven.

L'odeur aigre-douce du fruit lui chatouilla les narines et elle visualisa les molécules parcourant son épithélium olfactif - la porte dérobée du cerveau.

— Le nom me dit quelque chose…

Il atteignait l'équateur de la mandarine. Il avait des doigts élégants, pour un homme, hormis la peau autour des ongles, toute rouge à force d'être triturée ou mordillée.

Elle lui retraça les grandes lignes de l'affaire et expliqua qu'elle n'avait appris que depuis peu la vérité sur ses parents.

— Donc, vous avez grandi sans père…

Ses yeux bleu nuit se posèrent sur elle avec une étrange intensité.

— … pour découvrir après des années qu'en fait il était toujours bien vivant, mais qu'il avait assassiné votre mère. Un père dont personne ne voudrait. C'est épouvantable.

— Oui, mais je n'en suis plus si sûre, maintenant. À son procès, mon père a déclaré que ma mère avait un amant, et l'autre jour, je me suis rappelé un incident qui s'est produit peu de temps avant la mort de ma mère. Un drôle d'individu la malmenait, en plein Woolworths !

Capaldi croisa son regard avant de reprendre son épluchage.

— Même si elle avait bien un amant, il ne s'ensuit pas nécessairement que c'est lui qui l'a tuée.

— Non, mais je me suis pas mal renseignée sur l'affaire. Il est évident que la police a décidé dès le départ que mon père était coupable et n'a même pas envisagé d'autres pistes.

Une fois la mandarine dénudée, Capaldi déposa le tortillon de peau sur la table basse tel un point d'interrogation orange, avant d'en gober un quartier.

— Comment il était ? Cet homme au supermarché.

La question prit Cassie de court.

— Euh…

— Je me demande juste si vous pourriez identifier un nouveau suspect avec certitude au bout de si longtemps.

Elle secoua la tête.

— Non. Tout ce dont je me souviens, c'est qu'il était beaucoup plus grand que ma mère.

Il s'enfonça dans le canapé.

— Alors d'après vous, qui l'a tuée ?

— Honnêtement, j'en ai aucune idée. En revanche, je me demande… si la police n'aurait pas couvert quelqu'un ? Ça existe, ce genre de trucs, on le sait.

— Ce « genre de trucs » est mon pain quotidien, confirma-t-il avec un sourire triste. Mais heureusement, les cas de corruption vraiment graves sont moins fréquents de nos jours. Dans les années 1990, par contre… la police était un autre monde.

Capaldi la scruta de nouveau, comme s'il voulait mémoriser son visage ; à force, elle en avait conclu que c'était sa façon de faire, rien de plus.

— Vous êtes en relation avec votre père ?

Une fois de plus, une sorte d'instinct protecteur vis-à-vis de Callum, au cas où les termes de sa conditionnelle lui interdiraient tout contact avec elle, lui fit secouer la tête.

— Écoutez, Cassie.

Il avait terminé sa mandarine et s'essuyait les mains dans un mouchoir.

— Vous savez que je ne peux pas vous parler d'une enquête en cours, mais sachez, en toute confidentialité, que je me penche actuellement sur certaines… pratiques de la PJ de Camden dans les années 1990. Le nom de Kath Raven ne m'est pas inconnu, mais rien dans cette affaire ne m'a mis la puce à l'oreille. Cela dit, vous êtes manifestement une jeune femme très intelligente, alors je prends vos dires au sérieux. Voulez-vous me laisser m'en occuper ?

— Bien sûr. Merci.

Ses muscles, ses ligaments et ses tendons se relâchèrent – d'une tension qu'elle n'avait même pas sentie s'accumuler au cours des dernières semaines. Non seulement Capaldi avait le bras assez long pour enquêter, mais en plus il avait l'air assez futé pour remarquer la disparition du prélèvement et interroger Gerry Hobbs. Elle trouvait bizarre qu'il ait appelé sa mère « Kath » au lieu du « Katherine » officiel, mais après tout, peut-être que les flics de l'époque nommaient l'affaire comme ça.

— Vous êtes déjà allée en Italie ? lâcha-t-il de but en blanc.

— Euh… non. J'aimerais bien visiter Rome, un jour. J'ai toujours voulu voir le Panthéon.

— Je posais la question à cause de votre connaissance du latin.

Il déversa un flot d'italien à l'accent impeccable avant de traduire :

— « Fou est celui qui admire les autres villes sans visiter Rome. » Pétrarque.

Puis, saisissant sa mine déconcertée :

— Pardon. Je suis à moitié italien par mon père. Vous me rappelez ma petite sœur.

Pendant que l'ascenseur la ramenait sur le plancher des vaches, Cassie décréta que Capaldi était décidément un peu loufoque. En même temps, elle-même ayant été décrite comme excentrique plus souvent qu'à son tour, elle était mal placée pour le lui reprocher.

36

Cassie n'était pas au planning ce week-end-là, et elle réussit à se détendre, même sans vodka, pour la première fois depuis les révélations de sa grand-mère. Ça tenait à sa conviction désormais solidement ancrée que Callum avait bien été accusé à tort – et à l'assurance qu'avec Capaldi dans le coup, trouver des preuves permettant de l'innocenter devenait envisageable.

Depuis qu'elle avait quitté la maison à dix-sept ans, elle avait pris l'habitude de déjeuner chez sa grand-mère le dimanche – un rituel réconfortant auquel elle n'avait dérogé que deux ou trois fois en huit ans, y compris quand elle vivait dans la marge.

Bien sûr, la différence d'âge – disons plutôt *l'abîme* – qui les séparait quand la Cassie ado piaffait d'être libérée des contraintes scolaires et de commencer à vivre avait donné lieu à de sérieuses empoignades, cependant, même durant sa période squat, leur lien s'était distendu sans jamais menacer de rompre. Il n'y avait qu'environ deux ans qu'elle avait commencé à appréhender pleinement ce que Weronika avait fait pour elle en endossant, à cinquante ans passés, la responsabilité de l'éducation d'une orpheline hyperactive de quatre ans.

Quand Cassie avait rapporté à l'appartement son premier animal mort – une pie trouvée dans l'allée devant l'immeuble –, Weronika avait eu l'intelligence de ne pas piquer une crise ni l'emmener direct chez le pédopsy. Au lieu de s'horrifier, elle avait admiré la beauté de l'oiseau et suggéré d'organiser une cérémonie pour que son âme puisse reprendre son envol. Cassie en voyait encore le plumage bleu-noir iridescent sur son lit de fleurs séchées dans le sarcophage-boîte à chaussures qu'elles avaient lancé sur le canal au crépuscule façon funérailles vikings.

Elle savait à présent que son besoin de collectionner les dépouilles d'animaux était lié à la perte de ses parents – tentative enfantine de nier la mort, peut-être ? Ne pas avoir assisté à l'enterrement n'avait pas dû aider, et ce n'était qu'aujourd'hui qu'elle comprenait pourquoi Babcia en avait décidé ainsi : même une enfant de quatre ans aurait demandé pourquoi il n'y avait qu'un seul cercueil.

Weronika avait pris la peine et le temps de mitonner un *bigos*, un ragoût de chasseur à base de choucroute, dans lequel elle avait remplacé les viandes habituelles par des cèpes et du tofu fumé mariné au paprika à l'intention de sa petite-fille végétarienne. Pour Cassie, la conséquence la plus durable de l'accident cérébral de sa grand-mère était la conscience aiguë qu'elle n'était pas éternelle, et qu'à défaut d'aborder certaines questions maintenant elle n'en aurait peut-être jamais plus l'occasion.

— On peut regarder encore une fois tes photos de maman ? demanda-t-elle quand elles s'installèrent sur le canapé après le déjeuner.

Depuis qu'elle avait étudié les images de l'autopsie à la morgue, elle arrivait à parler de sa mère sans en être toute retournée. Comme si cette expérience avait basculé un commutateur dans sa tête, qui lui permettait de la considérer comme un des corps dont elle avait la charge au travail : non plus sa mère, mais Katherine Raven, victime de meurtre. Elle savait bien qu'il s'agissait d'un mécanisme de défense, et temporaire, de surcroît. Le processus de deuil ne pouvait pas être repoussé indéfiniment.

Elle feuilleta l'album sous l'œil souriant de Weronika, passa les premières photos de Kath petite fille modèle en jolies robettes et collants colorés et entra dans les années d'adolescence où elle avait commencé à exprimer sa personnalité avec ses tenues amples un peu hippies, ses colliers de coquillages ou de perles, ses boucles auburn en cascade sur ses épaules.

— Babcia, ce lieutenant de police qui nous a rendu visite après… sa mort. Gerry Hobbs, c'est ça ? Tu t'es jamais demandé si ça pouvait être lui qui envoyait de l'argent pour mon anniversaire ?

La question lui valut un regard inquisiteur.

— Pourquoi il ferait ça ?

— J'en sais rien, mais bon, il m'a offert cette Barbie. C'est pas un peu inhabituel pour un flic ?

Haussement d'épaules.

— Je crois que la mort de ta maman l'a bouleversé.

Ou bien il avait quelque chose à se reprocher ?

— La police n'a jamais envisagé d'autre suspect ?

Nouveau regard perçant.

— Non, à quoi bon ?

Ce fut au tour de Cassie de hausser les épaules : elle n'allait sûrement pas demander à sa grand-mère si Kath avait pu avoir une liaison !

— Eh ben, quand une femme se fait tuer en rentrant chez elle de nuit, en général, c'est un meurtre aléatoire, non ?

Sa grand-mère l'observait, la tête penchée comme un moineau, l'air triste.

— Ç'a dû être terrible d'apprendre ce que ton père a fait, *tygrysek*. Ça va être difficile de t'y habituer.

Les yeux de Cassie tombèrent sur une des photos de Kath dans l'album posé sur ses genoux. Elle portait une longue robe d'été imprimée de roses rouges et froncée à la poitrine, avec autour du cou un de ses colliers caractéristiques : de minuscules coquillages roses sur une fine chaîne d'argent.

Sans comprendre pourquoi, elle était comme aimantée par ce collier délicat. Il avait fait naître un picotement dans son cerveau, comme une démangeaison mentale enfouie trop loin pour pouvoir la gratter.

37

Le lundi matin, sur le chemin de la morgue, Cassie fit un saut dans l'agence immobilière la plus pourrie du quartier, où on la renseigna sur le seul logement que Kieran et elle pourraient se permettre : un appart au-dessus d'un chinois à emporter à l'autre bout de Camden. Il restait néanmoins à distance acceptable du métro – un quart d'heure à pied – et comme la seconde chambre était un cagibi, la location était jouable si elle prenait en charge les deux tiers du loyer ; l'allocation logement de Kieran devrait couvrir le reste sans difficulté en attendant que son petit business soit lancé.

Quand elle arriva au travail, Jason lui apprit que c'était Archie Cuff qui réaliserait les cinq autopsies programmées. Après un instant d'excitation, elle se sentit bientôt pétrie de honte en se rappelant son numéro de nympho bourrée la dernière fois qu'ils s'étaient vus.

En salle d'autopsie, Jason poussa le premier patient jusqu'à sa table en sifflotant « Always Look on the Bright Side of Life » tandis que Cassie consultait la liste détaillée des corps du jour.

Rien de trop éprouvant : trois morts subites au domicile, une vieille dame décédée sur le billard, un homme non identifié repêché dans le canal. Pas de décompositions, Dieu merci – l'odeur s'accroche aux narines pendant des jours –, et pas de suicide sur la voie ferrée non plus. Elle en avait eu un quelques semaines plus tôt, sur la ligne de King's Cross. Reconstituer le défunt à partir d'un sac rempli de morceaux récupérés par la pauvre vieille police des transports avait nécessité des compétences en puzzle 3D.

— J'ai le flotteur, dit Jason à l'autre bout de la salle.

Il remua les sourcils d'un air engageant.

— Je parie à deux contre un sur une mort par urination.

Cassie n'aimait pas cette expression, jargon d'employés de morgue pour désigner un ivrogne qui a décidé de pisser dans le canal, perdu l'équilibre et chuté dedans. Presque chaque année, ils recevaient deux ou trois mecs – c'étaient toujours des hommes – qui s'étaient noyés de cette façon.

En sortant son premier patient de la chambre froide – un Turc âgé du nom de Yusuf Pamuk retrouvé sur le sol de sa salle de bains –, elle cogitait encore au sujet du collier de coquillages de sa mère sur la photo, sans avoir avancé d'un pouce sur ce qui pouvait bien la chiffonner là-dedans. Une fois M. P transféré sur sa table, elle ouvrit la housse mortuaire et lui murmura à l'oreille :

— Je vais vous sortir de là pour la visite du docteur, monsieur Pamuk.

De son côté, Jason dégageait la tête du noyé, dont elle entraperçut les cheveux courts assombris par l'eau du canal. Des cheveux blond vénitien.

Elle continua à tirer la housse de sous M. P, mais à présent un tintement persistant résonnait dans son esprit, comme un *bip* de minuteur – et il ne s'agissait plus du collier. Soudain, elle s'arrêta, se dirigea vers la table de Jason. L'air semblait devenu mélasse, rendant sa progression douloureusement lente, et ses jambes étaient comme du marbre, une sensation qu'elle éprouvait parfois dans ses rêves.

Enfin arrivée près de Jason, elle baissa les yeux vers le corps étendu sur la table. Son dernier souvenir fut le visage potelé de son collègue qui se tournait vers elle, bouche ouverte. Elle se sentit tomber dans cette grande caverne rouge.

Ensuite, elle vit un paysage enneigé sillonné de lignes ondulées. *Des traces de traîneau ?*

Non. Juste le plafond de la salle d'autopsie, parcouru de fissures. Puis le visage de Deborah, la secrétaire, se profila dans son champ de vision. Le carrelage du sol lui écrasait le dos et elle se rendit compte qu'on lui avait surélevé les pieds.

— T'es tombée dans les pommes, fit Deborah, qui avait une fâcheuse tendance à énoncer des évidences.

C'est alors que ça lui revint. Elle se remit debout tant bien que mal, repoussa Deborah qui tentait de la retenir.

Ignorant le brouhaha de protestations, elle atteignit la table où gisait le noyé que Jason s'apprêtait à éviscérer, désormais remballé dans le blanc linceul de la housse mortuaire.

— Lâche-*moi* !

Elle chassa la main qui s'était posée sur son épaule, tira sur la fermeture à glissière.

Un joyeux sursaut d'espoir. Elle s'était trompée. Ce n'était pas lui.

Et puis elle réalisa. Sans son éternel air jovial, elle ne l'avait pas reconnu - pas tout de suite. Elle lui caressa le front, tout humide et froid.

— Là, là, Kieran. Je suis là, maintenant.

— Cassie…

Elle se tourna vers la voix et s'aperçut que la main qu'elle venait de chasser appartenait à Archie, toujours dans son manteau en tweed. Doug se tenait derrière, à côté de Jason et Deborah. On aurait dit des acteurs de soap à qui on aurait indiqué d'« avoir l'air sonnés ».

— Ça va, déclara-t-elle. C'est Kieran Byrne.

Elle lui mit la main sur l'épaule, comme si elle le présentait à des copains en soirée, sentit son T-shirt mouillé sous sa paume.

— Un bon ami à moi.

Elle se sentait parfaitement calme.

— Je vais appeler la police, qu'ils envoient quelqu'un pour que je puisse l'identifier officiellement.

Doug acquiesça avec hésitation.

— T'es sûre que ça va ? Tu veux pas passer de l'autre côté et boire un thé en attendant ?

— Non.

Elle transféra son regard de Doug à Archie, consciente de

pivoter la tête alors que ce n'était pas nécessaire, façon robot. Elle avait l'impression que son corps avait besoin d'apprendre à redevenir humain.

— Docteur Cuff, tu veux bien examiner Kieran ?

— Bien sûr. Deux minutes pour me changer et je suis à toi.

Les yeux d'Archie fouillèrent les siens, mais la compassion était la dernière chose dont elle avait besoin.

— Tu devrais au moins t'asseoir, dit Deborah. T'es blanche comme un linge.

— Je vais très bien, vraiment, merci.

Cassie se rendit vaguement compte qu'elle se mettait à parler comme Phyllida Flyte.

— Jason, tu veux bien t'occuper de M. Pamuk pour moi ?

Congédiant les autres d'un hochement de tête, elle revint à Kieran.

Après l'avoir extrait de la housse mortuaire, elle lui enleva ses vêtements - sa doudoune encore détrempée dans le dos, un T-shirt Def Leppard noir, un jean. L'odeur de canal qui se dégageait de ses fringues n'était pas désagréable. La poche de son jean contenait un portefeuille avec un unique billet de 20 livres ; s'il avait une carte bancaire ou une pièce d'identité sur lui, elle devait reposer au fond de l'eau avec son téléphone.

À travers tout ce processus, elle se sentit vide, et pourtant parfaitement calme.

— Je m'attendais pas à te revoir si vite, mon pote, lui dit-elle, pour une fois sans se soucier d'être entendue. Qu'est-ce que tu foutais dans le canal ?

— *Une petite brasse coulée.*

— Ah ah, elle est pas mal ! Non, mais sérieusement ? Je viens de nous trouver un appart, putain !

Le visage de Kieran restait immobile, la bouche toujours figée en cette ligne sévère qui ne lui ressemblait pas. Il avait un peu d'écume aux narines et à la commissure des lèvres - un signe classique de mort par noyade. Laissant de côté l'essuie-tout bleu qu'ils utilisaient habituellement, elle ouvrit un sachet de Kleenex et en prit un pour l'essuyer délicatement.

— Voilà.

Archie s'approcha en combinaison.

— Bien, jetons un coup d'œil à ce jeune homme, dit-il en enfilant des gants en nitrile. Bonjour, Kieran.

Un instant, la gentillesse dans sa voix menaça de fissurer le sang-froid de Cassie.

— Il s'appelle Kieran Patrick Byrne. Il a vingt-neuf ans.

— Plus proche parent ?

Elle secoua la tête.

— Personne avec qui il soit en contact.

— Des signes qu'il aurait pu… avoir une envie pressante ?

Elle secoua de nouveau la tête.

— Sa braguette était fermée.

Archie examina attentivement la dépouille. Kieran avait les bras hâlés - enfin, entièrement couverts de taches de rousseur, plutôt - jusqu'au-dessus des coudes, où ils devenaient aussi blancs qu'un cachet d'aspirine, comme tout le reste du corps. Le jeune médecin lui leva un bras, se pencha pour observer la face interne du coude.

— Usage de drogues par injection ?

Cassie se baissa sur les croûtes violacées le long de la veine.

— Il avait des antécédents de toxicomanie, mais il avait arrêté l'alcool et la drogue depuis au moins deux mois. Il montait une boîte.

Archie acquiesça.

— On va demander toutes les analyses toxico habituelles, bien sûr.

En son for intérieur, Cassie s'interrogeait : *Est-ce que Kieran aurait replongé ?* Une chute dans le canal, c'était un accident dont on devait pouvoir se sortir, tant qu'on n'était pas trop bourré ou défoncé à la kétamine pour nager jusqu'au quai et se hisser sur la berge.

Archie sondait du bout des doigts les côtes proéminentes de Kieran.

— Pas mal de fractures. Mais elles sont anciennes.

À la gargote, il avait laissé entendre que son père le battait quand il était enfant.

Allant se placer en haut de la table, Archie prit la tête de Kieran dans ses mains. Il lui palpa le cuir chevelu, un peu comme un massage crânien new age, en commençant à la nuque pour remonter progressivement le long du crâne par un balayage de droite à gauche. Quand il atteignit un point sur la droite juste au-dessus de l'oreille, il fronça les sourcils, ses doigts tâtèrent la zone.

— Il y a un hématome important, ici.

Cassie sentit son pouls trépider dans sa gorge.

— Viens voir toi-même, lui dit Archie.

La bosse, un hématome de type « œuf de pigeon » classique, était grosse et pulpeuse au toucher, gorgée de sang.

— Mettons-le sur le ventre pour regarder ça de plus près.

Il le saisit par la tête et les épaules tandis que Cassie prenait ses hanches pour le faire basculer. C'était facile – Kieran ne devait pas peser plus de soixante kilos – mais Cassie sut gré au pathologiste de lui maintenir la tête, comme s'il était encore vivant.

Ils se penchèrent ensemble sur lui, Cassie écartant les cheveux tandis qu'Archie dirigeait une petite lampe ultrapuissante sur la blessure.

— Hématome d'environ quatre centimètres sur trois. D'après son aspect, il remonte à quelques heures. La peau est éraflée mais pas déchirée.

Il se redressa.

— En examen externe, impossible de dire si ça a pu causer un TCC.

Un traumatisme crânio-cérébral.

— Est-ce qu'une arme par destination aurait pu faire ça ?

Genre une demi-brique.

— Je peux pas l'exclure, répondit-il prudemment. Mais il peut aussi s'être cogné en tombant dans l'eau. Dans un cas comme dans l'autre, ça a pu l'assommer assez longtemps pour qu'il se noie.

Enlevant ses gants, Archie la regarda.

— Kieran va avoir besoin d'une autopsie médico-légale. Quand la police arrivera, tu veux bien leur dire que je vais en informer le coroner ?

Une autopsie médico-légale est l'enquête la plus poussée qu'on puisse mener sur un corps. Elle prend presque toute la journée et est réalisée par un anatomopathologiste agréé auprès du ministère de l'Intérieur. Objectif : établir si un acte criminel a été commis.

Dans un premier temps, Cassie fut soulagée de savoir que la mort de Kieran ferait l'objet d'une investigation en bonne et due forme. Et puis une vague de culpabilité l'envahit. S'il ne s'agissait pas d'un accident, une seule conclusion s'imposait.

Quelqu'un avait tué Kieran. Quelqu'un qui voulait l'empêcher de fouiller dans le meurtre de Katherine Raven.

FLYTE

Flyte le comprit à la seconde où elle la vit : le calme anormal de Cassie était comme une feuille de verre – et à peu près aussi robuste.

Elles se trouvaient dans la salle d'autopsie médico-légale au fond de la morgue, où le défunt, l'ami de Cassie nommé Kieran Byrne, reposait désormais dans une chambre froide séparée en attendant le feu vert du coroner. Sur une table entre elles étaient étalés les vêtements et le portefeuille de Kieran, que Cassie avait soigneusement ensachés au cas où ils contiendraient des preuves.

Après avoir procédé à l'identification officielle, Cassie lui avait répété ce qu'avait dit le pathologiste concernant la bosse sur le crâne de son ami.

— D'accord, on va vérifier les caméras de surveillance autour du canal, répondit Flyte. Et tenter de reconstituer les faits et gestes de Kieran dans les heures et les minutes précédant sa mort. Ça devrait nous aider à établir s'il y a eu acte criminel ou pas.

Le teint de Cassie était couleur lait écrémé. Elle sourit pour elle-même.

— Oh, il y a eu, c'est sûr et certain.

Comme énonçant un fait établi.

— Vous avez des preuves ? Quelque chose qui pourrait démontrer que ce n'était pas une simple chute dans le canal après quelques pintes de trop ?

— Il n'avait pas bu une goutte depuis des semaines.

Cassie leva le menton.

— Le rapport toxico le confirmera. Il était en train de monter sa boîte.

Flyte se retint de souligner que les alcooliques et les drogués en rémission font parfois des rechutes.

— Très bien… Alors selon vous, que s'est-il passé ?

Cassie mit une main sur le sac de scellés contenant les vêtements. À travers le plastique transparent, Flyte distingua sur le T-shirt un visage hurlant et les mots *Def Leppard* en lettres pointues. Sûrement un groupe de rock.

— Je l'ai tué, déclara Cassie avec un calme plat.

— Pourquoi est-ce que vous dites ça ?

— Il m'aidait dans mes recherches sur la mort de ma mère. Je pense qu'il s'approchait de quelque chose.

Un sourire sans joie.

— Comme si ça valait la peine qu'il meure pour ça.

— D'accord… Et qui aurait eu intérêt à le faire taire ?

— Vous le savez très bien.

Le regard de Cassie était chargé de défi.

— Les flics. Plus précisément, Gerry Hobbs. Le prélèvement disparu. C'est forcément lié à ça.

Scrogneugneu de scrogneugneu, voilà qu'elle remet ça !

— Donc, vous pensez que le lieutenant Hobbs a assommé Kieran et l'a poussé dans le canal ?

Flyte garda une voix égale.

— Peut-être pas Hobbs lui-même. Mais s'il avait été payé pour couvrir quelqu'un en faisant disparaître le résultat du prélèvement ? Écoutez, j'ai rien qui constituerait une preuve à vos yeux, mais je suis sûre à quatre-vingt-dix-neuf pour cent que mon père n'a pas tué ma mère. Je pense qu'elle a dû être assassinée par son amant. Peut-être que c'était un mec puissant, un gros méchant ? Quand Kieran a commencé à poser des questions, ça a pu lui remonter aux oreilles. Si ça se trouve, Kieran l'a même croisé sans savoir que c'était lui.

La patience de Flyte commençait à s'émousser.

— Très bien. Si vous pouviez me donner les coordonnées de ce mystérieux amant, je le convoquerais pour audition.

Le masque de froide hostilité que Cassie lui renvoya était pire que n'importe quel accès de colère.

— Écoutez, Cassie, laissez-moi mener l'enquête à ma manière. Donnez-moi les noms et les numéros de toutes les personnes que vous saviez en relation avec Kieran. Et l'adresse du foyer où il logeait. D'accord ?

Elle essaya d'accrocher son regard, mais la jeune femme avait la tête ailleurs.

— Vous avez reçu un gros choc. Je vais vous faire raccompagner chez vous.

Cassie planta ses yeux dans ceux de Flyte, ses iris d'un bleu encore plus foncé dans le soleil d'hiver qui filtrait par les fenêtres de la morgue.

— Y a qu'une chose que vous puissiez faire pour moi : trouver l'assassin de Kieran.

38

Malgré tous les efforts de Doug pour la persuader de rentrer chez elle, Cassie tint bon, elle effectua même deux éviscérations avant d'abattre une bonne partie de son travail administratif.

Archie passa la voir dans son manteau en tweed avant de partir.

— T'as eu une journée horrible, Cassie. Tu veux aller boire un verre ? Je pourrais t'inviter au restif.

C'était une vieille blague qui remontait à l'une de leurs rencontres tendues du début, où elle avait parlé argot pour l'agacer. Esquissant un faible sourire, elle secoua la tête. Elle avait peine à croire que le matin même elle était dans ses petits souliers à l'idée de le revoir. Ça paraissait tellement futile, maintenant...

— Mais je te remercie d'avoir été aussi génial avec Kieran, dit-elle. J'étais vraiment contente que ce soit toi qui l'examines.

— Je t'en prie.

Il l'étudia, l'air inquiet.

— Appelle-moi quand tu veux, d'accord ?

Une heure plus tard, à 15 heures, Doug frappa à la vitre et lui annonça gentiment mais fermement qu'il reviendrait toutes les dix minutes jusqu'à ce qu'elle s'en aille.

Personne n'avait l'air de piger : la seule chose qui la maintenait debout, c'était d'être ici entourée de ses hôtes – une petite troupe qui comprenait maintenant son seul véritable ami.

Quand elle referma la porte d'entrée derrière elle, ce fut comme si elle coupait le filin de sécurité qui la reliait à un vaisseau spatial et partait à la dérive. Sans transition, elle se retrouva à lorgner les bouteilles dans un magasin d'alcool. S'apercevant qu'il n'y avait aucune vodka polonaise, elle contempla longuement les étiquettes avant d'en choisir une au hasard et de l'emporter à la caisse.

Un mouvement à la fenêtre attira son attention. C'était Kieran, clair comme le jour, une main en visière pour voir à travers la vitrine. Il arborait son éternel sourire et avait encore les cheveux aplatis, foncés par l'eau du canal. À sa vue, à la fois impossible et précieuse, une vague d'amour et de chagrin monta en elle. Quand elle leva la main pour lui faire coucou, il secoua légèrement la tête avec regret. Elle s'avisa qu'il matait la bouteille dans sa main. Quand elle releva les yeux, il n'était plus là.

Kieran était-il vraiment revenu d'entre les morts juste pour l'empêcher de s'acheter de la vodka ?

— Qui eût cru que tu serais un tel rabat-joie dans l'au-delà ? grommela-t-elle en échangeant la bouteille contre une mignonnette. Tu ferais mieux de me donner un indice sur ton putain de meurtrier.

Elle croisa le regard inquiet du caissier. Lui balança un billet de 5 et s'en alla. Sur le trottoir, elle inspecta les deux côtés de la rue, s'attendant à moitié à voir Kieran en train de détaler avec son boitillement primesautier de pirate.

Sur le chemin de halage, elle trouva l'endroit où Flyte disait que Kieran avait été repêché. Tout ça lui paraissait encore presque irréel, lorsqu'elle remarqua un fragment de rubalise voletant dans la lumière déclinante. Cette vision la frappa comme un coup de poing, menaçant de briser l'aura qui l'enveloppait depuis le matin.

Kieran était mort, et elle en était aussi coupable que la personne qui l'avait assommé et poussé dans le canal.

Elle s'assit sur un muret au bord de l'eau et dévissa la mignonnette de vodka. Sa grand-mère lui avait raconté que dans les obsèques polonaises la tradition voulait que les proches versent de la vodka sur la tombe d'un cher disparu. Cette pratique trouvait probablement son origine dans un ancien rituel romain. Eux aussi offraient une libation à l'esprit disparu. « Libation », du latin *libare* : « verser en offrande ».

Levant la bouteille au-dessus de la surface verte aux reflets d'argent, elle se creusa la cervelle pour trouver une locution latine appropriée, puis finit par déclarer :

— Kieran, tu étais le meilleur des potes. Je te vengerai.

Pendant une demi-heure environ, elle resta assise à contempler le canal en attendant les larmes. Aucune ne vint. Au bout d'un moment, elle sortit son téléphone et ouvrit son répertoire. Kieran n'avait pas besoin de ses larmes, il avait besoin qu'elle fasse du foin.

FLYTE

En quittant la morgue ce matin-là, Flyte avait rejoint Josh du côté animé du canal, non loin de l'escalier qui remontait vers le marché. Josh avait réussi à rameuter deux agents pour bloquer les soixante-dix mètres de quai où Kieran avait dû tomber.

Le binôme, un homme d'un certain âge et une femme plus jeune, paraissait tout sauf enchanté à l'idée de passer deux heures à arpenter la berge – d'autant que les signes d'un printemps précoce avaient cédé la place à une bruine légère mais glaciale.

— Il aurait pu tomber n'importe où, non ? grommela l'homme avec un grand geste du bras. Lieutenante, ajouta-t-il après un regard appuyé de Flyte.

— J'ai parlé à l'éclusier, il n'y a presque pas de courant, par ici. Le corps a été repêché juste après le pont, mais par sécurité il faut fouiller jusqu'au prochain escalier, qu'il aurait pris pour regagner son foyer.

La femme, Kelly, se détourna pour admonester un jeune en sweat à capuche qui se glissait sous la rubalise. Flyte apprécia sa manière de traiter le garçon – polie mais inflexible, se redressant de tout son mètre soixante-dix afin de renforcer son autorité. Quand le jeune eut renoncé, non sans marmonner des injures, Flyte adressa à Kelly un sourire approbateur avant de dire :

— J'aimerais que vous restiez ici, où il y a du monde, pour refouler les fâcheux.

— Lieutenante ?

Kelly paraissait perdue. Elle avait de jolis yeux : vert doré.

— Pour empêcher les gens de passer, traduisit Flyte.

Elle se tourna vers l'homme.

— Mark, vous pouvez prendre l'autre extrémité ? C'est plus calme, mais vous devez arrêter quiconque tenterait de franchir le ruban.

Josh et elle le regardèrent s'éloigner sans se presser, sa veste d'uniforme tendue sur un dos et des épaules surmusclés. Il devait garder son énergie pour la salle de sport.

— Qu'est-ce qu'on cherche, lieutenante ? s'enquit Josh.

— N'importe quoi qui aurait pu servir à le frapper à la tête. Et tout objet qu'il aurait pu laisser tomber en se débattant : son téléphone et ses cartes ont disparu.

— Agression pour vol ?

— En lui laissant son portefeuille dans la poche ?

Elle secoua la tête.

— Non, je parie sur un mobile personnel.

— Vous croyez qu'on l'a assommé puis poussé à l'eau ?

Flyte hésita, consciente qu'elle pouvait être influencée par les soupçons de Cassie.

— On va devoir attendre les résultats de l'autopsie pour en être sûrs, mais vu l'emplacement de la bosse je dirais que c'est fort possible.

Elle toucha le côté de son crâne juste derrière l'oreille droite.

— Il me paraît difficile de se cogner à cet endroit en tombant.

Elle se plia en deux pour mimer une chute afin d'illustrer ses dires.

Ils se mirent en marche, Flyte inspectant la moitié du quai côté canal, Josh celle bordée par le mur de brique gris, envahie de mauvaises herbes et jonchée de tessons de verre, canettes de bière et boîtes de fast-food.

Ils avançaient en silence, déplaçaient ceci ou cela du bout du pied pour mieux le voir, se penchaient parfois pour examiner quelque chose.

Quelques mètres après l'endroit où les pompiers avaient repêché le corps de Kieran, Flyte vit Josh s'accroupir.

— Lieutenante ?

Il ramassa quelque chose dans un mouchoir en papier, le glissa dans un sachet et le lui tendit. C'était une carte en plastique noir uni, format carte de crédit.

— Vous avez dit qu'il logeait au Zed ?

Le foyer de Kieran : Zephyr House, connu de tous sous le nom de Zed.

— J'ai serré un de leurs clients pour vol à la tire il y a un mois. Je suis prêt à parier que c'est une de leurs clés magnétiques.

— Bien joué. Je vérifierai si c'est celle de Kieran quand j'y passerai.

— Pas sûr que ça nous apprenne grand-chose, cela dit, lieutenante.

Elle regarda devant elle l'escalier menant à la rue où se situait le Zed.

— Ça m'apprend au moins qu'il était sans doute seul. Quand on se promène en discutant avec quelqu'un, on ne sort pas sa clé aussi tôt.

— C'est vrai.

— Alors peut-être qu'on lui est tombé dessus par-derrière. Ça collerait avec l'endroit de sa bosse. Tourne-toi une seconde.

Elle balança une arme imaginaire en direction du crâne de Josh et suivit sa trajectoire fictive quelques mètres encore jusqu'au-dessus du canal.

Milo, le jeune réceptionniste noir du Zed, ne parut pas étonné devant la carte de Flyte, ce qui tendait à indiquer que les visites de la police n'étaient pas rares. Il identifia la clé magnétique comme une des leurs et la conduisit à la chambre que Kieran partageait avec trois autres au premier étage. Sans surprise, quand la lieutenante plaça la carte ensachée sur le lecteur au-dessus de la poignée, un bourdonnement retentit, suivi du *clic* d'ouverture de la porte.

— Il est arrivé quelque chose à Kieran ? demanda Milo, l'air soudain inquiet.

— Pourquoi cette question ?

Milo montra la clé.

— Je regarde la télé, je sais à quoi ressemble un sac à scellés. C'est jamais des bonnes nouvelles.

Quand elle lui raconta ce qui s'était passé, il fut visiblement secoué.

— Je le connaissais pas si bien que ça, juste « bonjour, bonsoir », mais c'était un de ces mecs qu'ont toujours le sourire ou un petit mot marrant, vous voyez ?

La minichambre contenait quatre lits superposés, chacun équipé de son propre casier à digicode fixé au mur. Quand Milo eut ouvert celui de Kieran, Flyte en sortit le contenu. Il n'y avait rien de notable – pas de téléphone, pas de drogue, pas même un paquet de papier à rouler. Juste une modeste pile de vêtements, un canard en caoutchouc à collier de perles et couronne qui devait représenter la reine Élisabeth, et quelques autres babioles personnelles.

Au bas du casier, elle trouva une pile de photocopies d'espèces de bulletins d'information horriblement mal fichus traitant de la scène musicale de Camden dans les années 1990. En dessous, un bon vieil album vinyle avec deux hommes et une femme sur la pochette, photographiés sur le tronçon du chemin de halage où Kieran avait dû tomber. Se penchant de plus près sur le plus beau des deux hommes, elle reconnut Callum Raven d'après sa photo d'identité judiciaire.

Elle fourra le tout dans un sac pour l'emporter. Aucun élément n'entrait dans la catégorie des pièces à conviction utiles, mais elle se dit que Cassie apprécierait ces souvenirs de la courte carrière musicale de son père.

39

Cassie se sentait encore ailleurs, isolée dans sa bulle, lorsqu'on sonna à sa porte environ une heure plus tard.

— Je suis venu aussi vite que j'ai pu, fit le commandant Capaldi, l'air sincèrement inquiet.

— Merci infiniment, dit-elle en le faisant entrer pour aller allumer la bouilloire. Vu ce que j'ai à vous dire, je ne me sentais pas à l'aise de venir à votre bureau.

Au téléphone, Cassie avait simplement déclaré disposer d'informations sur la corruption policière au poste de Camden. Elle avait été surprise mais reconnaissante qu'il ne lui demande pas davantage de précisions et accepte sans hésiter de passer la voir en quittant son travail.

Macavity, qui buvait du lait dans son bol, détala en quatrième vitesse en découvrant qu'ils avaient de la visite.

— Faites pas attention à lui, dit-elle en préparant le café. J'ai eu une effraction la semaine dernière et il a encore peur des inconnus.

— Oh, vous m'en voyez désolé. On vous a volé des choses importantes ?

— Seulement mon mug préféré.

Il ne rebondit pas sur ce point, se contenta de dire :

— Une jeune femme seule, vous devriez peut-être envisager de déménager dans un endroit… plus sûr.

Ses sourcils levés ne laissaient aucun doute sur ce qu'il pensait de l'immeuble.

— Oh, je suis déjà en sursis ici, on n'est plus que deux dans tout l'étage. La Ville va reconstruire.

Ils s'attablèrent à la cuisine et elle lui relata toute l'histoire, cette fois en incluant le prélèvement disparu et sa conviction que Gerry Hobbs avait quelque chose à cacher. Par bonheur, il ne lui demanda pas comment elle avait pu consulter le rapport d'autopsie de sa mère - sans doute supposa-t-il que son poste à la morgue lui avait permis d'accéder aux dossiers par quelque moyen détourné.

— Je peux me pencher sur la façon dont Hobbs et Neville ont géré l'affaire, et sur cet échantillon dont vous dites qu'il a disparu.

Ses yeux bleu indigo croisèrent un instant ceux de Cassie puis se détournèrent.

— Mais comme je l'ai déjà dit, même si votre mère voyait quelqu'un, ça n'en ferait pas automatiquement un suspect.

La jeune femme sentait quelque chose de différent dans l'attitude de Capaldi, mais elle avait l'esprit trop embrumé pour mettre le doigt dessus.

— Quant à la mort de votre ami Kieran, il est possible qu'elle soit liée à ses recherches autour du meurtre de votre mère, malheureusement je ne peux pas m'ingérer dans une enquête en cours sans relation évidente avec un de mes dossiers. Ça dépasserait de loin mes attributions.

Il se tut, les doigts de sa main droite jouant une sonate muette sur la table.

— Alors, est-ce que la police creuse votre théorie de l'amant ?

Il paraissait songeur. Non, bien plus que ça. Elle percevait autre chose dans son langage corporel, un truc hors de propos.

De l'excitation.

Soudain gelée, elle visualisa le sang refluant de ses extrémités telle une marée qui se retire en un éclair. La réaction du corps à la perception d'un danger.

Capaldi se leva et alla poser sa tasse dans l'évier. Il resta quelques instants immobile, puis pivota pour la regarder. Dans la fenêtre derrière lui, le soleil d'hiver avait sombré derrière les toits, mais le ciel conservait assez de luminosité pour plonger son visage dans le noir.

— Tu es son portrait craché au même âge, tu sais.

Elle n'eut pas besoin de lui demander de qui il parlait.

— J'ai une alerte sur le dossier de Kath depuis toujours - enfin, depuis que le système le permet, en tout cas. Alors tu peux imaginer ce que j'ai ressenti quand j'ai reçu la notification plus de vingt ans après. À partir de là, je n'ai pas eu de mal à établir que cette lieutenante Flyte avait un lien antérieur avec les Raven : toi. Vous avez dû passer beaucoup de temps ensemble sur l'affaire de ta prof assassinée.

Capaldi aurait participé à l'enquête sur le meurtre de sa mère en 1997 ? Ce serait ça ? Et puis elle se rappela leur dernière entrevue, la familiarité avec laquelle il l'avait appelée « Kath ».

— C'était vous, l'amant.

Les mots étaient sortis avant qu'elle ait eu le temps de réfléchir à l'opportunité de le mettre sur le gril. Son cerveau effectua un survol express des environs : le lundi, Desmond allait chez sa mère à Haringey. Elle était donc seule avec son visiteur dans tout l'étage.

— Oui et non.

Une sensation étrange enveloppa Cassie. C'était comme si tout son être avait sauté hors de son corps et flottait au-dessus, observant la scène d'en haut. Elle se demanda sans passion si c'était ce qu'on qualifiait d'expérience extracorporelle. Le déboîtement engourdissait la peur qu'elle aurait pu ressentir, en tête à tête avec l'homme qui avait sans doute tué sa mère.

— C'est vous que j'ai vu vous disputer avec elle au supermarché, hein ?

— J'en revenais pas que tu te souviennes de ça. Kath et moi, on n'était plus ensemble depuis des années, même si je reconnais que j'essayais de la faire changer d'avis. Sans aucun résultat, d'ailleurs.

— Quoi ? Je comprends pas. Vous êtes sorti avec elle *avant* Callum ? Comment une fille comme elle a bien pu rencontrer un flic ?

— Je suis pas né flic, tu sais.

Il lui sourit à nouveau comme avant. S'approcha et reprit place face à elle.

— J'ai connu Kath cinq ans avant d'intégrer la police, j'avais vingt-sept ans. Après des études de psycho, j'ai passé quelques années… à la dérive. Mon père était maçon, je travaillais pour lui par intermittence, mais j'étais pas vraiment un employé modèle et on s'est brouillés.

Il avait l'air triste.

— Je me suis installé dans un squat près de Camden Road et j'ai gagné trois sous en grattant une guitare à la sortie du métro. C'est à ce moment-là que je me suis engagé dans la campagne anti-route.

— Vous étiez à Oakwood Common ?

Clic. Comme sur ces vieilles photos Polaroïd qu'elle avait vues un jour, les contours d'une image commençaient faiblement à émerger du gris.

Il gloussa en voyant son expression.

— Ça doit être difficile, aujourd'hui, de m'imaginer chevelu et obsédé par Kurt Cobain. Juste après mon arrivée à Oakwood, Kath m'a embauché pour l'aider à organiser un concert de soutien et on est tombés amoureux. Et au cas où tu te poserais la question, je n'ai aucun regret pour nos actions là-bas. Les politiques détruisaient la campagne pour construire des routes. La détruisent toujours.

Donc, Capaldi était l'ancien mec de Kath à Oakwood, celui dont Callum avait parlé. Celui qu'il avait traité de fumier.

— Enfin bref, j'ai honte de le dire, mais j'ai foiré avec Kath.

Il fixa la table d'un air sombre.

— Comme un imbécile, je l'ai trompée avec une autre fille du camp. La pire erreur de ma vie. Ça n'a pas duré parce que je n'ai jamais vraiment oublié Kath.

— Et comment vous vous êtes retrouvés, si longtemps après ?

— Après Oakwood, j'ai passé plusieurs années dans le Sud-Ouest à bosser dans les fermes – cueillir des fruits, ce genre de choses –, et puis j'ai fini par revenir à Camden. J'en pinçais toujours pour Kath. Un jour, je faisais la manche avec ma gratte du côté du Stables Market et je l'ai vue.

Le regard perdu dans le lointain, il semblait revivre l'instant.

— Elle était encore plus belle qu'avant, et elle se baladait avec toi - une mini-Kath, mais aux cheveux noirs et au petit nez. Je suis retombé raide dingue. J'ai cherché à renouer. J'ai découvert son adresse et je me suis mis à la suivre quand elle sortait.

— Vous la harceliez, quoi.

Les traits de Capaldi se durcirent une fraction de seconde.

— Tu appelles ça du harcèlement, moi j'appelle ça du romantisme. J'étais fou d'elle. Elle a accepté de boire un café avec moi une fois ou deux. Ça crevait les yeux qu'elle était malheureuse, coincée à la maison, avec Callum qui passait son temps en concert.

Cassie était tellement furax qu'elle eut envie de le frapper.

— Elle était mariée et elle avait un enfant ! Mon père aurait dû vous défoncer la gueule. Ils étaient heureux, et d'un coup, vous... vous débarquez, vous lui retournez le cerveau et vous la plongez dans une spirale dépressive !

Il secoua la tête.

— Kath a toujours eu des hauts et des bas.

Fronçant les sourcils, il mit les deux mains sur la table. Belles, mais grandes. Cassie pouvait très bien les imaginer refermées sur une demi-brique.

Son vernis protecteur avait fondu. Elle n'était plus qu'une femme seule dans un appartement à la tombée de la nuit, sans personne à portée de voix, en compagnie d'un type d'un mètre quatre-vingts, qui avait harcelé et, selon toute probabilité, assassiné sa mère.

— Il commence à faire sombre, dit-elle en se levant. Je vais allumer.

À peine passé le seuil, elle se rua sur la porte d'entrée. Tourna le verrou. La porte ne s'ouvrit pas. *C'est quoi, ce bordel ?* Elle la secoua bêtement. Rien.

Elle fit volte-face et tomba sur la silhouette de Capaldi juste derrière elle, à contre-jour.

— J'ai fermé l'autre aussi.

Il désigna d'un signe de tête le nouveau verrou qu'elle avait fait installer après l'effraction.

— J'étais heureux de constater que tu avais mieux sécurisé ton appartement.

Oh, putain ! C'était Capaldi qui s'était introduit chez elle. C'est pour ça que Macavity avait détalé en le voyant.

Elle se jeta sur lui tous poings et pieds dehors, cognant au hasard, cherchant à lui faire assez mal pour avoir le temps de déverrouiller la porte et s'échapper. Il lui attrapa les poignets sans difficulté et la plaqua contre le battant. Il était trop fort.

— C'est vous ! siffla-t-elle. Vous l'avez tuée !

— Chut, Cassie. Cassie…

Il lui parlait si près de l'oreille qu'elle sentait l'humidité dans son souffle.

— Je l'ai pas tuée. J'aurais jamais pu tuer la mère de mon enfant.

40

Cassie perdit toute combativité et retourna à la cuisine de son plein gré, prise dans les rets de la révélation de Capaldi mais voulant désespérément croire qu'elle était fausse.

— Vous mentez.

Elle leva le menton, refusant de s'asseoir.

Il secoua la tête.

— C'est vrai, Cassie. Je suis ton père.

— Prouvez-le.

Elle le pousserait à parler tout en guettant le retour de Desmond, qui n'allait plus tarder. Dès qu'elle l'entendrait tourner sa clé dans la serrure, elle se mettrait à hurler. Les murs étaient minces, le son les traversait facilement.

— À la minute où je t'ai aperçue avec Kath ce jour-là, j'ai su. Tu ressemblais tellement à ma sœur quand elle était petite ! Ces cheveux noirs hérités de notre père italien…

Il chercha son regard.

— Et mes yeux bleus.

— C'est tout ? Mon père est brun aux yeux bleus.

— Les dates correspondaient aussi. Après t'avoir vue, j'ai couru au bureau d'état civil de Camden pour vérifier ta date de naissance. Neuf mois avant que tu viennes au monde, j'étais encore avec Kath.

Cassie combattait cette idée de chaque parcelle de son être.

— Et alors ? Je suis née avec quelques semaines d'avance, mon père me l'a dit.

Elle se repassait mentalement ses entrevues avec Capaldi. Cette intensité qu'elle avait ressentie et interprétée comme de l'attirance envers elle… C'était l'expression d'un homme qui se pensait enfin réuni avec son enfant perdue.

Capaldi y croyait, sans aucun doute : son demi-sourire satisfait semblait indiquer que sa paternité était un fait incontestable. Était-il simplement fou à lier ?

Et puis, ça fit tilt.

— Vous avez volé mon mug.

— Je l'avais dit, que t'étais maligne.

Il la regarda dans les yeux et elle dut admettre que ses iris ressemblaient étrangement à ceux qu'elle voyait tous les jours dans le miroir.

Il tapota sur son téléphone puis le poussa vers elle sur la table, avec un document ouvert à l'écran. Des résultats d'analyses. Dans la colonne de gauche, une série de chiffres et de lettres représentant chacune des régions chromosomiques étudiées. Ensuite, trois colonnes : *Taille des allèles ; ADN de l'enfant ; ADN du père.* Elle scrolla à contrecœur jusqu'au bas de la page.

Probabilité de paternité : 99,999998 %

Une certitude absolue, quoi.

Les épaules de Cassie s'affaissèrent. Aussi tentée qu'elle soit de réfuter le résultat, elle savait bien que même une quantité infime de salive sur un bord de tasse fournissait assez d'ADN pour une correspondance fiable.

Capaldi lui reprit doucement le téléphone.

— Écoute, je suis vraiment désolé d'avoir dû en venir à de telles extrémités pour récupérer un échantillon, mais je ne voyais pas d'autre solution. Ça m'a rongé toutes ces années, de ne pas savoir.

Vous auriez pu venir me parler.

— Ça va ? Je me rends compte que ça doit être un sacré choc.

Il s'efforçait de prendre un air grave de circonstance, mais il n'arrivait pas à cacher son excitation.

Elle hocha la tête, la cervelle en ébullition. Tout se tenait. Sa mère était déjà enceinte de son ex quand elle avait connu Callum, et elle s'était contentée de justifier les quelques semaines d'avance de Cassie par une naissance prématurée.

Elle ne se sentait pas plus en sécurité avec Capaldi pour autant. Non seulement il avait harcelé et intimidé sa mère fragile au point de lui faire des bleus aux bras, mais en plus il n'avait pas hésité à s'introduire ici par effraction. Et si c'était son père biologique, ça ne faisait que renforcer son mobile pour assassiner Kath, puisqu'elle l'avait rejeté.

Reste calme et entre dans son jeu.

— Pourquoi avoir attendu aussi longtemps pour vous manifester ? Je veux dire, une fois maman morte et Callum en prison, pourquoi vous avez pas revendiqué votre paternité ?

— Après la mort de Kath, je suis resté longtemps en état de choc. Dans mes projections d'avenir, on était toujours tous les trois. J'ai décidé que je ne pouvais pas t'infliger une bataille pour la garde en plus de la perte de tes deux parents, c'était inconcevable. J'ai dû accepter le fait que ta grand-mère représentait ta meilleure chance de grandir dans un environnement sécurisant.

Elle explosa :

— Ah ouais, et me balancer toute cette merde maintenant, ça, c'est pas inconcevable ?!

Il pencha la tête sur le côté d'un air navré.

— Mon divorce a été prononcé il y a peu. On n'a pas eu d'enfant. On a suivi tout le processus de FIV il y a des années mais ça n'a jamais marché. J'imagine que j'ai repensé au fait que j'avais déjà une fille. Et quand j'ai découvert que tu te renseignais sur le meurtre de ta mère, ça a été comme un déclic.

— Donc, vous croyez que mon… que Callum a tué ma mère ?

Il plissa les yeux.

— À l'époque, oui, je l'ai cru. Je suis allé me présenter à la police, après la tragédie, puisque je l'avais vue quelques jours plus tôt. Plusieurs personnes pouvaient témoigner que je n'étais pas à Londres au moment des faits, alors j'ai été mis hors de cause.

Il sourit tristement.

— Tu sais quoi ? C'est à Kath que je dois ma carrière.

— Comment ça ?

— C'est son meurtre qui m'a poussé à entrer dans la police, à devenir enquêteur. Avec le recul, je vois bien que le dossier contre Callum n'était pas très solide. Écoute, si un innocent a été condamné pour le meurtre de Kath, c'est terrible, évidemment.

Il haussa les épaules.

— Mais personne ne peut lui rendre les années qu'il a passées en taule.

— Vous n'enquêtez pas du tout sur la corruption au poste de Camden et les méthodes de Hobbs et Neville, hein ?

— J'ai bien peur que non.

Il ponctua ces mots d'un sourire désolé.

Donc, « l'enquête » sur la PJ de Camden n'était qu'une couverture, un prétexte pour demander à Phyllida Flyte pourquoi elle avait accédé au dossier Raven. D'accord, mais lui, quelle raison avait-il d'y mettre une alerte ? Avait-il quelque chose à craindre si on venait à rouvrir l'affaire ?

— De toute façon, reprit-il, prouver l'innocence de Callum n'est plus ton problème, non ?

À ce moment, elle entendit un faible bruit provenant de la coursive, suivi du cliquetis des clés de Desmond dans sa serrure.

— C'est mon voisin. Si vous voulez pas que je hurle, je vous suggère de vous en aller. Ça pourrait être compliqué d'expliquer à vos chefs ce que vous fabriquiez ici.

Il cligna des yeux, l'air surpris qu'elle le flanque dehors.

La suffisance de ce mec !

Devant la porte, il se retourna pour lui envoyer un regard plein d'espoir.

— Je sais que c'est un choc, tout ça, mais j'espère que quand tu auras eu le temps de digérer, on pourra repartir d'un bon pied.

— Écoutez-moi. Si vous me contactez ou cherchez encore à vous approcher de moi, je dis à tout le monde que vous êtes entré ici par effraction. C'est clair, *papa* ?

41

Cassie se sentait le dindon d'une gigantesque farce cosmique. Après une vingtaine d'années à se croire orpheline, elle avait brusquement récupéré un père – quoiqu'un père qui avait tué sa mère. Là-dessus, juste quand elle commençait à avoir de sérieux doutes sur sa culpabilité, voilà qu'un nouvel acteur déboulait dans la course à la paternité – et histoire de mettre une putain de cerise sur le gâteau, c'était un flic !

Elle décréta qu'elle ne pouvait pas gérer tout ça, là, maintenant, en plus de la mort de Kieran. Du *meurtre* de Kieran, car elle savait au fond de ses tripes que c'en était un, et qu'il était forcément lié à ses recherches sur l'assassinat de sa mère.

L'urgence, c'était de persuader Flyte de cuisiner Hobbs sur le prélèvement disparu. Elle ne craignait plus que Capaldi lui fasse la misère ; la police verrait d'un très mauvais œil qu'un officier traque une jeune femme, et peu importe que ce soit sa fille. S'il balançait Flyte, ce serait un suicide professionnel.

Dès le lendemain matin, Cassie composa le numéro de la lieutenante, soudain rassurée lorsqu'elle entendit son ton sec et guindé. Après avoir écouté le résumé des derniers événements, la flique lâcha :

— Retrouvez-moi au café dans vingt-cinq minutes.

Et raccrocha.

Vingt-cinq minutes.

Cassie sourit malgré elle. Pas « une vingtaine de minutes » ou « une demi-heure », non. Du Flyte tout craché, ça.

Quand la lieutenante arriva au café, elle lui tendit un sac.

— Le contenu du casier de Kieran au foyer. Il y a un vieux disque vinyle, j'ai reconnu Callum sur la pochette. Et des sortes de bulletins d'information sur les groupes de Camden. Rien de tout ça n'est une pièce à conviction et comme il n'avait pas de parents proches, j'ai pensé que vous seriez contente de les avoir.

Le ton était professionnel, mais le regard doux et inquiet.

— Comment ça va, vous tenez le choc ?

Cassie eut un mouvement d'impatience.

— Il faut qu'on se remue les fesses. Vous devez absolument aller voir Hobbs. Capaldi ne peut plus rien contre vous, après ce qu'il a fait... Vous croyez pas que je pipeaute, hein ?

Flyte avala une gorgée de thé, les yeux plissés.

— Non, je vous crois. À la réflexion, le discours qu'il m'a tenu était un peu... incongru. Un peu auréolé de mystère, alors qu'en général les agents de la DPS sont droits dans leurs bottes. De toute évidence, il voulait juste me soutirer des informations sur vos recherches autour de votre mère.

Elle secoua la tête.

— S'introduire chez vous, faire un test ADN... ce sont des agissements surprenants de la part d'un officier en exercice. Je pourrais voir avec mon supérieur quelles suites donner à tout ça ?

— Non, surtout pas. Du moins, pas tout de suite.

La dernière chose que voulait Cassie, c'était que Flyte se retrouve embringuée dans un méli-mélo de politique interne chronophage ; elle avait d'autres projets pour elle.

— Très bien. En tant que plaignante, c'est à vous de décider. Par ailleurs, son effraction ne prouve pas qu'il ait tué votre mère, seulement qu'il était prêt à tout pour établir sa paternité.

Cassie émit un bruit sceptique.

— Je reste persuadée qu'il ment à propos de quelque chose. Simplement, je sais pas trop quoi. Il prétend qu'il s'est présenté au commissariat et a fourni un alibi pour le moment du meurtre. Vous pourriez vérifier ça auprès de Hobbs.

— Je n'ai toujours aucun motif pour l'interroger. Du moins, aucun qui soit défendable si mon chef venait à l'apprendre.

— Mais il couvre quelqu'un ! explosa Cassie. Capaldi ou un autre, j'en sais rien. Et Kieran a été tué alors qu'il s'intéressait au meurtre de ma mère. Comment vous pouvez ne pas vouloir l'interroger ?

— Oh, mais je le veux. Il me faut juste une vague raison.

— On n'a pas le temps.

Cassie leva le menton.

— Si vous allez pas lui parler, j'y vais.

Flyte s'étrangla, littéralement.

— Quoi, et compromettre une piste potentielle ?

— Mieux vaut prendre ce risque que de rester les bras croisés pendant que Hobbs efface ses traces !

Le ton avait monté au cours de leur échange. Elles se dévisagèrent en silence.

— Ça revient à aller à la pêche aux informations, maugréa la lieutenante.

Mais Cassie sentit qu'elle avait plié. Elle le ferait.

Fouillant dans son sac, Flyte en sortit une liasse de papiers qu'elle lui tendit, d'un air hésitant qui ne lui ressemblait pas. Un document médical, manifestement : l'en-tête indiquait *HÔPITAUX PUBLICS DU HAMPSHIRE.*

— J'aurais besoin de vos lumières, figurez-vous.

En croisant son regard, Cassie fut stupéfaite de ce qu'elle y vit. La vulnérabilité n'était pas le genre de Phyllida Flyte.

FLYTE

Ce n'était pas la première fois que Flyte risquait son poste pour Cassie Raven, et elle pressentait fortement que ce ne serait pas la dernière. Néanmoins, l'affaire Kath Raven la tarabustait, et elle ne pouvait pas nier que certaines des « intuitions » de Cassie s'étaient révélées justes par le passé. Cette fille était limite inquiétante, avec sa capacité à repérer des détails infimes que la plupart des gens ne voyaient même pas. Et elle avait parfaitement raison sur un point : après ce qu'il avait fait, le commandant Antony Capaldi ne représentait plus une menace.

Quand la secrétaire lui eut passé le commandant, Flyte ne perdit pas de temps en amabilités.

— Il paraît que vous avez rendu des visites officieuses à une jeune femme sans lien avec une enquête en cours ?

C'était une meilleure attaque que l'effraction, qui serait plus difficile à prouver.

Capaldi pouffa jaune.

— Prenez garde, lieutenante. N'oubliez pas qui est l'officier supérieur, ici.

— Oh, je n'oublie pas, *commandant.* Même si je me suis laissé dire que plus le grade est élevé, plus la punition pour infraction au règlement est sévère.

— Une plainte a été déposée ?

— J'espère qu'on pourra éviter d'en arriver là, susurra-t-elle de la voix de la raison.

— Et qu'est-ce que je peux faire pour vous, lieutenante Flyte ? fit-il d'un ton froid et dur comme le marbre.

— J'ai l'intention d'interroger Gerry Hobbs à propos du meurtre de Katherine Raven, que j'ai des raisons de croire lié à une enquête en cours.

Elle croisa les doigts pour la dernière partie, comme quand elle était petite : en réalité, elle avait à peu près peau de balle et balai de crin pour relier les morts de Kieran Byrne et de Kath Raven.

— J'ai également l'intention de lui dire que j'interviens au nom de la DPS.

Si Hobbs la soupçonnait d'enquêter pour son propre compte, il risquait d'aller piquer une crise au supérieur de Flyte, alors que s'il pensait que la Direction des normes professionnelles se penchait sur sa conduite passée, la seule personne qu'il oserait contacter serait son avocat. Surtout s'il avait quelque chose à cacher.

Cette fois, le rire de Capaldi contenait une pointe d'admiration, presque comme si le subterfuge lui plaisait. Elle eut envie de lui dire : *T'es pas encore tiré d'affaire, mon bonhomme.*

— Très bien, lieutenante Flyte. Vous pouvez l'interroger sous mon égide. Si Hobbs ou son représentant m'appellent, je saurai leur répondre. Ne l'énervez pas trop quand même, d'accord ?

Elle patientait maintenant dans sa voiture sur le parking visiteurs de l'association où Hobbs travaillait, une vieille photo de lui tirée de la *Camden Gazette* sur son téléphone, un œil rivé sur l'entrée. Elle avait estimé que la meilleure tactique était de lui tomber dessus à l'improviste à la sortie du bureau. Au bout d'une petite heure, à 17 h 05, sa patience fut récompensée. Pas d'horaires à rallonge pour Gerry Hobbs.

Elle le suivit jusqu'à son véhicule, une BMW rutilante d'immatriculation récente. Il était déjà installé au volant quand elle le rejoignit, mais elle lui fit signe et il baissa la vitre.

— Gerald Hobbs ?

— Qui le demande ?

Lorsqu'elle prononça les mots magiques « Direction des normes professionnelles », il écarquilla les yeux - mais se reprit bien vite.

— Si vous voulez m'interroger, j'exige d'être accompagné par un représentant syndical.

— Écoutez, Gerry, on peut faire ça avec une batterie d'avocats, une audition officielle, tout le tralala... Mais tout ce que je veux, c'est une conversation informelle, entre vous et moi.

Une fois assise sur le siège passager, elle jeta un coup d'œil appréciateur aux garnitures en cuir souple et au tableau de bord qui n'aurait pas détonné dans la cabine de pilotage d'un avion de ligne.

— Belle auto, Gerry. C'est un des bons côtés de ce boulot, pas vrai ? Une retraite confortable.

— Qu'est-ce que vous me voulez ?

Si près de lui, elle vit que sa peau rougeaude était devenue pâle - et moite de sueur.

— Juste un petit point à éclaircir. Nous avons reçu une plainte concernant une ancienne enquête pour homicide.

Techniquement, rien de plus vrai. Sortant une copie du rapport d'autopsie, elle lui tendit les deux pages concernées, où une ligne était surlignée.

— Voici mon problème, Gerry. Comme vous pouvez le constater, ici... le légiste référence un prélèvement intime sur la victime, Katherine Raven. En revanche, sur la liste de résultats renvoyée par le labo, là... celui du prélèvement ne figure nulle part. Vous voyez le problème ?

— Je sais rien du tout, lâcha-t-il. Ça remonte à loin, cette affaire.

Sauf qu'en même temps qu'il prononçait ces mots, une goutte de sueur se détacha et roula sur son front. Une vision qui réjouit le cœur froid de Flyte.

— Écoutez, Gerry, vous étiez l'officier en charge de l'enquête et responsable des pièces à conviction. Vous portez le chapeau. Et je n'ai pas besoin de vous dire que c'est très grave.

Elle marqua un silence pour le laisser réfléchir. Puis :

— Je vous tends une perche, là. Dites-moi la vérité avant que ça tourne vraiment mal. Qu'est-ce qui est arrivé à ce prélèvement ?

42

De retour chez elle après son rendez-vous avec Flyte, Cassie mit longtemps avant de se résoudre à ouvrir le sac contenant le bric-à-brac de Kieran. Finalement, elle se força à tout vider sur la table de sa cuisine. En voyant les fanzines, qui lui rappelèrent tout ce que Kieran avait fait pour elle, elle eut l'impression qu'une main s'était glissée dans sa cage thoracique pour lui serrer le cœur.

Elle prit l'album de Poitín, dont le nom s'étalait en caractères celtiques au-dessus de la photo du groupe au bord du canal. Elle frémit en se rendant compte que l'endroit où Kieran avait été repêché se trouvait à peine quelques mètres derrière eux. Barney regardait hors-champ, cigarette au bec, poseur à mort ; Maria paraissait toute menue et énigmatique dans sa longue robe noire à décolleté plongeant et son ras-du-cou noir hérissé de pointes qui soulignait son cou blanc délicat. Callum était le seul à avoir une tête un minimum souriante.

Elle feuilleta sans enthousiasme la demi-douzaine de numéros du fanzine *Camden Sounds* ; Kieran l'aurait sûrement prévenue s'il y avait déniché quoi que ce soit d'intéressant. La une de septembre était consacrée au contrat d'enregistrement de Poitín, quoique sur un ton nettement plus sarcastique que l'article du *NME*. On pouvait y lire : *La horde de fondus des fans de Poitín s'insurge du virage commercial du groupe culte. Jusqu'où s'abaisseront-ils ? Top of the Pops ?*

La mention suivante du trio faillit bien lui échapper. Elle était parue en octobre sous la forme d'un article de deux paragraphes relégué en dernière page à la rubrique « Dernière minute » et manifestement ajouté à la hâte juste avant la sortie du fanzine.

Intitulé *DE LA SCÈNE À LA FERME ?* le papier disait : *Le bruit court que le guitariste de Poitín, Callum Raven, pourrait troquer sa Fender Jazzmaster contre une bêche et embarquer sa petite famille en Irlande afin de s'essayer à la vie de fermier. Si la nouvelle venait à se confirmer, ce départ torpillerait le tournant mainstream du groupe imaginé par son manager, Barney Cotter.*

Callum et Kath allaient devenir fermiers ? Est-ce que le contrat d'enregistrement avait pris du plomb dans l'aile juste avant le meurtre ? Est-ce que Callum s'était dégonflé ? Ou que Kath avait posé son veto à la dernière minute, paniquée à l'idée qu'il passe son temps en tournée ? Cassie se souvint qu'à la gargote, Kieran avait avancé exactement ce scénario comme mobile du meurtre.

Elle téléphona à Callum. En l'entendant tout heureux qu'elle l'appelle, elle eut une bouffée de pitié – et de culpabilité. C'était injuste qu'elle soit la seule à savoir ce que Capaldi lui avait révélé. Pourtant, elle ne pouvait pas le lui dire, ne pouvait même pas réfléchir à la question de la paternité en ce moment.

— Juste une petite question. Est-ce que maman s'opposait au contrat d'enregistrement que Barney avait arrangé ?

Une quinte de toux résonna sur la ligne, puis il répondit :

— Eh ben, elle était pas vraiment emballée. Ça aurait impliqué pas mal de déplacements, et elle avait aucune envie de rester à la maison sans moi.

Cassie se creusa les méninges. Qu'avait dit Maria, déjà ? Qu'ils avaient sabré le champagne tous les quatre pour fêter ça ?

— J'avais cru comprendre qu'elle s'était faite à l'idée, finalement. Elle aurait pu te suivre en tournée en m'emmenant avec elle ?

— Tu venais juste d'entrer en maternelle, on s'était dit qu'on pouvait pas te retirer de l'école pendant des semaines entières.

— Alors… vous en avez parlé ce soir-là, au pub ?

— Pas spécialement. Mais après notre dispute, j'ai compris un truc. J'avais pas le droit d'en vouloir à Kath si effectivement elle voyait un autre mec, vu que je passais presque toutes mes soirées en concert. Et là, tout est devenu clair. La solution, le moyen de la rendre à nouveau heureuse, était simple : on devait déménager tous les trois.

Elle perçut l'écho de son excitation d'antan tandis qu'il revivait l'idée.

— Mon oncle possédait un bout de terrain en friche en Irlande, avec une vieille grange dessus. Kath avait toujours rêvé qu'on aille s'installer dans une petite ferme – tu vois, élever quelques poules, cultiver des fruits et légumes, des herbes aromatiques. On pouvait recommencer à zéro.

— Pourquoi t'en as pas parlé avant ?

— Après la mort de ta maman, tout ça, le groupe, le contrat… ça n'avait plus d'importance. J'ai même pas eu l'occasion de lui dire.

La tête de Cassie lui tournait. Comment l'illumination de Callum s'était-elle retrouvée imprimée dans un fanzine ?

— T'as confié ce projet à quelqu'un ?

— Euh… Oui, j'ai bu une bière dans un autre pub en allant chez Barney. J'ai croisé Pete, je lui en ai touché deux mots.

Fanzine Pete. Qui n'avait donc pas perdu une seconde pour glisser ce miniscoop dans son numéro à paraître.

— Ça aurait voulu dire pas de contrat d'enregistrement… et la fin du groupe ?

— Oui, soupira Callum. Évidemment, je me sentais mal de planter Barney alors qu'il s'était démené comme un fou pour nous faire entrer dans la cour des grands. Sans compter tout le fric qu'il avait déboursé.

— Alors c'est pour ça que t'es allé chez lui : pour lui annoncer la nouvelle.

Cassie avait toutes les peines du monde à garder une voix égale.

— Comment il a réagi ?

Il eut un soufflement sarcastique.

— Ça a été à qui gueulerait le plus fort, on a même failli en venir aux mains, à un moment. Mais, une fois calmé, il a été hyper compréhensif. Il m'a demandé de prendre une journée pour y réfléchir et m'a promis qu'il accepterait ma décision, quelle qu'elle soit.

— Et donc, t'es rentré à la maison avec l'intention d'en parler à maman.

— Oui, j'étais sûr qu'elle sauterait de joie. Sauf que quand je suis arrivé, elle était pas là.

Un silence.

— J'ai cru qu'elle m'en voulait encore et qu'elle était allée dormir chez ta mamie. Je me suis affalé sur le canapé et je me suis réveillé dans un appartement vide.

Il se tut.

— T'étais pas dégoûté de renoncer au groupe ? L'argent, la gloire, tout ça ?

Un rire amer.

— J'ai qu'un seul regret, Chaton. Que Kath ait jamais su que j'étais prêt à tout plaquer pour arranger les choses entre nous. Et je donnerais n'importe quoi aujourd'hui pour qu'elle revienne.

Un temps d'arrêt.

— N'importe quoi, sauf ma fille.

Cassie dut se mordre la lèvre pour réprimer le tumulte qui l'agitait. Comment réagirait-il à la révocation de sa paternité ? Elle promit de le rappeler bientôt et raccrocha.

Le projet de Callum de quitter le groupe, faisant du même coup capoter le contrat d'enregistrement, avait-il été le catalyseur du meurtre de Kath ? Auquel cas, qui aurait eu le mobile le plus puissant pour vouloir l'éliminer ?

Une expression latine lui revint à l'esprit.

Cui bono ?

À qui cela profite-t-il ?

Une réponse coulait de source.

FLYTE

Flyte avait presque de la peine pour Hobbs. Une fois l'ancien flic lancé, elle dut lui demander de ralentir pour bien comprendre tout ce qu'il disait.

— Je me suis repassé tout ça des milliers de fois. Je revois Dick Westmacott, le légiste, effectuant les prélèvements - écouvillons, prises de sang, etc. Je revois les flacons alignés sur la paillasse pour que je les référence.

Il esquissa une ligne le long du tableau de bord.

— Je me revois même inscrire le nom et la date de naissance sur les étiquettes, en prenant soin d'écrire Katherine avec un K.

— Et les prélèvements intimes ?

— Aucun souvenir.

Son visage se tordit d'angoisse.

— Mais c'est aussi vous qui étiquetiez les écouvillons, pas le technicien ?

— C'était la procédure : l'étiquetage, la paperasse, même le transport des échantillons au labo de la police, à l'époque, c'est à nous que ça incombait.

Il ouvrit les mains en signe d'impuissance.

— Vous voulez dire que vous auriez pu oublier d'étiqueter ces tubes en particulier ? Et s'ils ont atterri non identifiés parmi des dizaines d'autres dans le frigo du labo, ils n'auraient tout simplement pas été analysés avec les autres ?

Il hocha la tête, l'air accablé. Flyte ne détectait pas une once de duplicité dans son attitude. Elle-même ne pouvait pas imaginer commettre une erreur aussi monumentale, mais elle s'était aperçue que bien des policiers ne possédaient pas sa rigueur. Ou, comme son chef avait eu la goujaterie de le dire, son « côté obsessionnel ».

— Le truc, c'est que j'étais complètement dans le jus, à ce moment-là, fit-il d'une voix plaintive. Je me souviens, un collègue était tombé malade et j'ai dû retourner au poste en quatrième vitesse pour prendre une déposition.

Il serrait et desserrait les poings.

— Je sais que c'est pas une excuse. Quand j'ai reçu les résultats sans ceux des prélèvements vaginaux, j'ai tout de suite appelé le labo, et ils m'ont dit qu'ils avaient aucune trace de les avoir eus.

Flyte laissa passer un silence. Puis :

— Donc, à supposer que ce que vous venez de me dire est vrai, à ce stade vous étiez coupable d'une grave négligence, c'est certain, mais d'aucun délit. Vous auriez pu assumer les conséquences. Sauf que vous avez préféré tout mettre sous le tapis.

— J'ai essayé ! explosa-t-il en se penchant vers elle. J'ai tout de suite filé voir mon commandant, Spud Neville. J'étais prêt à endosser mes responsabilités, à accepter n'importe quelle punition pour avoir porté atteinte à la chaîne de conservation. Je m'attendais à être dessaisi de l'affaire.

— Il a refusé de vous perdre.

Il acquiesça.

— Il a dit que vouloir me dénoncer était une « noble impulsion ». Que la pauvre Kath était déjà enterrée, on ne pouvait plus refaire les prélèvements. Et que mettre fin à ce qu'il appelait « une carrière prometteuse » n'avancerait à rien. Il a dit qu'il allait régler ça.

— Comment ?

— Il a juste dit : « Laisse-moi faire. »

Hobbs ferma un œil à demi et posa un doigt sur une aile de son nez, imitant manifestement Neville. Puis il haussa les épaules.

— Spud était copain avec Dick Westmacott, ils jouaient au golf ensemble. Et ça n'a pas raté, dans le rapport d'autopsie, Westmacott n'a pas signalé le résultat manquant.

Flyte s'efforça de dissimuler sa désapprobation. Chaque fois qu'elle entendait un collègue se plaindre du poids toujours plus lourd des règles à suivre, elle repensait aux gens comme Neville, ces reliques du « bon vieux temps » de la police, qui avaient tellement abîmé la confiance du public dans les forces de l'ordre.

— J'avais que trente ans et je venais juste de passer lieutenant, poursuivit Hobbs. De toute façon, le prélèvement était sans objet, Westmacott l'effectuait par principe même quand il n'y avait aucune trace d'agression sexuelle, comme pour Kath. Et la corruption au sein de la police londonienne défrayait la chronique, à l'époque. Si c'était sorti pendant le procès, le jury aurait pu croire à une dissimulation.

— D'autant plus que le dossier était déjà faiblard, confirma Flyte.

Hobbs s'insurgea.

— Comment ça, « faiblard » ? Callum Raven était une fripouille, je vous dis. Il avait fricoté avec l'IRA quelques années plus tôt. Il battait sa femme, et il a déclaré au tribunal qu'il croyait qu'elle avait une liaison. En plus, on avait un témoin oculaire solide qui l'avait vu s'enfuir du passage souterrain à l'heure du crime.

— Témoin qui reconnaissait lui-même ne l'avoir que brièvement aperçu. Et les directives Turnbull nous invitent à nous méfier de la fiabilité des souvenirs des témoins oculaires.

Il haussa les épaules d'un air buté.

Flyte le regarda dans les yeux.

— Qu'est-ce qui vous a convaincu, personnellement, que Raven était coupable ?

— Je vais vous le dire, répondit-il avec empressement. C'est Barney Cotter, le meilleur ami de Callum. Celui qui lui a fourni son prétendu alibi. Spud et moi, on est allés l'interroger, et en sortant on a tous les deux eu la même réflexion. Il cachait quelque chose. C'était gros comme une maison qu'il couvrait son pote.

43

La nuit commençait à tomber quand Cassie arriva chez les Cotter. Elle était là pour chercher à établir des faits, pas pour accuser Barney frontalement – ça aurait été débile, voire suicidaire, vu ce qui était arrivé à Kieran deux jours plus tôt.

N'empêche, elle fut soulagée que ce soit Maria, et non Barney, qui lui ouvre – très classe, cette fois, dans la même tenue que sur la scène du Dublin Castle : robe ample, bottes, ras-du-cou noir, celui-ci orné de strass.

— Entre, entre ! lança-t-elle. Excuse la tenue de gala, on sort ce soir.

La table de la cuisine était jonchée de flyers de concerts et de vieilles coupures de journaux, parmi lesquelles Cassie aperçut le visage de Barney et les caractères celtiques de Poitín. Elle entendit un texto arriver sur son téléphone. L'écran affichait : *Lte Phyllida Flyte*. Elle remit l'appareil dans la poche de son blouson.

— Désolée pour le bazar, dit Maria en rassemblant les papiers en tas. Barney fête ses cinquante ans ce week-end, j'ai eu l'idée de lui faire un album avec nos vieux concerts, ses interviews publiées, etc., mais quel boulot !

— Il est pas là ?

— Il est en studio, mais il va rentrer tout à l'heure, si c'est à lui que tu voulais parler ?

— Non, c'est bon.

Soulagée de pouvoir s'exprimer librement, mais aussi nerveuse tout à coup de ce qu'elle avait à demander, Cassie se tut, son regard dérivant vers un tableau noir accroché au mur. On y avait inscrit une liste de courses à la craie : *œufs, produit lave-vaisselle, roquette.* En dessous, d'une autre écriture, un message griffonné : *M – Passe un coup de fil à ta mater !* Manifestement laissé par Barney.

Elle décida de se jeter à l'eau :

— Il y a un truc que vous savez peut-être. Est-ce que Barney vous a dit que Callum pensait renoncer au contrat le soir où ma mère est morte ? Il projetait de nous emmener en Irlande pour monter une petite ferme.

Maria fronça les sourcils.

— En Irlande ? Première nouvelle. T'es sûre ?

— C'est Callum qui me l'a dit.

— T'as parlé à Callum ? Comment il va ?

Les traits de Maria s'adoucirent.

— Il va bien.

À nouveau, Cassie fut attirée par le tableau noir. Quelque chose dans le message de Barney la troublait, mais quoi ?

Et puis, ça fit tilt : *l'écriture.* La petite fioriture supplémentaire sur la boucle du P. Elle l'avait déjà vue. Dans les *Pour Cassandra* non signés qui accompagnaient les mandats envoyés pour son anniversaire, chaque année depuis le meurtre de sa mère.

— Après la mort de Kath, l'avenir du groupe était le cadet des soucis de Barney, disait Maria. De nous tous, d'ailleurs. Et quand Callum a été inculpé, il n'y a plus eu de groupe.

Cassie s'arracha au tableau.

— C'est sûr. Mais il aurait quand même été déçu, non ? Que le contrat tombe à l'eau ?

— Il aurait été dégoûté, c'est clair. Il avait pas fini de rembourser l'emprunt qu'il avait contracté pour produire l'album.

Maria plissa les yeux.

— Pourquoi tu demandes ça ?

Cassie leva les mains en signe d'apaisement.

— J'essaie juste de rassembler les morceaux.

Maria contempla longuement par la fenêtre le bureau non

éclairé de Barney. Lorsqu'elle se retourna vers Cassie, ses prunelles étaient troubles, comme si une inquiétude ou un souvenir longtemps enfoui venait de remonter à la surface.

Cassie avait ses propres inquiétudes qui hurlaient pour se faire entendre. Ainsi donc, les mandats d'anniversaire venaient de Barney. Ça ne pouvait signifier qu'une chose : c'était l'argent de la culpabilité, envoyé pour expier le péché de meurtre.

Maria jeta un coup d'œil à l'horloge.

— Écoute, Barney va bientôt rentrer, il faut que j'aille acheter des fish and chips pour dîner.

Elle alla chercher son manteau.

— Si ça t'ennuie pas de m'accompagner, on discutera en chemin. Tu peux rester dîner avec nous, si tu veux.

Une fois dehors, Maria sembla se détendre, papota de l'évolution du quartier, leva les yeux au ciel à la profusion de persiennes aux fenêtres des maisons voisines.

— Ça grouille de banquiers d'affaires, aujourd'hui.

Est-ce qu'elle avait eu peur que Barney débarque pendant qu'elles discutaient ? Est-ce qu'elle voulait confier à Cassie une information incriminante sans risquer qu'il les surprenne ? Et Kieran ? Barney l'avait tué aussi ?

— Vous vous rappelez le copain avec qui j'étais, quand je suis venue vous voir en concert au Dublin Castle ? demanda Cassie, l'air de rien. Kieran ?

— Vaguement, oui. Sympa, mais maigre comme un clou.

— Est-ce que vous ou Barney l'avez revu, depuis ?

— Revu ? Comment… À un autre concert, tu veux dire ?

À toute vitesse, Cassie improvisa :

— Kieran est dingue de musique, il voulait faire un podcast sur la scène musicale de Camden dans les années 1990. Je crois qu'il espérait interviewer Barney.

— Alors ça, il aurait adoré. Dès qu'il s'agit de parler des groupes du quartier, il démarre au quart de tour !

Maria gloussa.

— Demande-lui quand on rentrera. Raccourci par là.

Elle enjamba un muret de brique pour couper par une friche

industrielle. S'engageant dans un passage obscur et exigu à l'arrière d'un des bâtiments, elles durent marcher l'une derrière l'autre, ce qui rendait la conversation difficile. Cassie sortit son téléphone pour éclairer le chemin, découvrit cinq appels en absence de Flyte et en profita pour lire son texto.

J'ai essayé de vous joindre. Rappelez-moi. C'est urgent !!!

Sauf que Cassie était occupée à tenter de reconstituer le soir du meurtre de sa mère. Barney avait prétendu être avec Callum à l'heure du crime : c'était vraisemblablement un mensonge, destiné à protéger non pas son ami, mais lui-même.

— Le soir où maman est morte, quand Callum est passé voir Barney, vous étiez déjà au lit, c'est ça ?

— Mm-mm, répondit Maria par-dessus son épaule. Pourquoi ?

— Et ensuite, Barney est venu se coucher tout de suite après le départ de Callum ? Ou bien il est sorti ?

— Aucune idée. Je dormais à poings fermés. Comme je l'ai dit aux flics.

Les lampes au-dessus d'elles jetaient une lumière crue sur ses boucles noires, dont Cassie s'aperçut qu'elles étaient teintes.

Elle réfléchissait à sa précédente visite chez les Cotter, quand elle était montée aux toilettes. La maison était si petite, ses murs si fins qu'elle avait entendu chaque mot de « Back to Black » qui passait à la radio au rez-de-chaussée. Si Barney et Callum s'étaient engueulés au salon parce que Callum voulait quitter le groupe, comment Maria avait-elle pu dormir pendant toute la dispute ?

L'extrémité du passage était en partie bouchée par un amas de déchets de construction – et à en juger par la rouille qui rongeait la ferraille, le tas ne datait pas d'hier. Cassie fronça les sourcils. Ça n'avait plus du tout l'air d'être un raccourci, là.

Maria s'arrêta sous l'éclat orange d'une lampe de sécurité et se tourna vers elle, le haut du visage dans l'ombre, son rouge à lèvres rendu violet par la lumière.

— Je crois te l'avoir déjà dit, j'avais un cours de yoga le lendemain.

Sa poitrine montait et descendait, à un rythme trop rapide

après si peu d'exercice, et son ras-du-cou en cuir se détachait, horriblement noir, sur le blanc de sa gorge. Cassie n'arrivait pas à en détacher les yeux.

Elle revoyait les photos de sa mère dans l'album, ses délicats colliers de perles et de coquillages… et les clichés du rapport d'autopsie présentant les bijoux qu'elle portait ce soir-là. De fines boucles d'oreilles en coquillages. Et un ras-du-cou en cuir entortillé façon barbelés, cassé en deux points, que la police avait dû retrouver près du corps.

Pas mon style.

Les mots de sa mère, fantasmés ou non, qu'elle avait entendus à la morgue en regardant les images.

Putain ! Le collier en cuir n'était pas du tout raccord avec le look hippie romantique de sa mère.

Ses jambes se mirent soudain à flageoler et elle dut appuyer sa main au mur de brique pour rester debout. Elle sentit l'éraflure de la surface granuleuse dans sa paume, mais n'éprouva aucune douleur.

Ce doit être l'effet anesthésiant de l'adrénaline, nota son cerveau, *qui prépare le corps au danger.*

Parce qu'elle venait de se rappeler où elle avait déjà vu ce collier si particulier en forme de fil de fer barbelé.

Sur la pochette de l'album de Poitín, autour du long cou blanc de Maria.

Les flics l'avaient attribué à sa mère alors qu'en fait il appartenait à sa meurtrière. Kath avait dû le lui arracher en se débattant.

C'est pas Barney qui l'a tuée…

— Je…

— T'es une fouteuse de merde, hein ? Comme ta mère.

Ses inflexions mélodieuses devenues tranchantes, Maria se rapprocha, accula Cassie contre le mur.

— Atomiser le groupe juste au moment où on était sur le point de réussir… Et pour quoi ? Pour aller vivre dans une étable dans le trou du cul du monde !

Le mépris lui plissait les yeux.

— Ça a dû être dur, de vous retrouver en passe de perdre tout ce pour quoi vous aviez travaillé, fit Cassie en conservant un ton bas et calme, sans lâcher le contact visuel, comme chaque fois qu'elle était confrontée à des proches furieux et à cran. Mais vous savez bien que la ferme était une idée de Callum.

Maria ne l'écoutait pas.

— Miss Je-me-prends-pas-pour-de-la-merde !, cracha-t-elle. Et dire que j'ai dû me fader toutes ces conneries au procès sur la *pauvre petite épouse*. C'était Callum, la victime, pas elle. Il était heureux avant cette pétasse ! Ses sautes d'humeur, ses simagrées de pocharde... Putain, il devait baby-sitter sa femme en plus de sa gosse !

Cassie n'en revenait pas de la dose de vitriol dans sa voix. *Ce n'était pas une question d'argent ou de célébrité.* Elle se souvint que Maria et Callum étaient sortis ensemble avant qu'il rencontre Kath.

— C'est lui qui vous a plaquée, hein ? Et pas l'inverse. Vous l'aimiez toujours.

— Si on avait signé avec le label, passé du temps en tournée, on se serait remis ensemble, c'est clair.

Elle exhalait une certitude absolue.

— Qu'est-ce qui vous fait croire que c'est ce qu'il voulait ? Il avait une femme et une fille qu'il aurait jamais quittées !

Maria la regarda avec pitié.

— Tu crois ça ? Juste avant que tout parte en couille, il m'a embrassée, après un concert.

Elle s'adoucit.

— C'est là que j'ai su qu'on était destinés l'un à l'autre. Nos quelques années de séparation ne comptaient pas. Femme et enfant comprises.

— Ah ouais ? Un baiser. Et c'est tout ?

Cassie sentait la colère monter.

Maria prit un air buté.

— Ton père était une belle personne, bien sûr qu'il était déchiré par la culpabilité. Mais c'était qu'une question de temps. Du temps qu'on aurait eu ensemble en tournée.

— Non mais, n'importe quoi ! s'emporta Cassie, incapable de contenir plus longtemps la rage qu'elle ressentait au nom de sa mère. T'as pris tes rêves pour des réalités ! Callum aurait jamais quitté Kath. Tu sais ce qu'il m'a dit ? Que c'était la seule femme qu'il ait *jamais aimée* !

Elle allait tourner les talons, se tirer de là, quand son champ de vision éclata en fragments de lumière orangée. Un instant, elle crut qu'une des lampes de sécurité avait explosé, et puis elle sentit de l'humidité à l'arrière de son crâne. Maria l'avait poussée de toutes ses forces contre le mur. Elle n'eut pas le temps de réagir que la chanteuse lui attrapait les cheveux et lui cognait la tête sur les briques. L'impact fut à vomir.

C'est pas juste ! eut-elle envie de dire. *J'étais pas prête !* Comme la fois en primaire où un des grands l'avait défiée à la course et s'était élancé sans prévenir.

Les traits de Maria se brouillèrent puis s'obscurcirent. Une séquence d'un réalisme bouleversant défila derrière les paupières de Cassie. *Maria, au lit, entend chaque mot de la dispute de Barney et Callum en bas. Se faufile jusqu'au pub pour intercepter Kath. Lui offre sa solidarité féminine. Dans le passage souterrain de Prowse Place, elle recule de quelques pas...* Elle avait dû ramasser la demi-brique en chemin. Et *vlan !* Sans sommation.

Revenant à elle, la jeune femme s'arc-bouta pour repousser Maria, mais elle réussit à peine à l'écarter. *Probable commotion cérébrale*, nota froidement son cerveau.

Ça m'aide pas, ça.

— Pourquoi déterrer le passé ? Pourquoi tout salir ? siffla Maria à son oreille, en la tenant d'une main par les cheveux. T'es bien comme elle. Toujours à vouloir accaparer l'attention.

— Tu...

La jeune femme ne put finir sa phrase.

— Ouais. J'ai pas honte de dire que je lui ai défoncé la tronche, à cette petite bêcheuse.

La main qui lui plaquait l'épaule au mur s'envola, le visage de Maria disparut. Cassie cligna des yeux pour éclaircir sa vision embrumée. La chanteuse avait ramassé une barre de fer rouillée.

Dans un flash, Cassie vit la figure broyée de sa mère. Puis une autre. Celle de sa grand-mère.

Les petits yeux de Babcia étaient brillants et féroces. *Walcz !* disait-elle. Bats-toi !

Imaginer la vieille dame perdant sa petite-fille en plus de sa fille lui fit l'effet d'une nouvelle dose d'adrénaline. Comme Maria levait la barre de fer, Cassie tenta le tout pour le tout. Elle lança une main sur son ras-du-cou. Tourna. Le cuir était large et solide. Ce collier-là ne casserait pas.

Clang ! Le fer heurta le mur derrière elle, sa trajectoire déviée.

Une image très nette apparut à Cassie : le sinus carotidien – le point où l'artère carotide se ramifie en deux. Elle renforça sa prise sur le collier et appliqua la pression maximale à cet endroit sur le côté du cou, juste sous la mâchoire. Le souffle de Maria bégaya, elle referma les doigts sur la main de Cassie. La jeune femme sentait la puissante odeur de limaille de son propre sang. Elle se représenta le signal du sinus carotidien remontant jusqu'au cerveau avant de redescendre au nerf vague, lui commandant de faire baisser la pression sanguine.

Deux minutes, se dit-elle. *C'est tout ce qu'il aura fallu à Bradley Appleton pour perdre conscience.*

Ce fut moins long que ça. Une seconde, Maria se débattait pour tenter de mettre un terme à son étranglement insupportable, la suivante, elle était affalée par terre, un pied botté pointant de sous elle. Totalement inerte.

FLYTE

Flyte fonça à l'hôpital en roulant comme une ado dans une voiture volée. Elle ne pouvait s'empêcher de se gourmander pour ce qui s'était passé. Au moins, Cassie était dans un état stable, lui avait indiqué Josh par la radio. *Dieu merci.* Si seulement elle s'était montrée plus explicite dans son message !

Malgré sa bévue sur le prélèvement de Kath Raven, Gerry Hobbs lui avait fait l'effet d'un flic honnête et consciencieux, et sa conviction absolue que Barney Cotter cachait quelque chose avait donné du grain à moudre à la lieutenante. Cassie était sûre que Callum disait la vérité et qu'il se trouvait bien chez Barney au moment du meurtre. Si elle avait raison, pourquoi Barney s'était-il montré aussi fuyant ?

Elle n'avait encore que de vagues hypothèses, en fait, jusqu'à ce que Josh l'appelle alors qu'elle rentrait de son entretien avec Hobbs.

Il venait d'interroger un des camarades de chambrée de Kieran, qui lui avait appris que le jeune homme était allé à un concert de blues le soir de sa mort. Josh avait consulté le programme sur le site web de la salle. La troisième interprète annoncée était Maria Maguire.

Flyte n'avait aucune preuve que Kieran s'était rendu au concert dans le but de parler à elle ou à Barney – pour ça, il faudrait des témoins ou des images de vidéosurveillance –, mais au minimum, ça mettait les deux anciens Poitín sur la liste des suspects de son meurtre.

Pourquoi, dans son texto, avait-elle seulement demandé à Cassie de la rappeler ? Pourquoi n'avait-elle pas précisé : *Ne vous approchez pas des Cotter* ? Par un principe à la noix de ne pas diffamer sans preuve.

Arrêtée par un bouchon à deux pas du parking de l'hôpital, elle donna un violent coup de poing sur le volant et se fit mal aux doigts.

Elle décida de laisser son véhicule sur un emplacement à stationnement restreint et se rua aux urgences, où elle montra sa carte à l'accueil. On la conduisit dans une antichambre où un jeune médecin vint lui donner des nouvelles.

— Cassie est réveillée et consciente. Le scanner n'a montré aucun signe de lésion cérébrale.

Ouf !

— Mais comme je l'ai dit à votre agent, elle a deux vilaines contusions et une possible commotion cérébrale, donc vous ne pouvez pas encore lui parler. Je la garde en observation jusqu'à demain.

— Alors là, bonne chance.

Il eut l'air surpris.

— Vous allez en baver des ronds de chapeau pour la persuader de rester, expliqua-t-elle. Et Maria Maguire ?

Quand Josh avait appelé l'hôpital, tout ce qu'on avait bien voulu lui dire, c'est qu'elle était toujours en réa.

— Elle va bien, pour quelqu'un dont le cœur s'est arrêté pendant au moins sept minutes. Elle a eu une chance incroyable que Cassie n'ait pas perdu connaissance et ait pu pratiquer un massage cardiaque jusqu'à l'arrivée des secours.

L'agression de Cassie plaçait incontestablement Maria Maguire parmi les suspects du meurtre de Katherine Raven, une affaire censément résolue en 1997. Flyte revit les images de l'autopsie, comment le visage de Kath avait été… effacé. Un tel niveau de haine aurait pu être motivé par une jalousie sexuelle. Triangle amoureux entre Callum, Kath et Maria ? Barney Cotter savait-il ce que sa femme avait fait ?

— OK. Installez Maguire dans une chambre séparée. Un agent en uniforme est en route pour monter la garde.

Un instant, le médecin eut l'air de vouloir protester, mais il se ravisa en voyant l'expression de Flyte.

Sage décision.

Elle lui demanda de la contacter quand ses deux patientes seraient en état d'être interrogées. D'ici là, sa priorité absolue était d'avoir une petite conversation au coin du feu avec Barney Cotter.

Le chef de Flyte, le capitaine Bellwether, avait donné son accord pour sa stratégie tout en douceur, un « entretien » informel au domicile de Barney Cotter le lendemain matin. Si elle le traînait au poste, il risquait de se fermer comme une huître et d'exiger un avocat ; une discussion chez soi a un caractère moins officiel, il aurait plus de chances de baisser sa garde. Et tant qu'il était informé de ses droits, l'audition restait recevable au tribunal, peu importe où elle s'était déroulée.

Ils s'installèrent à la table de la cuisine, Flyte et Josh d'un côté, Barney de l'autre. Cotter était pâle, les yeux cernés de rouge par manque de sommeil, mais en dehors de ça il paraissait calme.

Elle lui lut ses droits avec ce que Josh appelait son ton « conditions générales de vente », contrebalancé par un sourire désolé laissant entendre que ce n'était qu'un point de bureaucratie fastidieux mais nécessaire.

Elle prit une expression compatissante.

— Comment va Maria ?

— Elle est hors de danger, m'ont-ils dit. Dieu merci.

— Alors, dites-moi, quand avez-vous compris qu'elle était mêlée au meurtre de Katherine Raven ?

Il la considéra un long moment, avec une expression ambiguë. Quand il répondit, une émotion sincère soulignait encore son accent londonien.

— Vous savez ce que c'est, de devoir choisir entre deux personnes qu'on aime ?

— Racontez-moi.

C'était une histoire triste. Barney était « raide dingue » de Maria depuis les tout débuts du groupe, mais même après s'être installés ensemble il avait toujours été douloureusement conscient qu'elle n'avait pas dépassé sa relation avec son meilleur ami. Dans le même temps, ça crevait les yeux que Kath était la femme de la vie de Callum.

— Je me suis accroché, je me disais que Maria finirait par tourner la page, qu'elle l'oublierait, qu'elle commencerait à apprécier ce que je pouvais lui offrir…

Son visage se déforma en une moue pleine de dégoût envers lui-même.

— Parfois, sur scène, quand il chantait et qu'elle attendait le moment de joindre sa voix à la sienne, je voyais comment elle le regardait. C'était un regard auquel j'avais jamais droit, moi.

— Et puis Callum a été accusé du meurtre de Kath. Pratique.

Il grimaça.

— Quand il a été envoyé en prison, j'ai demandé à Maria de m'épouser et elle a accepté.

Il arqua un sourcil.

— Comme un con, j'ai cru que s'il était plus là, ça pourrait marcher, juste tous les deux.

— Et ça a marché ?

— C'était vachement plus facile sans Callum dans les parages, c'est sûr…

— Mais ?

Il fixa le plafond.

— Quand j'avais seize ans, j'ai triché à mon certificat de maths. J'avais des antisèches sur le bras. Ça a fonctionné, je l'ai eu. Mais vous savez quoi ?

Sourire interrogateur.

— J'ai jamais pu le mettre sur mon CV.

Flyte ressentit un élan de camaraderie : elle aurait réagi exactement pareil pour une qualification décrochée par des moyens malhonnêtes.

— Le truc, c'est que Maria m'aurait sûrement jamais épousé si Callum était pas allé en taule, alors notre mariage m'a toujours paru un peu comme ce certificat de maths. Illégitime.

Flyte jeta un coup d'œil en biais à Josh, l'invitant à exercer ses compétences en interrogatoire.

— On peut revenir au soir où Kath a été tuée ? dit-il. Décrivez-nous exactement ce qui s'est passé.

— Callum a débarqué, comme je l'ai dit. Il m'a sorti qu'il quittait le groupe, qu'il emmenait Kath et Cassie en Irlande pour prendre un nouveau départ. On s'est disputés.

— Dispute bruyante ? demanda Josh.

— Oui, mais on s'était réconciliés avant qu'il s'en aille.

Il leva une main.

— Et avant que vous posiez la question, je suis toujours pas sûr à cent pour cent de l'heure à laquelle il est parti, c'est pour ça que ce salopard d'avocat a pu me coincer au procès.

— Pourquoi avoir prétendu savoir l'heure qu'il était alors que c'était faux ?

— Parce que je croyais pas une seconde que Callum ait pu faire du mal à Kath.

Josh consulta ses notes.

— D'après la déposition de Maria au moment des faits, elle s'était couchée tôt. Quand vous êtes allée la rejoindre, elle a dit vous avoir entendus vous disputer ?

Après un long moment, Barney répondit, la voix enrouée :

— Quand je suis monté, elle était pas là.

— Ça a dû vous inquiéter.

Il pencha la tête.

— J'ai pensé qu'elle était sortie acheter des clopes. Elle fumait, à l'époque. Je me suis assoupi et j'ai ouvert un œil vers 3 heures du matin. Je l'ai trouvée en bas, endormie sur le canapé.

— Et le matin, qu'est-ce qu'elle a dit ?

— Qu'elle avait eu du mal à trouver le sommeil et qu'elle était allée faire un tour et fumer. Je lui ai même pas parlé de l'engueulade parce que j'espérais que Callum changerait d'avis. Elle en a pas parlé non plus.

Flyte se pencha vers lui et le regarda dans les yeux.

— Vous n'avez pas cru à son histoire.

— J'avais aucune raison d'en douter. Pas à ce moment-là, en tout cas.

— Seulement après, vous avez appris que Kath avait été assassinée.

Il baissa la tête, acquiesça.

— Maria était toujours tout sucre, tout miel avec Kath, mais il lui arrivait de balancer des horreurs sur elle devant moi. Je détestais ça, tellement ça sautait aux yeux que c'était par jalousie pour Callum… Alors quand il m'avait annoncé qu'il quittait le groupe, qu'il quittait le pays avec Kath, une partie de moi s'était sentie soulagée. Mais je savais que Maria serait furax.

Il y eut un long silence, que Flyte laissa s'écouler.

Enfin, Barney poussa un soupir âpre et la regarda.

— Dans la journée, je l'ai vue sortir de la machine ses fringues de la veille, lavées et séchées. Le lendemain j'ai remarqué que son manteau avait disparu. Elle m'a raconté qu'elle l'avait oublié à un concert.

Barney se tut, mais Flyte sentait qu'il n'avait pas terminé. Il eut un petit haussement d'épaules de désespoir.

— Deux jours plus tard, j'ai remarqué qu'elle avait des bleus aux tibias, comme si elle s'était pris de méchants coups de pied. Là, elle m'a raconté qu'elle était tombée pendant sa balade nocturne.

— Vous ne l'avez pas crue.

— J'étais obligé de la croire ! J'étais amoureux d'elle ! répliqua-t-il, élevant la voix pour la première fois. Je l'aime toujours.

Flyte nota la distinction.

— Et quand Callum a été accusé du meurtre ?

Il eut l'air écœuré.

— Une délivrance. Ça m'a permis d'échafauder une… réalité parallèle dans laquelle Maria était innocente. Même si j'ai toujours su au fond de moi que Callum n'aurait jamais touché un seul cheveu de Kath.

— Vous avez posé la question à Maria ?

— Jamais. Mais c'est là, suspendu entre nous chaque jour depuis plus de vingt ans, comme… un nœud coulant.

— Qu'est-ce qui vous pousse à dire la vérité maintenant ?

Il se redressa.

— Ça a commencé quand j'ai vu Cassie. C'était comme contempler un fantôme. Presque comme si Kath était revenue pour me forcer à faire ce qu'il fallait. J'ai pas eu une bonne nuit de sommeil depuis, je passe mon temps à ressasser à quel point ça doit être horrible pour elle, d'abord perdre sa mère si jeune, ensuite apprendre que son père l'a assassinée. Surtout que je savais que c'était pas lui.

— Savez-vous ce qui s'est passé hier soir entre Cassie et Maria ?

Il la regarda.

— Ça coule de source, non ?

— Dites-moi.

Il ferma à demi les paupières.

— Maria a voulu tuer Cassie pour l'empêcher de découvrir la vérité.

Un petit frisson parcourut l'échine de Flyte. Bien sûr, ce qu'il venait de dire était une supposition et non une preuve, mais l'entendre la formuler à haute voix lui apprenait une chose : Barney Cotter témoignerait contre sa femme au tribunal.

— Vous pensez qu'elle, elle était capable de faire du mal à Kath ?

— Maria peut être féroce. Je l'ai vue se déchaîner qu'une ou deux fois, mais je vous assure que ça m'a foutu les jetons. Elle est sous traitement par intermittence depuis des années.

— Quel genre de traitement ?

Il haussa les épaules.

— Pour ses nerfs, à ce qu'elle m'a dit.

— Est-ce que vous avez rencontré un certain Kieran Byrne ? On pense qu'il a pu assister au concert de votre femme dimanche dernier.

— Inconnu au bataillon.

Il fronça les sourcils.

— Je suis rentré tard aussi, dimanche.

Décrétant que ça suffisait pour cette fois, Flyte le regarda.

— Merci pour votre honnêteté. Vous avez pris la bonne décision. Savez-vous que la dissimulation de renseignements aussi importants lors de votre première déposition est un délit passible de poursuites ?

Un sourire sardonique s'épanouit sur le visage émacié de Barney.

— Je me punis là-dedans – il se tapota la tempe – depuis plus de vingt ans. Tout ce qui compte maintenant, c'est que Callum soit innocenté et que Cassie retrouve son père.

44

L'agression de Maria avait laissé à Cassie un mal de crâne comme elle n'en avait jamais connu. Elle avait l'impression d'être coincée entre deux sumos qui lui écrasaient la tête entre des dalles de pavé. Pire, quand elle demanda des antalgiques, l'infirmière lui remit deux comprimés ronds tout blancs.

— C'est une blague ! Pour une fois que j'ai légalement droit aux opiacés, vous me refilez du paracétamol ?!

L'infirmière n'eut pas l'air de trouver ça drôle.

— Vous avez eu une commotion cérébrale. C'est…

— Je sais ce que c'est.

Cassie leva les yeux au ciel.

— Un dysfonctionnement transitoire de la structure nerveuse du cerveau consécutif à une chute ou à un coup sur le crâne.

Elle savait qu'elle se comportait comme une ado insolente et que la désinhibition est un effet secondaire de la commotion, mais elle n'en avait rien à cirer. En fait, être libérée des responsabilités d'adulte lui faisait un bien fou. Si seulement elle n'avait pas la cervelle comme une citrouille !

L'infirmière blablatait que les opiacés étaient mauvais en cas de commotion et patati, et patata…

Cassie se sentait déconnectée de la réalité, comme c'était le cas depuis l'instant où elle avait vu Kieran sur la table d'autopsie, mais avec une dose supplémentaire de bizarrerie due au choc physique. Elle se souvenait de l'attaque de Maria, sauf qu'elle la voyait comme une scène de film ou une mésaventure arrivée à quelqu'un d'autre.

Pendant l'heure qui suivit, elle essaya de dormir. Peine perdue. À 23 h 30, le service résonnait toujours d'un brouhaha permanent, et lorsqu'elle tentait de s'installer confortablement le moindre mouvement lui faisait l'effet d'un boulet de démolition rebondissant dans sa boîte crânienne. Elle prit une décision. Profitant d'un moment où l'infirmière se trouvait dans une réserve, elle récupéra discrètement ses affaires et se faufila hors du lit. Pendant qu'elle se changeait aux toilettes, elle examina son reflet pâle dans le miroir, s'attendant à moitié à ce que sa tête ait doublé de volume.

Elle ne savait pas trop comment elle était arrivée au métro Camden Town. Elle se retrouva à discuter avec un des dealers qu'elle connaissait. Maigre, avec de grands yeux de biche, il paraissait trop jeune pour sa dent en or.

— Ça fait un bail qu'on t'a pas vue, cousine.

Il lui fit un clin d'œil.

— On a flippé que t'aies rejoint les Krishna.

La tête de Kieran apparut derrière le mec, cheveux toujours mouillés par l'eau du canal. Elle esquissa un coucou de la main et lui dit :

— Je veux juste un peu de beuh pour mon mal de crâne.

— OK, couz, no problem.

Le dealer pouffa en lui glissant quelque chose dans la main.

À cet instant, un cri retentit :

— Les keufs !

Tumulte. La dernière chose qu'elle vit d'Yeux-de-Biche fut le clignotement des semelles rouges de ses baskets Louboutin s'éloignant au pas de course. Une seconde après, une flique la plaquait au mur de la station de métro.

— Montrez-moi ce que vous avez dans la main.

Tous les trente-six du mois, les condés se la jouaient tolérance zéro pour le trafic de rue et faisaient une descente. C'était bien sa veine qu'ils aient justement choisi ce soir.

Quand la poulette évoqua un avertissement, Cassie fit la grimace.

— Sérieux ? Pour trois miettes d'herbe ?

— Restez là.

La policière se détourna pour aider son collègue à passer les menottes à l'un des dealers.

Cassie en profita pour s'esbigner. Seulement les lampadaires et les vitrines se mirent à se brouiller et à scintiller à chacun de ses pas.

Trippant !

Elle entendit la flique crier :

— Revenez tout de suite !

Puis une sonnerie perçante envahit son crâne. *Une alarme de magasin ?*

S'apercevant que le trottoir s'était transformé en une mince feuille de verre, elle tendit les mains pour se raccrocher au lampadaire le plus proche, terrifiée à l'idée de la casser. De passer au travers.

Des visages déferlèrent devant ses yeux. Ceux des défunts dont elle s'était occupée au fil des ans. Le visage tuméfié de Mme Perlman, morte d'une hémorragie cérébrale… celui d'Oliver, neuf ans, parti en se baignant dans le canal, les narines ruisselantes d'écume… de Jordan, garçon de courses, le cou brisé… Des centaines de visages, certains apparaissant et disparaissant avant qu'elle ait pu les nommer.

Tant de morts. Une avalanche de mort.

Vinrent ensuite ceux, déchirants, qu'elle avait connus et aimés. Sa prof adorée, Mme E, noyée dans son bain… La joyeuse bouille de Kieran pétrifiée en marbre sévère.

Et puis ils s'évanouirent à leur tour et elle avait à nouveau quatre ans, emmitouflée dans une serviette sur les genoux de maman qui l'essuyait après son bain. Kath chante quelque chose. *Ta da-da-da-da…* Une berceuse polonaise ? Non, « Les roues de l'autobus ». Elle plonge dans les yeux de sa mère et y voit une promesse. *Je t'aimerai toujours.*

Sans crier gare, le lampadaire s'envola hors de sa portée et elle s'écrasa avec fracas sur le trottoir de verre.

45

Lorsque Cassie se réveilla pour de bon, la première chose qu'elle vit fut son vieux poster de Nine Inch Nails au mur. Ses souvenirs de la manière dont elle avait atterri dans son ancienne chambre chez sa grand-mère étaient confus. Elle n'en gardait que quelques bribes décousues. *Une lumière vive braquée dans ses yeux. Ambulancier ? Médecin ? La radio braillarde de la flique. Un goût de boisson sucrée.*

Elle avait à peine tendu la main pour prendre le verre sur sa table de chevet que dans les dix secondes la tête de sa grand-mère apparut dans l'embrasure de la porte. Cassie avait toujours pensé qu'avec une ouïe aussi fine, elle devait avoir de l'ADN de chauve-souris.

— *Tygrysek !* Comment tu te sens ?

— Pas vraiment comme un tigre. Mais ça va. Toujours mal au crâne. Depuis quand… ?

— Ils t'ont amenée ici mercredi dans la nuit. On est jeudi. Tu as dormi par intermittence pendant tout ce temps.

Babcia lui remit de l'eau dans son verre à l'aide d'une carafe.

— Les médecins disent que tu as un syndrome post-commotionnel. Il va te falloir au moins une semaine de repos total.

Cassie se redressa vivement sur les coudes, prête à rejeter l'idée, avant de voir l'expression de sa grand-mère. En plus, même ce léger mouvement avait déclenché une vibration de douleur dans son crâne.

— Les médecins n'ont pas voulu me dire ce qui t'est arrivé. Secret médical, il paraît. *Pfff !* Tu veux m'expliquer comment tu t'es fait une telle blessure ?

— Pas maintenant, Babcia. Mais je te raconterai, c'est promis.

Elle ne pouvait pas lui relater tout ce qui s'était passé, pas avant de savoir si Maria allait être inculpée et Callum blanchi du meurtre de Kath.

La vieille dame hocha la tête.

— *Dobrze*. Bon, je suppose que tu as envie d'un peu de soupe aux champignons ?

Ce n'était pas vraiment une question.

— Je l'ai préparée avec les cèpes séchés que tu aimes tant.

Se rendant compte qu'elle avait faim, Cassie acquiesça.

On sonna à la porte.

— Ça doit être la dame de la police, je lui ai dit qu'elle pouvait passer aujourd'hui. Mais seulement si tu te sens en état de la voir.

— La lieutenante Flyte ?

La main de Cassie fusa à ses cheveux.

— Je suis comment ?

Regard goguenard de sa grand-mère.

— Ça ira, ma chérie.

Conneries.

Les yeux bleu silex de Flyte étaient pleins de douceur aujourd'hui, en demandant à Cassie comment elle se sentait. Elle baissa la voix jusqu'à un murmure de messes basses :

— Écoutez, j'ai vu l'agente qui vous a arrêtée et fouillée. On est convenues qu'étant donné votre état au moment de l'interpellation, confisquer et détruire était la bonne solution.

— Alors ça ne figurera pas dans mon casier ? Merci, mon Dieu !

Cassie se tut, regarda ses mains.

— Merci, Phyllida.

Flyte prit sa déposition sur l'agression, processus lent et agaçant vu comment la commotion cérébrale lui avait embrouillé la mémoire, mais la lieutenante la rassura : elle pourrait toujours compléter plus tard.

— Je me fiche un peu qu'elle soit inculpée pour m'avoir attaquée. De toute façon, ça irait pas plus loin que quoi, voies de fait ? Coups et blessures graves ? Ce que je veux, c'est voir cette… cette *salope* punie pour avoir assassiné ma mère.

Cassie n'avait encore jamais employé ce mot, mais c'était la seule insulte qui lui paraisse adaptée par rapport à ce qu'elle avait fait, toutes ces vies qu'elle avait dévastées.

À sa surprise, elle vit Flyte se fendre de l'un de ses rares mais éblouissants sourires.

— J'ai de bonnes nouvelles de ce côté-là. Barney Cotter a fait une déposition accablante contre Maria et ses faits et gestes du soir en question.

— C'est vrai ?

Toutefois, le soulagement céda aussitôt la place à la fureur.

— Donc, il a laissé son soi-disant meilleur ami croupir en taule pendant dix-sept ans en sachant depuis le début que la coupable, c'était sa femme ?

— Je crois qu'il a fallu que vous débarquiez avec vos questions pour le forcer à affronter la vérité. À se mettre enfin au clair avec sa conscience.

Cassie se souvint du moment où elle avait vu le mot de Barney sur le tableau noir et compris que c'était lui qui envoyait de l'argent chaque année pour son anniversaire. Elle en avait déduit que c'était pour expier le meurtre de sa mère, alors qu'en fait, c'était pour expier son silence.

À elles deux, Flyte et Cassie reconstituèrent l'ensemble du puzzle : pendant des années, Maria avait fait une fixation sur Callum, son amour déçu. Cette obsession s'était muée en rage meurtrière quand elle avait entendu, lors de sa dispute avec Barney, qu'il voulait quitter le groupe et commencer une nouvelle vie en Irlande avec Kath et Cassie.

— Comment ça s'est passé, d'après vous ? demanda Cassie, qui avait encore du mal à assimiler tout ça.

— Maria devait savoir dans quel pub Callum et Kath avaient débuté la soirée. Après s'être glissée dehors, j'imagine qu'elle est allée traîner dans les parages afin de « tomber par hasard » sur

Kath quand elle sortirait. Elle a fait un bout de chemin avec elle. Peut-être qu'elle voulait tâter le terrain, voir si Kath était partante pour le projet de Callum.

— Papa n'a pas eu le temps de lui en parler. Mais si Maria l'a sondée sur la question, elle a dû sauter de joie. C'était son rêve de vivre dans une ferme.

Toutes deux se turent, pénétrées de cette réalité alternative dans laquelle la petite famille aurait pu retrouver le bonheur ailleurs.

— Du point de vue tordu de Maria, votre mère était le seul obstacle à la reformation de son couple avec Callum. Pour peu que Kath disparaisse, le contrat, la tournée, la merveilleuse histoire d'amour, tout ça serait de nouveau possible.

Cassie se souvint que le père de Maria était parti avec une autre femme en promettant de revenir la chercher, et qu'elle s'était illusoirement convaincue que seule la mort avait pu l'en empêcher. La peur d'être de nouveau abandonnée avait fait chavirer sa personnalité déjà instable.

— Vous savez que c'est une fiction totale, cette idée que Callum était amoureux d'elle. Il l'a embrassée *une fois*, quand c'était compliqué à la maison, et visiblement il l'a regretté tout de suite.

Elle s'avisa de quelque chose : si Capaldi n'était pas venu harceler Kath, Callum n'aurait eu aucune raison de se méfier d'un comportement mystérieux – et n'aurait peut-être même jamais embrassé Maria. Cassie aurait peut-être encore sa mère.

Flyte hocha la tête.

— Les meurtres de femmes par des femmes sont rares, mais quand ils se produisent, le mobile le plus courant est la jalousie sexuelle, souvent délirante.

— Elle l'aimait quand même pas assez pour le faire disculper. Elle l'a joyeusement laissé emprisonner pour un crime qu'elle avait commis, elle.

On toqua à la porte avec ostentation. Weronika entra, chargée d'un énorme bouquet de fleurs dans un vase. Elle tendit à Cassie la carte qui l'accompagnait.

Qu'est-ce que t'as encore fabriqué ?! lut-elle. *Je t'embrasse. Archie.*

En croisant le regard de Flyte, elle se sentit rougir - première fois de sa vie que ça lui arrivait. Avec un peu de chance, ce n'était qu'un effet secondaire de la commotion cérébrale et ça disparaîtrait vite, comme les accès de désinhibition et les horribles maux de tête.

— Il les a apportées en personne.

Weronika loucha vers Flyte puis revint à Cassie, l'air de dire : *C'est chouette d'avoir le choix.* La jeune femme s'était toujours imaginé naïvement que sa grand-mère n'avait aucune idée de sa vie sexuelle - jusqu'à récemment. En réalité, non seulement Weronika savait depuis le début que Rachel, l'histoire la plus sérieuse de Cassie à ce jour, n'était pas une simple colocataire, mais la sexualité de sa petite-fille n'avait pas l'air de la troubler le moins du monde.

— Est-ce qu'elle sait… ? s'enquit Flyte, *sotto voce*, une fois la vieille dame repartie.

— Quoi ? fit Cassie, inquiète. Oh, pardon, pour l'affaire, vous voulez dire ?

Elle secoua la tête.

— Je veux encore rien lui dire, pas avant que vous ayez inculpé Maria.

— Vous avez raison. Je ne veux pas vous donner de faux espoirs, mais j'ai parlé à un expert génétique du labo et il pense tout à fait possible de récupérer des cellules épithéliales et même des traces de sang de l'assassin sur l'arme du crime.

Cassie acquiesça. La surface rugueuse de la brique devait être un excellent collecteur d'ADN, et avec les techniques modernes on peut amplifier les résultats à partir d'une infime poignée de cellules.

— J'ai relu le rapport d'autopsie. Votre mère avait beaucoup d'alcool dans le sang.

— C'était une pochtronne.

Cassie sentit soudain un truc humide et chaud sur ses joues.

— Oh, je suis désolée…

Flyte paraissait bouleversée.

— Faites pas attention à moi, souffla Cassie tout en chassant ses larmes d'un geste de la main. C'est la commotion cérébrale.

— Bien sûr. Je voulais juste dire que ça peut expliquer pourquoi elle n'a pas réussi à se défendre ou à s'échapper.

Cassie acquiesça à nouveau, les yeux rivés sur le couvre-lit démodé à imprimés cachemire. Elle imaginait Maria qui ralentissait afin de frapper Kath par-derrière. Les coups de pied défensifs que sa mère lui avait balancés dans les tibias laissaient entendre qu'elle avait pivoté pour se battre, qu'elle était restée debout - au moins au début.

— Et Kieran ? Vous savez, sans lui, j'aurais jamais vu le fanzine, jamais découvert que c'était parce que Callum menaçait de quitter le groupe que maman avait été tuée.

Elle marqua une pause pour ravaler la boule dans sa gorge.

— Maria a dû paniquer quand Kieran lui a posé des questions là-dessus et… elle l'a tué.

Flyte lui coula un regard compatissant.

— Il est encore trop tôt pour se prononcer. L'autopsie médicolégale n'a rien donné de concluant. Le pathologiste n'a pas pu exclure la chute accidentelle dans le canal comme cause du trauma crânien. Mais on continue à rassembler les images de vidéosurveillance pour placer Kieran au concert de Maria et reconstituer leurs déplacements par la suite. Si on parvient à établir qu'elle l'a suivi jusqu'au canal, on pourra commencer à lui mettre la pression.

— Et pour papa, alors, il va se passer quoi ?

Flyte la zyeuta prudemment.

— Callum, vous voulez dire ?

Cassie sentit son ventre se nouer. Elle avait presque oublié le père biologique non désiré qu'elle avait acquis en la personne de Tony Capaldi.

— Si on obtient un verdict de culpabilité contre Maria pour le meurtre de votre mère, Callum pourra demander la révision de son procès et la cour cassera sa condamnation.

Elles échangèrent un sourire.

— Sans votre… obstination insensée, il serait presque certainement resté coupable aux yeux de la loi jusqu'à sa mort.

Les pensées de Cassie s'orientèrent vers Tony Capaldi, son « vrai » père. Il avait beau avoir été lavé de tout soupçon pour le meurtre de sa mère, il y avait toujours un truc pas net chez ce type et dans sa version des faits.

— Vous avez demandé à Hobbs s'il se souvenait que Capaldi s'était présenté de lui-même pour se disculper, après le meurtre ? Il m'a dit avoir un alibi solide, mais sans préciser lequel.

Flyte fronça les sourcils.

— Oui, apparemment il était en stage à Coventry pour le week-end.

— Un stage de quoi ?

— De police.

46

Flyte n'avait rien trouvé d'étrange à ce que le jeune Tony Capaldi ait participé à un stage de police le week-end du meurtre en 1997. Cassie, si.

Car elle se souvenait très précisément de sa dernière conversation avec Capaldi : il avait déclaré que l'assassinat de Kath l'avait poussé à entrer dans la police, qu'il « lui devait » sa carrière. Sauf qu'apparemment, il était déjà dans les forces de l'ordre au moment des faits.

Pourquoi lui avait-il sorti un mensonge aussi éhonté sur le moment où il était devenu flic ? Au fond de son lit d'ado, la question occupait toutes ses pensées éveillées.

Il lui fallut encore vingt-quatre heures avant de pouvoir se mettre debout sans être assaillie par le vertige et l'épuisement. Le vendredi midi, elle se sentit enfin assez en forme pour se lever et ouvrir son ordinateur portable, que Desmond avait gentiment déposé tôt ce matin-là. Au bout de deux heures de recherches sur internet, elle envoya une question à Callum par texto.

Elle venait de lire sa réponse quand Babcia déboula avec un bol de ragoût veggie et du pain tout chaud sur un plateau.

— Ça suffit comme ça ! Tu vas t'exténuer. Recouche-toi !

Cassie obtempéra – pour le moment. Et pas parce qu'elle était épuisée. En fait, le message de Callum l'avait revivifiée, emplie de fureur blanche et froide.

— Je t'ai entendue au téléphone, dit-elle en débarrassant sa grand-mère. Tu sors voir Barbara ?

— Oui.

La vieille dame la regarda intensément.

— Pourquoi ?

— Comme ça.

Elle sourit en déposant le plateau sur ses genoux.

— Amuse-toi bien.

La réceptionniste appela le bureau du commandant Capaldi pour le prévenir que Cassie était en bas, et la jeune femme fut autorisée à monter.

La secrétaire l'attendait devant l'ascenseur.

— Il est en réunion, mais il devrait sortir d'ici dix à quinze minutes, lui dit-elle en l'entraînant dans le couloir.

Elles passaient devant une longue salle de réunion aux murs vitrés du sol au plafond, dans laquelle Cassie repéra justement Capaldi qui projetait une présentation PowerPoint à une douzaine de personnes assez jeunes.

Sans réfléchir, elle fit volte-face et fut à la porte en deux enjambées. Elle l'ouvrit à la volée et entra. Toutes les têtes pivotèrent vers elle, leur air las vira à la curiosité en matant cette nana un peu punk aux piercings faciaux.

Capaldi eut un sourire forcé.

— Oh, bonjour, Cassie. Je suis à toi dans un instant, si tu veux attendre dans mon…

— Pas la peine, l'interrompit-elle en le clouant du regard. Je serai ravie de discuter de votre fascinante carrière ici même… *Dominic.*

L'assistance se tourna vers Capaldi comme un seul homme, tels les spectateurs d'un match de tennis, les yeux grands ouverts, l'air de dire : *Enfin un peu d'action.*

Emballé, c'était pesé.

Le commandant ouvrit la voie dans le couloir, faisant taire la pauvre secrétaire qui se confondait en excuses. Une fois dans son bureau, il désigna le canapé.

— Asseyons-nous et parlons-en.

Cassie ne bougea pas. Il posa une fesse sur le bord de son bureau.

— Quand vous avez commencé à coucher avec ma mère à Oakwood Common, vous étiez pas un militant anti-route. Vous étiez un imposteur, un flic en mission d'infiltration.

Capaldi fixa ses mains en silence.

— Écoute, Cassie, finit-il par répondre. Je suis désolé, sincèrement. Je comptais te dire la vérité au moment propice. C'est pas ce que tu crois. J'aimais vraiment Kath et j'ai amèrement regretté de l'avoir quittée.

— Pipeau. Vous êtes jamais tombé amoureux d'elle. Vous l'avez ciblée parce qu'elle était membre du comité d'organisation. Alors ça a dû vous emmerder quand elle en a eu marre des histoires de politique interne et qu'elle s'est retirée, mais qu'à cela ne tienne, vous vous êtes reporté sur une autre des organisatrices. Une victime plus prometteuse.

À la tête du commandant, Cassie sut qu'elle avait vu juste sur la façon dont les choses s'étaient déroulées, vingt-six ans plus tôt.

Son mensonge par rapport au moment où il avait intégré la police l'avait turlupinée. Jusqu'à ce qu'elle se souvienne du scandale des opérations clandestines qui avait éclaté dans la presse quelques années plus tôt. En fouillant sur le net, elle avait appris qu'au cours des années 1980 et 1990, près de cent quarante flics sous couverture avaient été envoyés infiltrer des mouvements protestataires, dont les campagnes anti-route comme Oakwood Common, afin de découvrir et de déjouer leurs plans. La principale tactique de ces taupes majoritairement masculines consistait à entretenir des relations intimes, parfois pendant des années, avec des militantes.

Une fois leur mission terminée, les flics-espions disparaissaient dans la nature, s'en allaient retrouver leur « vraie » vie – femme, conjoint, enfants – en abandonnant leurs « cibles » éperdues et désemparées. Certaines s'étaient même retrouvées plantées là alors qu'elles étaient enceintes, voire déjà mères d'enfants engendrés par leur petit ami bidon.

Cassie avait lu ces récits avec un sentiment de fureur croissante – et une prise de conscience.

Dans son texto à Callum tout à l'heure, elle lui demandait simplement s'il se souvenait comment s'appelait l'ex de Kath à Oakwood.

Le nom qu'il lui avait renvoyé n'était pas Tony Capaldi : c'était Dominic Drake.

— Votre « histoire » avec ma mère était une comédie dégueulasse de bout en bout.

Elle tremblait de fureur.

— Et si je cherche l'acte de naissance de Dominic Drake, je parie que je trouverai un vrai garçon mort dans son enfance, hein ?

Car, pour comble de l'horreur, les flics-espions étaient envoyés sous couverture en usurpant l'identité d'enfants décédés.

— Écoute, moi aussi, ça m'écœurait, mais je n'avais que vingt-sept ans, répondit-il avec une pointe de supplique dans la voix. C'est ce qu'on nous disait de faire.

— Alors quoi, vous avez fait qu'« obéir aux ordres » ?

— Oh, arrête, il y avait des gens bien intentionnés dans ces groupes, mais il y avait aussi de dangereux activistes qui voulaient vraiment faire du grabuge.

— Sérieusement, vous êtes capable de justifier le fait de séduire une femme *qui ne sait pas qui vous êtes,* de coucher avec elle et *en plus,* de la mettre enceinte ?

— Je suis pas fier de cet aspect-là. Mais c'était différent, à l'époque. C'est difficile à expliquer.

Il ouvrit les mains, implorant.

Différent à l'époque. Elle avait déjà entendu ça, bien sûr – pour excuser le sexisme ordinaire, la main aux fesses, les attitudes archaïques à la « non peut vouloir dire oui »... Jamais elle n'aurait imaginé que ce genre de choses puisse être enchâssé dans sa propre histoire, dans son existence même.

Ils se dévisagèrent : Capaldi penché en avant dans la posture du suppliant, Cassie debout, les bras croisés.

Elle visualisa le type qui serrait les bras de sa mère au supermarché, un type qui avait maintenant les traits de Capaldi.

— Quand vous avez retrouvé maman cinq ans plus tard, c'était pas parce que d'un seul coup vous aviez réalisé que vous l'aimiez toujours.

Elle se rendait bien compte, maintenant, que le langage corporel de l'inconnu du Woolworths n'était pas celui d'un ex inconsolable qui mendie une seconde chance, mais d'un mec qui cherche à intimider et à contraindre.

— Vous êtes revenu parce qu'elle menaçait de vous balancer dans la presse, pas vrai ?

Il n'essaya pas de nier.

En 1997, les mouvements militants ouvraient les yeux sur les infiltrations policières dans leurs rangs ; Kath avait sans doute appris par la bande que Dominic Drake, le père biologique de sa fille de quatre ans, était soupçonné d'avoir été un de ces flics-espions. Cassie tenta d'imaginer ce qu'on pouvait ressentir en découvrant que le père de son enfant était un imposteur ; que toute la relation avec lui n'avait été qu'un mensonge de bout en bout.

En plus, quand Capaldi avait commencé à la harceler, Kath ne pouvait même pas se confier à Callum, puisqu'elle ne lui avait jamais avoué que leur fille n'était pas de lui. C'est pour ça qu'il avait interprété les mystérieux appels comme la preuve d'une liaison. Un truc pareil aurait suffi à déstabiliser des personnes bien plus robustes que Kath. Pas étonnant qu'elle se soit tournée vers sa vieille copine la bibine.

Capaldi contemplait la fenêtre qui dégoulinait de pluie.

— Tu sais, à Oakwood, quand je l'ai quittée, elle m'a regardé droit dans les yeux et elle m'a dit : « Dominic, qui tu es, en vrai, derrière le masque ? » Elle était flippante pour ça, Kath. Elle avait un sixième sens.

Un sixième sens… Une image s'imposa à Cassie : un fil d'argent tendu entre sa mère et elle, à travers le vide retentissant. Un lien partagé.

— Comment c'était ? De vivre dans le mensonge pendant si longtemps ?

Elle était soudain curieuse.

— J'ai adoré ça.

Il eut un sourire en coin.

— L'art de tromper, le risque permanent de se faire démasquer, c'est exaltant.

Remarquant l'expression de Cassie, il ajouta :

— Enfin, j'ai bien conscience aujourd'hui que ce qu'on a fait était totalement condamnable. Mais il faut que tu me croies, quand je suis venu te trouver, je voulais juste réparer les choses… entre toi et moi.

Elle ricana.

— Je parie que vous retenez votre souffle depuis le début de l'enquête officielle. C'est pour ça que vous avez mis une alerte sur le dossier de ma mère : au cas où votre relation bidon serait rendue publique.

En 2014, le gouvernement ne pouvait plus nier l'ampleur du scandale : il avait annoncé une grande enquête, qui venait tout juste de commencer et qui allait sûrement durer une bonne dizaine d'années. Si personne ne le dénonçait, Capaldi pouvait peut-être encore échapper à l'opprobre, voire à l'obligation de témoigner.

— Quand vous avez appris que je posais des questions sur la mort de ma mère, vous avez dû paniquer.

Elle s'avisa d'un truc.

— Vous n'êtes pas venu me voir parce que vous vouliez désespérément renouer avec votre fille perdue. Vous vouliez savoir si j'avais découvert votre sale petit secret.

— Si c'était tout, pourquoi j'aurais pris le risque insensé de m'introduire chez toi pour récupérer un échantillon d'ADN ? Hein ? À quoi ça me servira, si je me retrouve cité à comparaître ?

Elle hésita. Il fallait reconnaître que l'effraction et la déclaration de paternité ne cadraient pas tout à fait avec le reste du tableau. Puisqu'il était passé entre les mailles du filet jusqu'ici, pourquoi chercherait-il à prouver qu'il avait fait un enfant à une cible ?

— Dès que je t'ai vue à la morgue, tout a changé.

Il braqua les yeux sur elle, à nouveau déstabilisé par le bleu égéen de ses iris.

— C'était comme si j'avais ma petite sœur en face de moi. À partir de là, je n'ai plus pensé qu'à ça. Quand j'ai eu confirmation que tu étais ma fille…

Un temps d'arrêt, sans la quitter du regard.

— Je te jure, ça a été le plus beau moment de ma vie.

Cassie avait la tête qui lui tournait. Cette partie de l'histoire de Capaldi sonnait juste. En lui révélant qu'il était son père, il avait pris l'énorme risque qu'elle élucide tout le reste. Et elle devait admettre qu'à cet instant même, sa façon de la regarder – comme si elle était la personne la plus importante au monde – la troublait. Une fois de plus, elle repensa à leur première rencontre, à l'empressement qu'elle avait interprétée à tort comme de l'attirance.

Qu'est-ce que ça signifiait réellement, se demanda-t-elle, que cet homme soit son père ? Quel était ce frisson singulier suscité par la découverte d'un lien génétique avec un autre être humain ? Les yeux bleu foncé qu'elle avait hérités de lui, les grands-parents italiens insoupçonnés, l'existence d'un arbre généalogique jusqu'alors inconnu… Le sentiment était puissant, sans aucun doute.

Mais en même temps totalement insignifiant.

— La paternité, c'est pas qu'une poignée d'allèles communs, déclara-t-elle. Et on peut même pas dire que vous soyez un donneur de sperme – eux, au moins, ils sont honnêtes. Vous avez menti et rementi à ma mère, vous l'avez plaquée, et après, vous l'avez malmenée pour la faire taire quand elle a pigé que vous étiez flic. Vous avez aucune idée de ce que c'est qu'être père. Quoi qu'en dise la génétique, mon père, c'est Callum, pas vous.

Elle tourna les talons pour s'en aller.

— Cassie !

La note de désespoir dans sa voix ne lui fit ni chaud ni froid.

— Je veux plus jamais vous voir. Si vous vous approchez de moi ou de Callum, je veillerai personnellement à ce que vous soyez convoqué dans l'enquête en cours. Vous voulez que vos amis et votre famille découvrent le genre de mec que vous êtes vraiment ? Un mec qui a couché avec plusieurs jeunes femmes en se prétendant quelqu'un d'autre ?

En ouvrant la porte, elle le regarda une dernière fois.

— Ça passe moins bien, aujourd'hui, pas vrai ?

47

On était trois jours plus tard et Cassie avait réussi à convaincre sa grand-mère qu'elle était assez en forme pour assister aux obsèques de Bradley Appleton. D'autant qu'elle aurait un chaperon en la personne de la lieutenante Flyte, ce qui avait pesé dans la balance.

Elle ne pouvait pas se rendre aux enterrements de tous ses protégés, c'était tout bonnement impossible. En revanche, elle venait toujours à ceux des enfants et des adolescents comme Bradley Appleton – si on l'y invitait, et si elle sentait que sa présence avait un sens pour leur mère et leur père.

Aux yeux de beaucoup de parents, la personne qui avait pris soin de leur cher petit, qui avait ouvert son corps puis l'avait reconstitué, qui avait nettoyé son sang et brossé ses cheveux – tous ces gestes s'apparentaient à un sacrement, et la présence de celui ou celle qui les avait accomplis paraissait naturelle. Alors, quand Kim Appleton l'avait conviée aux obsèques de Bradley, Cassie n'avait pas hésité.

Pendant qu'elle s'installait avec Flyte au dernier rang de la chapelle du crématorium, elle fouilla l'assistance à la recherche des amis gothiques du garçon, s'attendant à moitié à voir des coupes échevelées et des tenues extravagantes. En fait, quand elle repéra Naenia et les autres, elle constata qu'ils avaient modéré leur look : cheveux coiffés à plat pour les garçons, arrangés en chignon pour les filles.

Tant mieux. Ça ne les tuerait pas de suspendre leur droit à l'expression personnelle le temps d'une journée.

La cérémonie, conduite par un humaniste, fut aussi éprouvante que tout enterrement de jeune, et pourtant étrangement inspirante à la fois – comme n'importe quelles funérailles. Cassie s'efforça de ne pas penser à sa mère ni à Kieran, préférant se concentrer sur Flyte, qui devait revivre sa propre perte tragique. Elle se tenait raide et immobile, enfermée dans ce que Cassie reconnut comme une bulle d'autoprotection.

À la fin, tandis que l'auditoire s'en allait lentement, les premières mesures de l'« Hallelujah » de Leonard Cohen résonnèrent dans la chapelle. *Choisi par Naenia ?* Si oui, c'était parfait : le lyrisme poignant de la chanson rendait hommage à la gothicité de Bradley sans risquer d'offusquer les plus âgés.

On les orienta vers une grande salle baignée de lumière où une longue table couverte de couronnes et de fleurs emplissait l'air de l'odeur vivifiante du pollen. Cassie fut heureuse de voir Kim et Steve Appleton saluer les personnes présentes en se tenant par la main ; elle avait vu trop de couples écrasés de chagrin s'éloigner irrémédiablement après avoir perdu un enfant.

Kim l'aperçut et s'approcha en traînant Steve derrière elle.

— Je ne vous remercierai jamais assez de tout ce que vous avez fait pour Bradley – et pour nous. Vous aussi, Phyllida. Ça a rendu les choses plus… supportables, quelque part, de savoir que ce n'était qu'un stupide accident.

Puisque Naenia avait confirmé officiellement que Bradley « jouait » au Rêve bleu, il ne faisait guère de doute que le coroner conclurait à une mort accidentelle plutôt qu'à un suicide.

— Pas vrai, Steve ? fit Kim.

Steve hocha la tête d'un air gêné mais sincère. *Un homme de peu de mots.* Ses yeux étaient assombris de tristesse, mais la colère que Cassie avait décelée en lui – contre Bradley, contre le monde, contre lui-même – semblait s'être apaisée.

Kim, en revanche, bavardait avec ferveur de la cérémonie, des fleurs, des lettres de condoléances… l'œil vif et lumineux. Les funérailles peuvent se révéler étrangement exaltantes pour les proches. Après tout, aujourd'hui, c'était la journée de Bradley, une excuse pour parler de lui et uniquement de lui. Et puis, ce serait la toute dernière fois que père, mère et fils se retrouveraient sous le même toit.

— Je suppose que c'est Naenia qui a choisi Leonard Cohen ? fit Cassie.

Kim acquiesça.

— Elle est passée prendre un café la semaine dernière. Elle est adorable.

— Et j'imagine que cette composition vient d'elle ?

Cassie désigna un crucifix très travaillé composé de roses noires rehaussées de quelques lys grenat.

Kim sourit à son mari.

— Ah non, celle-là, elle est de Steve.

Après les obsèques, Flyte la ramena en voiture de Golders Green à Camden. Elle était taciturne, visiblement submergée par son propre chagrin.

Cassie décida qu'il valait mieux crever l'abcès plutôt que faire comme si de rien n'était.

— J'ai soumis le compte rendu médical de Poppy au professeur Arculus. Il exerce comme légiste auprès du ministère de l'Intérieur, comme vous le savez, mais il a commencé sa carrière en tant qu'obstétricien.

— Mm-mm ?

Flyte était devenue parfaitement immobile, du moins autant qu'on pouvait l'être en négociant le triangle de Swiss Cottage en pleine heure de pointe.

— Donc, comme vous l'avez lu vous-même, le problème était une insertion vélamenteuse du cordon non diagnostiquée. Pour résumer, ça signifie que le cordon ombilical ne s'était pas correctement attaché au placenta au cours de la croissance.

Elle expliqua que cette anomalie avait laissé sans protection les vaisseaux sanguins essentiels de Poppy, avec un risque accru de rupture pendant la difficile épreuve de l'accouchement.

— C'est une complication très rare, et, dans des cas comme le vôtre, où le problème n'a pas été identifié avant le début du travail, il est presque toujours trop tard pour faire quoi que ce soit.

Cassie se garda de préciser que Poppy avait dû perdre sa maigre réserve de sang – moins de quatre-vingt-dix millilitres – dans les dix minutes.

— Et toutes les échos que j'ai passées ? Ça n'aurait pas dû être détecté plus tôt ?

— Pas nécessairement, d'après le professeur. Le point d'insertion du cordon aurait rendu la malformation difficile à repérer. Bien sûr, vous êtes en droit de récupérer l'imagerie et de consulter un obstétricien privé pour avoir son avis.

— Mais… ?

— Mais même si vous trouviez bel et bien des preuves de négligence, le processus serait long et douloureux…

Cassie hésita ; ce n'était pas à elle de pousser Flyte dans une direction ou dans l'autre.

— Et ça ne me ramènerait pas Poppy, conclut Flyte.

Après quelques minutes de silence, Cassie reprit :

— Écoutez, Phyllida. Ce qui vous est arrivé est dramatique, mais dites-vous bien que vous ne pouviez absolument rien faire pour l'éviter.

Cassie espéra que ses paroles contribueraient à dissiper les inévitables *si seulement* qu'elle pouvait presque voir s'agglutiner autour de Flyte telle une horde de mouettes affamées.

Un nouveau silence, puis la lieutenante s'éclaircit la gorge.

— Si j'organisais une cérémonie du souvenir pour Poppy, est-ce que vous viendriez ?

Ils n'ont pas fait de cérémonie ?! Cassie prit soin de ne pas montrer sa surprise.

— Bien sûr ! Merci de me le proposer.

48

Cassie avait passé une nuit agitée à se demander quoi révéler à sa grand-mère.

Quatre semaines s'étaient écoulées depuis l'agression, et la veille au soir, Flyte l'avait informée que le procureur avait donné son feu vert pour inculper Maria Maguire de meurtre. Des preuves médico-légales étaient venues confirmer la déposition de Barney : grâce aux dernières technologies d'analyse ADN, le labo avait pu établir un second profil à partir d'infimes traces de sang sur la demi-brique. Profil qui concordait avec le prélèvement buccal effectué sur Maria lors de son arrestation.

Évidemment, Weronika devait être mise au courant que Callum avait été condamné à tort, ainsi que du nom de la véritable meurtrière de sa fille. En revanche, Cassie ne voyait aucune raison de lui dévoiler qu'il n'était pas son père biologique. La vraie histoire ne ferait que la bouleverser inutilement, et puis après tout, Kath avait droit à son jardin secret.

À présent, assise au salon à côté du poêle à gaz crépitant, la main de Weronika dans la sienne, Cassie regardait avec inquiétude son visage parcheminé pâlir et se recroqueviller sur lui-même. Après avoir absorbé tout ça, la vieille dame enchaîna une série de questions angoissées sur les raisons pour lesquelles cette Maria aurait voulu faire du mal à sa fille chérie… et s'interrompit soudain dans son élan. Elle se tut, fixa Cassie, serrant sa main de toutes ses forces.

— Sainte Marie mère de Dieu, qu'est-ce que j'ai fait ?

Cassie lui tapota la main, scruta ses traits avec anxiété. Elle connaissait exactement le sens de cette exclamation plaintive. Son père avait passé plus de la moitié de sa vie d'adulte derrière les barreaux pour un crime qu'il n'avait pas commis - et Weronika avait contribué à l'y envoyer.

— Écoute, Babcia, tu ne pouvais pas savoir. La police aussi était convaincue de sa culpabilité.

— Et tu dis que c'est ma Katerina qui buvait, pas lui ? Comment ai-je pu ne pas voir ce qui était sous mes yeux ?

— Tu l'aimais, tu as cru ce qu'elle t'a laissé croire.

— Aveuglement volontaire ! J'ai pris ton père en grippe dès le départ, sans aucune bonne raison. Je m'en rends compte, maintenant. Il était irlandais, il n'avait pas d'emploi correct, ses manières étaient…

Elle balaya d'une main l'insignifiance de ses objections passées.

— C'est juste que… je rêvais de tellement plus pour Katerina. Je n'avais pas pu terminer mes études et voilà qu'elle faisait pareil, tout ça pour un homme. Tu dis que c'était un mari dévoué ? Et qu'il s'occupait de toi ?

Cassie hocha la tête.

— Toutes ces années, je t'ai privée d'un père.

La contredire ne servirait à rien ; il lui faudrait du temps pour accepter ses erreurs.

— Ma petite Babcia chérie, ce qui compte, c'est que Callum va être innocenté et que j'ai retrouvé mon papa.

Elle hésita.

— D'ailleurs, je vais le rejoindre maintenant, au cimetière. Il ne s'est encore jamais senti le droit d'aller sur la tombe de maman.

— Je suis contente, *tygrysek*, dit Weronika en lui pressant la main. Vous avez tellement à rattraper, tous les deux !

Cassie fut soulagée de la voir reprendre des couleurs.

— Tu veux bien lui dire que je suis désolée, du fond du cœur ? Et lui demander…

— Lui demander… ?

— S'il s'en sentait capable, peut-être qu'il accepterait de me voir, pour que je puisse lui demander pardon en personne ?

— Bien sûr, je vais lui dire. Peu importe ce qui s'est passé, on est une famille, maintenant.

Une famille. Je fais partie d'une famille !

Cassie ne put réprimer un sourire. Un autre illumina la figure de sa grand-mère.

— J'ai toujours eu si peur de te laisser seule au monde, surtout depuis mon attaque. À présent, je sais que tu auras quelqu'un pour veiller sur toi après mon départ.

— Elle adorait les géraniums, ta mère. Tu te souviens des pots bleu pétant, comme en Grèce, qu'on avait sur le balcon de l'appart ?

Cassie secoua la tête en regardant Callum déposer un pied de géraniums sur la tombe de sa mère.

On n'était encore que début mars, mais la journée était anormalement chaude pour la saison et la jeune femme étouffait presque dans son élégant manteau d'hiver. Chacun de son côté, ils avaient décidé de se faire beaux pour l'occasion, Callum dans une vraie veste au moins une taille trop grande pour lui.

Ils observèrent un moment de silence, debout devant la pierre tombale. Ornée d'un relief sculpté - une simple tête d'ange inclinée -, elle était gravée du nom *KATERINA LILIANA RAVEN*, suivi de ses dates de naissance et de mort. Venaient ensuite les mots *FILLE BIEN-AIMÉE* ainsi que leur traduction polonaise : *Ukochana córka.*

Callum était au courant de l'inculpation de Maria - Cassie l'avait prévenu la veille au soir -, pourtant il n'avait pas l'air d'un homme dont l'innocence va enfin être reconnue par la justice.

— Tout est ma faute.

Il posa sur elle un regard hanté.

— Tu vois, je… je l'ai embrassée, Maria, un soir après un concert. Je sais même pas pourquoi. C'était juste avant la mort de Kath, on traversait une mauvaise passe. Penser que Kath est morte parce que j'ai eu un moment de faiblesse…

Cassie lui mit une main sur le bras.

— Papa, ne va pas t'autoflageller pour un baiser. Maria s'était déjà construit tout un fantasme sur elle et toi, elle aurait sûrement fait ce qu'elle a fait quoi qu'il arrive.

Il paraissait toujours dévasté.

— Je lui ai expliqué, après coup, que ça avait été une grosse erreur, que j'aimais Kath. Elle a juste souri et elle a dit qu'on était faits pour être ensemble. Je l'ai pas vraiment prise au sérieux. J'imaginais pas que…

— T'avais aucune raison.

Cassie secoua la tête.

— Écoute, tu aurais pu lui raconter n'importe quoi, elle t'aurait pas entendu. Les psychiatres appellent ça un trouble délirant. Dans sa tête, vous aviez un destin commun et c'est toi qui étais dans le déni.

Elle avait lu quelques articles spécialisés sur le sujet et un passage était resté gravé dans son esprit. Ça disait qu'une personne souffrant d'obsession délirante pouvait devenir dangereuse *si le rejet de l'objet de son amour devenait impossible à ignorer.* Dans le cas de Maria, la goutte d'eau avait été le projet de Callum de quitter le groupe - de la quitter, *elle* - pour sa rivale haïe.

— Elle m'a écrit en prison, tu sais. J'avais complètement oublié. Ça a duré des années, des dizaines de lettres. Quand j'ai vu sa signature en bas de la première, je l'ai pas lue, et j'ai pas ouvert les suivantes. Je voulais plus rien avoir à faire avec qui que ce soit de mon ancienne vie. J'ai pensé qu'elle faisait ça par pitié.

Ses yeux anxieux cherchèrent ceux de Cassie.

— Tu crois pas qu'elle m'écrivait pour… avouer ?

— *Pfff.* Si elle avait dû avouer, elle en avait déjà eu toutes les occasions possibles. Non, elle devait te répéter en long, en large et en travers que vous étiez faits l'un pour l'autre.

Callum s'accroupit pour chasser une toile d'araignée et quelques feuilles mortes de la tombe ; quand il se releva, ce fut avec les mouvements laborieux d'un vieillard.

Cette vision fendit le cœur de Cassie.

— Va falloir qu'on t'établisse un programme de remise en forme, fit-elle, plaisantant à demi.

Il lui adressa son sourire de guingois et redevint le papa si beau de ses souvenirs. Bizarre, quand même, que la couleur de leurs cheveux et de leurs yeux ne soit qu'un heureux accident.

— T'as toujours été autoritaire, déjà toute petite...

Son sourire s'effaça comme il contemplait la sépulture.

— On fait quoi, maintenant ?

— On t'innocente.

Flyte présumait que l'avocat de Maria lui conseillerait de plaider coupable au procès, en invoquant la responsabilité atténuée en raison d'un « état d'esprit anormal » au moment des faits, ce qui pourrait lui valoir une peine plus légère pour homicide involontaire. Quant à son éventuelle inculpation pour le meurtre de Kieran, c'était encore en suspens - apparemment, les flics n'avaient déniché aucune image de vidéosurveillance la montrant avec lui au bord du canal, et ils cherchaient toujours des témoins oculaires. Revoyant le sourire jovial de son ami, Cassie s'autorisa un instant à imaginer ce que ça aurait donné s'ils avaient pris un appart ensemble, les parties de rire qu'ils auraient partagées, avant d'évacuer ces pensées. Elle aurait tout le temps de faire son deuil - et celui de sa mère. D'abord, il y avait des questions plus pressantes à régler.

— J'ai déjà un avocat à te faire rencontrer, reprit-elle. Dès que Maria aura été déclarée coupable, on pourra entamer les démarches pour faire annuler ta condamnation.

— Et rien ne pourra bloquer le processus ?

Elle fut déchirée de voir à quel point il avait du mal à espérer.

— Non. Même si par miracle elle s'en tirait, l'avocat estime que le juge a mal informé le jury en ne le mettant pas suffisamment en garde sur la fiabilité des témoins oculaires. Il a qualifié le procès de « cirque ».

Elle baissa la voix.

— Papa, il y a autre chose qu'il faut que tu saches. Maman ne te trompait pas.

Elle lui donna la véritable identité de Dominic Drake, et lui expliqua qu'avant la mort de Kath, il essayait de l'intimider pour la faire taire.

— C'était ça, ces mystérieux appels, et c'est pour ça qu'elle était aussi déprimée.

— Quel salaud !

Il avait les yeux exorbités de colère.

— Pourquoi elle m'a rien dit ? J'aurais...

Parce que ça risquait de faire éclater la vérité. Que mon père biologique, c'était Dominic, pas toi.

Elle se sentit rougir. Il la regarda un moment, puis lâcha :

— Ah, ma chérie. T'es au courant, hein ?

Quoi ? Il le savait ?

— Ta mère m'a jamais rien dit, mais quand t'es née, j'ai tout pigé. Tu pesais trois kilos trois cents ! Bien trop pour une préma.

— Tu lui as pas demandé ?

— C'était à elle de me le dire si elle voulait.

Il sourit.

— Et de toute façon, à la seconde où je t'ai tenue dans mes bras j'ai su qui était ton vrai père.

— Oh, papa !

Elle s'approcha de lui, se laissa envelopper de ses bras et huma son odeur, pareille à ses souvenirs d'enfance - boisée, mêlée de sueur masculine, de pomme et d'après-rasage bon marché.

La paternité n'est pas une question d'ADN. Un père, c'est quelqu'un qui vous donne le sentiment que tout ira bien. Qui peut vous passer un savon quand vous avez déconné sans vous rabaisser ni vous humilier. Qui vérifie qu'il n'y a pas de monstres sous le lit. Qui fait passer votre bonheur avant le sien. Toujours.

Elle se détacha de lui et lui prit la main.

— J'ai tout expliqué à Babcia ce matin. Évidemment, elle est mortifiée d'avoir contribué à te mettre à l'ombre.

Il haussa les épaules.

— Ce qui est fait est fait.

— Elle aimerait te voir pour te présenter ses excuses. On pourrait y aller un soir, dîner en famille ?

Il parut horrifié un moment, puis il déclara :

— Faudra que tu m'aides à choisir une nouvelle veste.

Il grimaça à celle qu'il avait sur le dos.

— Elle m'a toujours un peu pris pour un *gbur*.

— Plus maintenant. Je crois que le beau-fils prodigue aura droit au vrai gros festin de retour.

Elle lui sourit.

— Et je parie qu'il y aura de l'amende honorable au dessert.

Un son qu'elle n'avait pas entendu depuis ses quatre ans fendit l'air. Le son de son beau et adorable papa qui éclate de rire. Elle remarqua qu'il se tenait un peu plus droit, aussi.

— Ah, Kath, dit-il à sa défunte épouse, avec encore un peu de rire dans la voix. Si seulement tu pouvais voir la jeune femme qu'est devenue notre petit Chaton…

Cassie perçut un effluve de pastèque dans l'air et songea : *Elle peut.*

Le soleil qui se couchait derrière eux projetait leurs ombres sur la tombe de Katherine Raven, dessinant non pas deux, mais trois silhouettes reliées, comme si sa mère se tenait entre eux, les mains délicatement posées sur leurs épaules.

Remerciements

Tout d'abord, un immense merci du fond du cœur aux nombreux lecteurs qui ont accueilli Cassie Raven avec tant de chaleur et d'enthousiasme. Après de longs mois à taper des pages et des pages sans trop savoir quel sera le résultat, s'apercevoir qu'un personnage fait mouche auprès des lecteurs est un plaisir inégalable.

Recréer l'univers de la morgue sans écrire d'aberrations scientifiques m'a demandé quantité de recherches, mais aussi la contribution de spécialistes qui m'ont généreusement prêté leurs cerveaux et ont supporté mes questions idiotes. Si le texte comporte des erreurs factuelles, elles ne sont imputables qu'à moi.

Je dois une reconnaissance éternelle à Barbara Peters, technicienne primée en anatomopathologie, qui continue à me guider à travers les questions de morgue, l'éviscération des corps humains – et la charge émotionnelle de s'occuper des endeuillés. Je n'aurais tout simplement pas pu créer Cassie sans elle.

Un immense merci également à la pathologiste Nic Chaston, qui a fait preuve d'une grande patience et m'a énormément aidée en répondant à ma kyrielle de questions sur l'anatomie et la détermination de la cause du décès. Je lui suis particulièrement reconnaissante de ses solutions inventives dans les moments difficiles où science et récit entrent en conflit…

La lieutenante Paula James est toujours une source inestimable sur les questions de police, les tenants et aboutissants du fichier national, la nomenclature des dossiers aux archives et bien davantage encore. (Merci, Ballgown !) Merci également au pathologiste Mike Heath, ainsi qu'à ma chère amie psychologue clinicienne Kate Gauci. L'ex-coroner Alison Thompson continue à me conseiller sur les procédures judiciaires tout en élevant ses moutons au pays de Galles.

Je sais gré à la communauté des auteurs de romans policiers de son formidable soutien, et en particulier à l'extraordinaire Isabelle Grey, alias V.B. Grey, pour ses retours incisifs sur ma première version.

Et je voue une vie entière de gratitude à ma mère, qui est et demeure une source inébranlable d'amour, de sagesse et de soutien.

Pour m'avoir aidée à faire publier Cassie, non seulement au Royaume-Uni mais dans six autres pays, je remercie de tout cœur la légende littéraire qu'est Jane Gregory ainsi que toute l'équipe de l'agence David Higham – et en particulier la talentueuse Stephanie Glencross. Merci également à Kath Armstrong, qui la première a repéré le potentiel de *Body Language*.

Enfin, un grand merci à ma maison d'édition, Zaffre, et notamment à ma nouvelle éditrice, Kelly Smith, dont l'enthousiasme pour la série a été un grand bonheur. Non seulement elle a pris Cassie en affection, mais ses contributions judicieuses ont fait de *Celle qui parle aux morts* un bien meilleur roman.

RÉALISATION : NORD COMPO À VILLENEUVE-D'ASCQ
ACHEVÉ D'IMPRIMER SUR ROTO-PAGE
PAR L'IMPRIMERIE FLOCH À MAYENNE
DÉPÔT LÉGAL : MARS 2023. N° 800966 (101913)
IMPRIMÉ EN FRANCE